W0372798

Günter Reiß

Verspielte Träume

Starnberg-Krimi

Schardt Verlag Oldenburg

Bibliographische Information der Deutschen Bibliothek:

Die Deutsche Bibliothek verzeichnet diese Publikation in *Der Deutschen Nationalbibliografie*; detaillierte bibliographische Daten sind im Internet über *www.d-nb.de* abrufbar.

Titelbilder:
ekim28 / photocase.com
Rainer Griese, Troisdorf

1. Auflage 2011

Copyright © by
Schardt Verlag
Uhlhornsweg 99 A
26129 Oldenburg
Tel.: 0441-21 77 92 87
Fax: 0441-21 77 92 86
E-Mail: kontakt@schardtverlag.de
www.schardtverlag.de
Herstellung: AALEXX, Großburgwedel

ISBN 978-3-89841-599-6

Günter Reiß

Verspielte Träume

Originalausgabe – Erstdruck

Prolog

Starnberger See

Es war Mitte März, und nach den ersten warmen Tagen eines voreiligen Frühlings war noch einmal der Winter eingefallen. Schon in der Nacht zum Freitag war es beträchtlich kälter geworden, Wolken zogen von Norden auf, und am Morgen war der Blick auf die Alpen verschwunden. Unter dem niedrigen Himmel jagten bleigraue Wolken über den tiefen See. Dann setzte Schneeregen ein. Als am Abend der Sturm abflaute, fing es heftig an zu schneien. Der Schrei der Möwen auf dem Wasser war längst verstummt.

Obwohl es an diesem trostlosen Freitag schon gegen Mitternacht ging, drang aus einem Fenster des Yachtclubs Am Seelaich immer noch Licht nach draußen. Es fiel auf zwei Fahrzeuge, die einsam auf dem Parkplatz standen und vom Schnee schon fast begraben waren. Gegen acht Uhr waren mit dem himbeerfarbigen Chevrolet und mit dem roten Ferrari zwei Männer vorgefahren. Sie waren im Schneegestöber sofort zu dem Eingang des Yachtclubs gestapft, wo sie der Wirt wie zwei alte Bekannte mit Handschlag begrüßt hatte.

Jetzt nach über drei Stunden saßen sich diese drei Männer noch immer gegenüber. Nun wie verfeindete Fremde, wortkarg, fast regungslos mit gleichbleibend ausdruckslosen Gesichtern, und noch immer ließen sich alle drei nicht aus den Augen. In der mit Zirbenholz getäfelten Stube schwebte wie Pulverdampf über einem Schlachtfeld der Qualm der Zigaretten, die halb geraucht in Aschenbechern lagen. Auf dem runden Spieltisch stapelten sich Geldscheine zu verschieden hohen Häufchen.

„Wo steckt denn heute der Robby?“ fragte auf einmal der jüngste und schmächtigste der Runde, der spitze Stiefel trug. Er sammelte die Karten ein, teilte dann den Packen und mischte flink mit geschickten Fingern. Wie die anderen hatte er die Hemdsärmel hochgekrempelt. Eine tätowierte Schlange züngelte auf seinem rechten Unterarm und glitt, sich um einen Dolch windend, nach oben.

„Wahrscheinlich wieder einmal in Kitzbühel“, antwortete der Wirt namens Loser, ein untersetzter, übergewichtiger Mann mit hängenden Schultern, der mit knapp fünfzig der Älteste war.

„Und wahrscheinlich nicht nur zum Skifahren, der Sauhund hat sicher wieder einmal nicht nur das Glück im Spiel gepachtet“, grinste das schmächtige Bürschchen frech, während er die Karten verteilte.

„Mirco, sei doch froh darüber, so gewinnst du endlich auch einmal“, meinte Loser. Über sein bekümmertes, leicht gerötetes Gesicht huschte erstmals ein amüsiertes Lächeln.

„Ich will mich ja nicht beklagen. Aber wenn ich mir vorstelle, wie Robby gerade beim Vögeln ist, dann ...“

„Sind wir beim Pokern, oder wollt ihr quatschen?“ mischte sich nun der Dritte ein, der den Schwall eines teuren Parfüms verbreitete. Er sprach mit tiefer, klangvoller Stimme, aber der Ton ließ erahnen, dass dieser etwa vierzigjährige, dunkelhaarige Mann mit den buschigen Augenbrauen keinen Widerspruch duldete. Er war auffallend groß, hatte athletisch breite Schultern, und seine muskulösen Unterarme waren so sonnengebräunt wie sein kantiges Gesicht. An seinem linken Handgelenk trug er eine Uhr aus massivem Gold. Nachdem er kurz auf die ihm zugeteilten Karten geblickt hatte, warf er einen Geldschein auf den Tisch.

„Okay, okay, reg dich nicht auf“, grinste Mirco nun etwas vorsichtiger.

Loser zog nach. Er überlegte für einen kurzen Moment und schien zu zögern, bevor er vier weitere Zehner in die Mitte des Tisches schob.

„Ich steige aus“, sagte Mirco. Er lehnte sich zurück und zündete hastig eine Zigarette an. Mit gleichbleibend unruhigen Augen verfolgte er die nächste Setzrunde.

„Ganz schön mutig, Loser“, spöttelte der hochgewachsene, kräftige Mann und zeigte ein flüchtiges Lächeln. Er legte den Satz Karten zur Seite und griff nach seinem goldenen Zigarettenetui, aus dem er sich eine Marlboro fingerte. „Ich gehe mit", sagte er schließlich und darauf zu Mirco, nachdem er zwei Zwanziger in den Pot geworfen hatte: „Neues Blatt." Beides klang diesmal wie ein schroffes Segelkommando.

Mirco pfiff leise durch die Zähne. Sehr mutig, höchst riskant, dachte er anerkennend. Nur Robby hätte noch einen kompletten Umtausch gewagt. Eilig streifte er fünf Karten vom Talon und schob sie verdeckt dem mächtigen Mann zu seiner Linken zu.

Der verzog keine Miene, als er in das neue Blatt schaute und darauf quer über den Spieltisch hinweg Loser mit einem langen, prüfenden Blick fixierte. Endlich sagte er im gleichgültigen Ton: „Ich erhöhe auf hundert." Dann zündete er die Zigarette mit einem goldenen Feuerzeug an. Langsam blies er die Rauchwolke über den Spieltisch.

Loser strich sich mit der rechten Hand über sein schütteres Haar. Er wirkte sichtlich irritiert, obgleich er immerhin ein Full House mit einem Paar Buben und drei Siebener in der Hand hatte. Nach einem weiteren Zögern schob er seinen letzten Fünfzigmarkschein in die Mitte. „Ich will sehen", sagte er siegessicher und legte sofort seine Karten offen auf den Tisch.

„Nicht schlecht, Loser, aber nicht gut genug für mich", amüsierte sich der große Mann mit einem breiten Jack-Nicholson-Lächeln, das er lange stehen ließ. „Aber kleine Buben kommen bei mir nicht weit." Er zeigte grinsend zwei Asse und drei Könige.

„Verdammt", schrie Loser unerwartet heftig, denn er hatte nie mit diesem Blatt gerechnet.

Mirco sammelte eilig die Karten ein. „Noch ein Spielchen?" fragte er dabei in die Runde.

„Für mich ist heute Feierabend", antwortete Loser. Er erhob sich, zog seinen gelockerten Schlips zusammen und ordnete sein Hemd, das ihm etwas aus dem Hosenbund gerutscht war.

„Martin, sei doch kein Spielverderber", protestierten sofort die anderen.

Martin Loser war seit über zehn Jahren Wirt im vornehmen Yachtclub Am Seelaich, wo er auch eine hübsche Zweizimmerwohnung hatte. Er liebte seine Arbeit und hatte sich vom ersten Tag an in diese fantastische Gegend verliebt. Jedes Mal, wenn er am Morgen aufwachte und auf den See und zu den Bergen blickte, dankte er Gott, hier arbeiten zu dürfen. Er war beliebt bei den Mitgliedern und wurde von ihnen wegen seiner ausgezeichneten Küche geschätzt. Berühmt war er geworden, weil keiner rund um den See die heimische Renke besser zubereiten konnte als er.

Loser hatte nur zwei Fehler, über die er sich selbst immer wieder ärgerte. Er war einfach zu gutmütig und ein miserabler Pokerspieler. Wenn er sich zu einem Spiel überreden ließ, unterliefen ihm deshalb Fehler über Fehler. Auch jetzt hatte er schon fünfhundert Mark verloren. Als er sich kurz vor Mitternacht wieder an den Spieltisch setzte und mit müder Stimme sagte „Meinetwegen, spielen wir weiter“, hatte er an diesem Freitag, den 12. März, den folgenschwersten Fehler in seinem Leben begangen.

5 ½ Jahre später

ALS DER FÖHN ZUSAMMENBRACH

1

Am letzten Samstag im September saß Robert Sorge noch spätnachmittags in seinem Büro. Es war klein und nicht viel größer als eine Zelle in einem Kartäuserkloster. Die Wände waren das letzte Mal gekalkt worden, als Sorge dort eingezogen war. Dies war vor knapp sieben Jahren gewesen, nachdem er beschlossen hatte, Richter in der kleinen Stadt am See zu werden.

Sorge war aber kein Asket und hatte auch keinen Eid geschworen, von nun an wie ein Mönch vor kahlen und nur gekalkten Wänden der Gerechtigkeit zu dienen. Er liebte die Malerei und vor allem die moderne mit ihren großen Formen und grellen Farben. Noch bevor die weißgetünchten Wände wie alte Akten vergilbt waren, glich der winzige Raum eher einer sich auf die Pop-Art spezialisierten kleinen Galerie als einem Arbeitszimmer. Bewundernd und halb im Scherz hatten ihn einige seiner Kolleginnen gefragt, warum er denn bei seinem Geschmack überhaupt Richter geworden war.

Der warme Südwind wehte durch das offene Fenster. Sorge arbeitete bereits vier Stunden ohne Pause. Er arbeitete schnell und hatte schon drei Urteile diktiert.

Als Erstes hatte er den Streit zweier Grundstücksnachbarn entscheiden müssen. Es ging um eine wunderschön gewachsene Grenzhecke, die bald wie von einem Lineal gezogen ein tristes, zwei Meter hohes Dasein fristen würde. Es schmerzte ihn noch immer, wenn er an das Parteiengezänk im Gerichtssaal dachte. Die Frau kämpfte unsäglich schrill um jeden Zentimeter, der Mann blieb stur und kompromisslos. „Unverschämt, drei Meter reichen." Da könne er nur lachen, erwiderte der Mann. „Zweimeterfünfzig, höchstens." Er dächte nicht daran, sagte der Mann, sie gehe ihm schon lange auf den Geist. „Wenigstens zwei Meter zwanzig?" fragte die Frau. „Nix, jetzt erst recht nicht", antwortete der Kläger und nannte die Beklagte eine Nervensäge. Einen Moment war es still geworden. Da hatte er geglaubt, die Vernunft sei bei den beiden zurückgekehrt, und einen Vergleich vorschlagen wollen. Doch schon nach drei Sekunden hatte ihn der Mann nur verständnislos angeschaut, „Gesetz ist Gesetz“ gesagt und ein Urteil verlangt.

Er hatte eine junge Familie mit zwei Kindern aus den Fängen eines Vermieterhais befreit. Obgleich die Miete nach der Zustellung der Klage bis auf den letzten Cent bezahlt worden war, berief sich der Vermieter, von Beruf Erbe, auf die dafür vom Gesetz bestimmte Frist und war nicht verhandlungsbereit. Fett und siegessicher war dieser vor dem Richterstuhl gestanden. Aber es seien doch nur ein paar Tage, versuchte Sorge zu vermitteln. Es gäbe doch noch so etwas wie Fairness und Gerechtigkeit. „Schon wahr, Hohes Gericht“, schmeichelte der fettleibige Kläger. „Aber bei allem Respekt, Euer Ehren, Sie können mir glauben, mir geht es nicht um die paar Tage. Mir geht es nur ums Prinzip.“ Sein kaltes, blutleeres Lächeln im breiten Gesicht hatte ihn jedoch verraten, und Sorge hatte gewusst, dass er nur um eines geringen Profits wegen wieder einmal angelogen worden war.

Sorge musste schmunzeln, als er an den dritten Fall dachte, den er gerade entschieden hatte. Es ging um eine Forderung von fast fünftausend Euro, die eine Telefongesellschaft von einem Rentnerehepaar eingeklagt hatte. Entgegen deren bisherigen Gepflogenheiten sollten sich die alten Leute plötzlich für Sex im Internet interessiert haben. Die Beweislage war schwierig, und wie immer gab es dazu in der Rechtsprechung und bei den Rechtsprofessoren drei Meinungen. Aber die in der mündlichen Verhandlung erschienenen alten Leute hatten die Sache mit treuherzigen Augen auf den Punkt gebracht: „Herr Richter, eine solche Sauerei hat uns noch nie interessiert.“ Für Sorge gab es nur eine Frage zu beantworten. Sollte er dem Sprichwort folgen „Alter schützt vor Torheit nicht“, oder durfte er den treuherzigen Augen der über siebzig Jahre alten Beklagten glauben? Er hatte sich für die Augen entschieden und war sich sicher, darin die Wahrheit gesehen zu haben.

Sorge legte die maisgelbe Akte beiseite. Er erhob sich aus seinem schwarzen Drehsessel und streckte sich. Sorge war ein Mann von knapp eins achtzig mit einer athletischen Figur. Zu einem gelben Tennishemd trug er ausgebleichte Jeans. Er trat ans Fenster im zweiten Stock.

Schon seit einigen Tagen hatte sich der Föhn mit seinem warmen Südwind durchgesetzt. Hinter dem See, täuschend nahe und wie dorthin verweht, erhoben sich die schon schneebedeckten Gipfel des fernen Wettersteingebirges. Davor und unter dem blauen Himmel kreuzten Segelboote sowie Surfer mit weißen und auch bunten Segeln über das grünblaue Wasser. Unter ihm lag die kleine Stadt, und auf dem Burgberg sah er das trutzige Schloss und weiter nach Süden die weiße Rokokokirche mit der grünen Zwiebelhaube. Sorge war kein Mann großer Worte, aber immer dann, wenn er so am Fenster stand, fiel ihm nur ein Wort ein: paradiesisch.

Sorges Blick wanderte weiter zu dem kleinen Friedhof, der neben dem Gericht lag. Wie schon seit einigen Tagen um diese Zeit stand wieder eine junge, großgewachsene Frau in Schwarz vor einem frischen Grab.

Am frühen Nachmittag vor einer Woche hatte er beobachtet, wie vier Träger einen Holzsarg in die Grube senkten und fast gleichzeitig sintflutartiger Regen einsetzte. Während einige der dutzend Trauergäste unter die nahe Birke geflüchtet waren, hatten sich die anderen unter ihre Regenschirme verkrochen. Nachdem der Pfarrer noch ein kurzes Gebet gesprochen und etwas Erde in das Grab geworfen hatte, drängten sich alle zu der jungen Frau. Ein Schäufelchen Erde, ein kurzes Besinnen, ein Händedruck, dann waren die meisten zu ihren neben der Friedhofsmauer geparkten Fahrzeugen geeilt. Selbst die wenigen der Trauergäste, die im strömenden Regen geblieben waren, hatten sich bald von ihr verabschiedet. Eine Umarmung, einige tröstende Worte, dann waren auch sie zu den Ausgängen geflohen.

Nur die junge Frau war zurückgeblieben, aufrecht und ganz nahe am offenen Grab stehend. Es hatte noch immer geregnet, als sie dreimal zum Sarg hinabwinkte und sich langsam umdrehte. Tränen waren über ihr Gesicht gerollt und hatten sich mit den Regentropfen vermischt.

Wie tapfer sie ihren Schmerz verbirgt und wie einsam sie sein muss, dachte Sorge, während er sie jetzt wieder beobachtete. Er sah, wie sich die Trauernde umdrehte und mit kleinen, schweren Schritten zum Ausgang ging, sah den langen Schatten, den die schon schräge Sonne von ihr warf, sah ihr Schattenbild über die Gräber züngeln – und ein Gedanke schoss in ihn. Er fragte sich, wer einmal so um ihn trauern würde, wenn er dort läge. Dann schloss Sorge das Fenster und ging nachdenklich zu seinem Schreibtisch zurück, wo er unschlüssig – fast zögerlich, wie es schien – die nächste Akte vom Stapel nahm.

Sorges Miene hellte sich erst auf, als er auf seine Armbanduhr sah, und er wirkte nun fast heiter, während er, in der Akte blätternd, immer wieder zu einem Gemälde blickte, das ihm direkt gegenüber an der Wand hing. Obgleich es inmitten der anderen Bilder mit den bunten, grellen und immer wieder blutroten Farben wie ein Fremdkörper wirkte, war es seit kurzem sein Lieblingsbild geworden. Wie von unsichtbaren Kräften angezogen, ging er zu dem seltsamen Gemälde hin. Lange stand er davor, und immer wieder huschte ein Lächeln über sein Gesicht.

Da war ein Skifahrer mit blauem Gewand zu sehen, der von einer steilen Gebirgswand kommend auf ihn zuraste und anscheinend noch versuchte, einen Sturz in einen schwarz gemalten Abgrund zu vermeiden. Auf vier überbreiten Holzbrettern, hell- bis dunkelgrün mit vorne weit nach oben gebogenen Spitzen, war ein vierbeiniger Fahrer bemüht, die auseinanderdriftenden Bretter wieder unter Kontrolle zu bringen. Acht Skistöcke aus Bambus mit übergroßen Tellern, die zusammen mit vier Armen in alle Himmelsrichtungen zeigten, hielt dieser unglückselige Mensch mit seinen vier von roten Fäustlingen verdeckten Händen fest.

Noch ein letzter Blick. Dann verließ Sorge eilig sein Büro, ohne die Tür abzuschließen.

2

Zur selben Zeit stand eine großgewachsene Frau am Rand einer weiten Terrasse. Immer wieder blickte sie abwechselnd auf ihre Armbanduhr und zu dem schmiedeeisernen Tor am Ende des parkähnlichen Gartens, zu dem, an einer Blutbuche vorbei, von der höher gelegenen Terrasse aus ein Weg aus weißen Kieseln führte.

Die Sonne senkte sich im beginnenden Abendrot auf die gegenüberliegenden grünen Hügel, und das rötlich glitzernde Wasser des Sees war ruhig geworden. Mit der Abendbrise trieb eine Schar eleganter Drachenboote gemächlich dem Yachthafen entgegen. Im Norden schwebten vereinzelt weißgraue Wolken, die das blasse Blau des Himmels zerfetzten.

Die Frau sah aus wie ein Traum. Sie trug ein enges, grünes T-Shirt und dazu eine luftige Leinenhose, die auf grüne Ballerinaschuhe fiel. Sie hatte braune Augen, hohe Wangen und volle Lippen. Ihr schwarzes Haar war kurzgeschnitten. Es war ein Gesicht, das irgendwo um die Mitte zwanzig einzuschätzen war. Tatsächlich hatte Marion Rehberg ihren neunundzwanzigsten Geburtstag vor vier Monaten gefeiert, im Yachtclub Am Seelaich, zusammen mit ihrem Ehemann und einigen seiner Geschäfts- und Golffreunde.

Der Föhn wird bald zusammenbrechen, und die schöne Zeit wird dann vorbei sein, dachte Marion, als sie im Norden das untrügliche Himmelszeichen für einen Wetterumschwung sah. Ihr Blick kehrte wieder zu dem Tor zurück. Ein Lächeln legte sich auf ihr Gesicht. Sie schloss die Augen und suchte den Tag, an dem sie Robert Sorge kennengelernt hatte.

Es war Ende Juni, an einem Samstag. Das „Kunstforum“ – ein Kreis von Frauen, die sich neben ihrem Haushalt oder Beruf mit der Malerei beschäftigten und von ihr dazu angeleitet wurden – veranstaltete die jährliche Vernissage. Ein guter Bekannter ihres Mannes, Inhaber einer Laserfirma im Gewerbegebiet, hatte dafür wieder einmal den Konferenzraum zur Verfügung gestellt. Sie selbst war diesmal nur mit einem Bild vertreten gewesen.

Jetzt waren schon drei Monate vergangen, aber sie sah noch immer, wie Robert mit einem Glas Sekt am Buffet stand: schwarze, nach hinten gekämmte Haare, blaue Jeans zu hellbraunen Schuhen, dunkles Sakko und darunter ein grünes Polohemd. Einige ihrer Freundinnen aus dem Forum richteten verstohlene Blicke zu ihm oder wandelten mit ihren wallenden, bunten Gewändern wie zufällig an ihm vorbei. Aber sein kleines Lächeln aus grünen Augen war ständig nur auf sie gerichtet. Auf einmal kam er quer über den Raum auf sie zu.

„Würden Sie bitte so freundlich sein, mich durch Ihre Ausstellung zu führen?"

„Eigentlich ..."

„Bitte, Frau Rehberg. Sie würden mir damit eine große Freude bereiten."

Obgleich sie als Veranstalterin eigentlich keine Zeit hatte, sich einer einzelnen Person näher zu widmen und erst recht nicht einem Fremden, kam sie seiner Bitte nach. Sie zeigte ihm ein Bild nach dem anderen und gab dazu jeweils eine kurze Erklärung ab. „Nett", und manchmal „ganz hübsch", war jeweils der Kommentar von Robert gewesen. Dann drängte es ihn zu ihrem Gemälde.

„Mich interessiert nur dieser seltsame blaue Skifahrer mit den vier Beinen und vier Armen. Ich würde das Bild gerne kaufen", sagte er knapp.

„Warum?"

„Als Anfänger passt er zwar nicht zu mir, aber farblich ganz hübsch in mein Büro."

Sie war entsetzt, wütend und zugleich enttäuscht. Am liebsten hätte sie ihn vor allen Besuchern geohrfeigt. „An ein arrogantes Arschloch wie Sie verkaufe ich mein Bild bestimmt nicht", brachte sie jedoch nur hervor. Grußlos ließ sie ihn stehen.

Einen Tag nach der Vernissage rief Robert sie an, und als er „Auf Wiedersehn" sagte, wusste sie, dass sie ihn vielleicht noch einmal treffen wollte. „Ich weiß", so begann er zögernd und verlegen, „ich habe mich gestern unmöglich benommen. Wenn Sie mich als arroganten Angeber angesehen haben, so ist dies noch weit untertrieben gewesen. Ich möchte mich dafür bei Ihnen tausendmal entschuldigen." Darauf war er verstummt. Sie wollte gerade zögernd den Hörer auflegen, als sie vernahm: „Tatsächlich habe ich mich sofort in das Bild verliebt und vor allem in die wunderschöne Malerin dieses Bildes."

Obgleich sie es an diesem Sonntag vor drei Monaten noch nicht ahnte, begann sich ab dann ihr Leben zu verändern.

Bereits am nächsten Montag – an ihrem freien Tag als Kunstlehrerin am Gymnasium – hatte Robert sie erneut angerufen und zu einer Segelfahrt eingeladen. Sie hatte sich gefreut. Schon lange war sie nicht mehr auf dem See gewesen. Robert mietete weit entfernt von der Villa ihres Ehemannes einen „Piraten", eine gemütlich zu segelnde Jolle. Es war ein heißer Tag, und bei einem leichten Nordostwind segelten sie nach Süden. Sie lachten und redeten viel miteinander. Anders als ihr Mann – großgewachsen, intelligent, athletisch und erheblich älter als sie, charmant und in Gesellschaft ein geistreicher Unterhalter – benutzte Robert ihre Fragen nicht nur als Stichworte, um schnell wieder von sich, von seinem Beruf und von sportlichen Erfolgen zu sprechen. Im nachlassenden Wind des späten Nachmittags erreichten sie wieder den kleinen Hafen am Ostufer. Als Robert ihr beim Aussteigen die Hand reichte, war es wie ein Stromschlag.

Anschließend lud Robert sie in ein kleines Restaurant am Wasser ein. Sie aßen goldbraun gebackene Renken mit Petersilienkartoffeln und tranken einen leichten Weißwein dazu. Sie fand nun Robert gutaussehend und sogar attraktiv, wie er ihr gegenüber saß und sie anlächelte. Als er sie fragte „Marion, willst du dir einmal meine Junggesellenwohnung ansehen", stimmte sie zu, und als sie auf der schmalen Landstraße nach Norden fuhren, wollte sie *es* auch. Sie folgte ihm in seine Dachterrassenwohnung.

Nachdem sie sich gegenseitig die Kleider vom Leib gerissen hatten und Robert nackt vor ihr stand, dachte sie „Oh mein Gott." Dann liebten sie sich auf dem weichen Wollteppich, rasch und heftig. Etwas später in der Nacht, während sich Robert auch noch als ein Liebhaber erwies, der so ausdauernd wie fantasievoll war, da fragte sie sich, ob es wirklich so war, dass sie sich in einen Mann verknallt hatte, der ihr vor nicht einmal dreißig Stunden noch völlig unbekannt gewesen war; und als sie am Schluss erschöpft auf dem Bett in seinen Armen lag, hatte sie gewusst, dass sie ihn wiedersehen musste. Jetzt liebte sie Robert, wie sie noch keinen Mann geliebt hatte.

Marion wurde aus ihrer Erinnerung gerissen, als das Gartentor ins Schloss fiel. Sie öffnete die Augen und sah, wie Robert Sorge den Kiesweg winkend hinaufstürmte.

Einige Stunden später. Die Sonne war längst untergegangen, und die Lichter der in sich zusammengesunkenen Kerzen beleuchteten das Paar. Marion saß auf einer weißen Couch mit weichem Leder, die nackten Beine hochgezogen und nur mit dem grünen T-Shirt bekleidet. Roberts Kopf lag in ihrem Schoß. Plötzlich schrillte das Telefon im Wohnzimmer.

„Lass es läuten", sagte Robert schnell.

„Das geht nicht, mein Liebster. Es ist mein Mann. Sein angekündigter Anruf aus Mailand. Bleib bitte so liegen, wie du bist. Ich bin gleich wieder bei dir. Nur eine Sekunde."

Robert blickte Marion nach, bis ihre Pobacken in der Dunkelheit verschwunden waren. Auf dem Sofa ausgestreckt, zog er sich eine leichte Wolldecke über seine Hüften. Erst jetzt nahm er wahr, wo er gelandet war, als Marion ihn vor einer Stunde in diesen Raum gedrängt hatte. Es war ihr Arbeitszimmer. Alles war weiß: Die Couch, die Gardinen, der Kleiderschrank und sogar der Schreibtisch vor dem Fenster. Nur die Bilder mit ihren blauen, grünen und roten Farben hingen wie bunte Tupfer an den weißen Wänden.

Sorge schloss die Augen und gab sich den wohligen Gefühlen der letzten Stunden hin. Gleichzeitig drängten sich ihm die Bilder auf. Sie hatten sich drei Tage nicht sehen können. Im roten Korbsessel vor dem Panoramafenster im Wohnzimmer liebten sie sich zuerst in der noch wärmenden Sonne. Dann streifte Marion ihr T-Shirt über und lief barfuß in die Küche. Er zog seine Boxershorts an und folgte ihr. Marion stand am Herd, ein Lied vor sich hinsummend. Sie lächelte ihr strahlendes, ansteckendes Lächeln, als sie ihn kommen sah. Ein köstlicher Duft strömte ihm entgegen. Marion hatte im Ofen sein Lieblingsgericht vorbereitet: Ochsenschwanzragout im Bräter, bei schwacher Hitze mit Schalotten, Knoblauch, Suppengrün und Gewürzen geschmort. Auf dem kleinen Tisch am Fenster stand eine geöffnete Flasche mit dem kräftigen Brunello di Montalcino aus der Toskana.

Er hatte sich vorgenommen, Marion nun von dem Geheimnis zu erzählen, das er seit Jahren mit sich herumtrug. Er war ihr dies jetzt schuldig, bevor sie es in den nächsten Tagen aus den Medien erfahren würde. Was für ein Idiot war er doch gewesen, bevor er wusste, was er zu tun hatte. Wie einer von denen hatte er reagiert, die selbst bei dem kleinsten Schuldvorwurf meinen, schweigen oder sogar lügen zu müssen, um der Strafe zu entgehen. Als ob man ein Geheimnis unbeschadet mit sich herumtragen kann, als ob man vor der Wahrheit davonlaufen kann, als ob die Wahrheit sich totschweigen lässt. Die Feigheit hat tausend Ausreden. Wie einer von denen hatte er sich benommen, die Verantwortung immer nur von den anderen fordern. Wozu er als Richter immer ermahnt hatte, was er missbilligt und oft bestraft hatte, hatte er lange verdrängt, nachdem er vor Jahren selbst einmal einen Fehler gemacht hatte.

Doch es blieb bei diesen Gedanken. Als sie sich in der Küche an dem kleinen Tisch gegenüber saßen, aßen und den Rotwein tranken, war er es, der zuhörte. Marion erzählte erstmalig, wie sie ihn empfand, als sie sich vor drei Monaten bei der Vernissage begegnet waren, und beschrieb mit übertriebener Mimik, welches Gesicht er machte, als sie ihn ein arrogantes Arschloch nannte. Sie brachte ihn dadurch zum Lachen. Dann erzählte Marion von lustigen Streichen der Schüler ihrer Klasse. Und jetzt fühlte er sich wie ein kleiner Junge, wie ein Lausbub, der er einmal gewesen war. Später – draußen färbte sich die Sonne rot, sie schauten schweigend zu, wie der Tag verschwand – waren sie beide im Gefühl versunken, einander gefunden zu haben. Nichts stand mehr zwischen ihnen, jeder noch so kleine Zweifel war verstummt. Die Zeit schien still zu stehen, da suchte Marion seine Hand, legte ihr Gesicht hinein. „Robert, ich glaube, ich bin glücklich. So glücklich wie noch nie. Wenn man diesen Augenblick doch festhalten könnte.“ Ernst, fast feierlich sprach sie diese Worte aus.

Und dann hatte Marion seine Hand genommen. „Komm“, raunte sie ihm zu. Er ließ sich von ihr in dieses Zimmer führen, auf dieses weiße Liegesofa aus weichem Leder. Im Kerzenlicht zog sie ihn aus, langsam, ganz langsam, dann er sie, bis sie nur noch die Kette aus blauen, grünen und roten Schmucksteinen um ihren Hals trug. „Streichle mich“, hauchte sie. Sie streckte sich aus und führte seine Hand zu ihren Brüsten. „Langsam.“ Er streichelte und küsste sie ohne Eile, wanderte weiter, ihrem Stöhnen wie einem Taktstock folgend, und verweilte mit seinen Händen und Lippen liebkosend dort, wo sie lustvoll aufschrie. Als er in Marion eindrang, verlor er fast die Besinnung und fühlte, wie eine Welle nach der anderen durch ihre Körper strömte.

„Oder ist alles wieder nur ein Traum, der zerplatzen wird“, seufzte Robert Sorge. Als er einen leichten Stups verspürte, öffnete er die Augen.

Marion streifte ihr grünes T-Shirt über den Kopf, schob die Decke zur Seite und legte sich kuschelnd neben Robert. „Du bist doch hoffentlich noch nicht eingeschlafen“, neckte sie.

„Nein, nein, ich hab an dich gedacht und von dir geträumt. Es war wunderschön.“

Marion küsste und streichelte Robert.

„Wer war denn dran?“ fragte er.

„Mein Mann war es nicht“, wich sie aus und drängte sich noch näher an ihn heran, presste ihre vollen Brüste gegen seinen Körper und küsste ihn auf den Mund.

„Wer dann?“

„Es ist jemand gewesen, den ich nicht kenne.“

„Aber er muss doch etwas gesagt haben.“

„Ja schon, aber ich weiß nicht, was das sollte.“

„Bitte, Marion."

„Liebster, es ist nichts. Du brauchst dir keine Sorgen zu machen."

Robert erhob sich und setzte sich auf die Kante des Sofas. Er wusste nun, Marion wollte ihm etwas verschweigen, und er begann zu ahnen, dass ihm nochmals eine Auseinandersetzung drohte, die für ihn abgeschlossen war, der er sich aber nochmals stellen musste.

„Ich möchte es trotzdem wissen. Bitte."

„Der Mann", fing Marion stockend an, „der Mann hat gefragt, ob du bei mir bist. Er müsse dich dringend noch heute sprechen."

„Und?"

„Ich habe ihm gesagt, dass du gerade gegangen bist. War das ein Fehler von mir?"

„Nein, nein. Das ist schon in Ordnung gewesen."

„Willst du nicht doch bei mir bleiben?"

„Tut mir leid, Marion. Aber ich muss jetzt gehen. Ich erzähle dir später warum, und sicherlich wirst du dann alles verstehen", sagte Robert und zwang sich zu einem Lächeln.

„Wann?"

„Vielleicht schon morgen."

Robert zog sich schnell an. Lange nahm er Marion in den Arm, presste sie an sich und küsste sie immer wieder. Eng umschlungen erreichten die beiden die Terrassentür im Wohnzimmer. Dort umklammerten sie sich wie zwei Ertrinkende, und Robert flüsterte: „Marion, ich liebe dich. Ab jetzt wird uns nichts mehr trennen."

Abrupt riss sich Robert Sorge los und stieg schnell die Treppe hinab. Auf dem Kiesweg drehte er sich immer wieder um. Unter dem Gartentor winkte er Marion das letzte Mal zu. Dann verschwand er in der Nacht.

Es war kälter geworden, und der Mond hatte sich verfinstert. Von Norden her näherten sich langsam schwarze Wolken.

3

Bis zu den frühen Morgenstunden des nächsten Tages kühlte es stark ab. Nebelschwaden legten sich auf den stillen See und krochen die Hügel hinauf. Nichts erinnerte mehr an die heiteren Tage der letzten Woche, mit denen der schon verloren geglaubte Sommer noch einmal zurückgekehrt war.

Kurz vor halb sieben bog Polizeiobermeister Richard Neunburger mit einem Streifenwagen von der höher gelegenen Ortsverbindungsstraße kommend nach rechts in die schmale Teerstraße ein. Langsam fuhr er zu den Parkplätzen hinunter, die für die Besucher des Freibadegeländes angelegt worden waren. Rechts neben ihm saß, den Kopf an die Fensterscheibe gelehnt, Polizeimeister Hans Grafenau, der aus halb geschlossenen Augenlidern vor sich hin döste. Ab und zu kippte ihm sein Kopf auf die Brust.

Das Oktoberfest hatte längst begonnen. An dem zweiten Samstag dieses Volksfestes – auch „Italiener-Samstag“ genannt – waren Scharen von Italienern von zu Hause aufgebrochen. Das Münchner Bier hatte sie über die Alpen gelockt. In Tausenden von Wohnmobilen waren sie über den Brenner gerollt und hatten damit München und auch den Umkreis überschwemmt. Wie immer parkten sie auf allen erlaubten und verbotenen Plätzen, und nach dem Wiesnbesuch feierten sie dort weiter. Auch die Parkplätze an dem Freibadegelände zogen die italienischen Wiesnbesucher trotz des Verbots mehr an, als dass sie dadurch abgeschreckt wurden. „Das Abstellen von Fahrzeugen zum Zwecke des Übernachtens ist nach der Benutzerverordnung nicht erlaubt“, hatte Neunburgers Vorgesetzter deshalb noch einmal betont, als der Polizeiobermeister seine Nachtschicht angetreten hatte.

Neunburger sah auf die Uhr des Fahrzeugs und stellte fest, dass sein Dienst schon in einer halben Stunde enden würde. Er fühlte sich plötzlich müde. „War doch eh ein Schmarrn“, brummte er vor sich hin und meinte damit die geplante Aktion, sämtliche Kennzeichen der auf dem Parkplatz abgestellten Wohnmobile zu notieren. Er setzte die Fahrt nur deshalb fort, weil er wissen wollte, ob er die mit Grafenau abgeschlossene Wette gewinnen würde. Er hatte darauf gesetzt und war sich sicher, auch einen Wohnwagen mit dem „NL" neben einem gelben Kennzeichen zu finden.

Daran zweifle er keine Sekunde, hatte Grafenau gegähnt und aus purer Langeweile dagegengehalten. „Wennst moanst, oa Mass is ma dey Gaudi a wert", sagte er noch, aber es klang mehr schadenfroh. Dies war vor nicht einmal zehn Minuten gewesen, als die beiden Polizisten in der Stadt noch nach dem Rechten schauten.

Inzwischen war Polizeimeister Grafenau eingeschlafen. Sein Kopf lag schwer auf seiner rechten Schulter, sein Mund war halb geöffnet. Er atmete tief und gleichmäßig. Manchmal klang es wie ein schwaches Pfeifen.

Die Polizeibeamten, beide um die Mitte zwanzig, waren von ihren Heimatorten im Bayerischen Wald nahe der tschechischen Grenze nach hier versetzt worden. „Zur Polizeistation auf der Insel der Reichen und Millionäre", wie Neunburgers damaliger Vorgesetzter beim Abschied eindeutig spöttisch bemerkt hatte, und hatte dem jungen Beamten so nachgeschaut, als ob er in Handschellen abgeführt wurde.

Als Neunburger dort eingetroffen war, bummelte er noch am Abend durch die fast menschenleeren Straßen und Gässchen der kleinen Stadt, in der er nun wohnte. „Absolut tote Hose", so war sein erster Eindruck von ihr. Selbst in seinem Heimatdorf gingen die Lichter später aus. Auch am nächsten Tag – bei Föhn und blankgeputztem Himmel – reizte sie ihn nicht sonderlich. Wie eine in die Jahre gekommene Diva, die nach jeder Schönheitsoperation selbstgefällig vor den Spiegel trat, aber jedes Mal mehr über ihr Gesicht erschrak, kam sie ihm vor. Am Bahnhof empfing sie ihn schon von weitem mit Düften von Bratenfett.

Ein Zug hielt an. Unter den Gleisen strömte eine Menschenmenge dahin, hetzte ihm von unten entgegen. Er ging zur Fußgängerpassage hinab. Sie war eng, düster, und die Decke hing bedrohlich tief. Automatisch zog er den Kopf ein. Dazu dieser undefinierbare Gestank, der ihn begleitete. Er tippte auf Urin, jedenfalls war ihm fast übel geworden. In diesem Augenblick kam ihm seine Versetzung wie ein Albtraum vor. Ein einziger Irrtum, dachte er noch, als er ins Freie trat.

Ihn hatte es immer nur amüsiert, wenn sein Vater halb ernst und im bellenden Dialekt der Oberpfälzer erwähnte: „Richard, wennst amal heiraten wuist, merk dir oans: Wenns wos and Feyss hod und wenns niad ganz scheych is, is a solchs Wei allaweyl no scheyner als a Noudige mit am allascheynsten Gsicht." Aber daran musste er unwillkürlich denken, als er auf der Promenade angekommen war. Jetzt verstand er seinen Vater, warum eine reiche Mitgift eine Braut verschönerte.

Wie ein Meer lag der See vor ihm da: blaugrün, inmitten sanfter Uferhänge, und in der Ferne das Wettersteingebirge so nahe, dass man glauben konnte, es sei vom warmen Föhnwind bis zum Südufer getrieben worden. Und über alles wölbte sich ein tiefblauer Himmel. Bei diesem vollkommenen Ausblick sah er die kleine Stadt nun mit ganz anderen Augen an. Wenig später, während er über die von frischen Kastanienbäumen gesäumte Maximilianstraße zu seiner winzigen Wohnung an der lärmenden Hauptstraße ging, kam ihm die unscheinbare Stadt schon hübscher vor. Er verliebte sich sogar in sie. Doch irgendwann wurde die Liebe von Mal zu Mal kleiner, bis sie erloschen war.

So sah und empfand es Neunburger im Rückblick, während er im dichter werdenden Nebel langsam weiter abwärts fuhr. Er fragte sich, warum dies so war und warum er sich immer mehr nach seiner Heimat sehnte. Er rieb sich die todmüden Augen und starrte durch die Frontscheibe.

Grafenau begann zu schnarchen.

Plötzlich kurz vor den Parkplätzen und etwa zwanzig Meter links neben dem Weg glaubte Neunburger, ein Fahrzeug gesehen zu haben. Er kannte diese von Büschen verdeckte Stelle, wo ab und zu Autos geparkt waren, in denen nicht nur geküsst wurde. Er selbst war vor sechs Wochen einmal dort gewesen. Mit seinem Opel Astra und mit einer Touristin aus Dresden, brünett, prall und scharf, die er kurz zuvor in der nahen Diskothek kennengelernt hatte. „Aber jetzt um diese Zeit und bei dieser Kälte?“ Irgendetwas stimmte hier nicht. Das spürte Polizeiobermeister Neunburger ganz deutlich. Er hielt das Dienstfahrzeug an, stieß langsam zurück und stellte es bei laufendem Motor so ab, dass die Scheinwerfer die verdächtige Stelle beleuchteten. Im grellen Licht sah er nun einen schwarzen Porsche. „Merkwürdig“, murmelte er, „ein Porschefahrer hat das hier doch bestimmt nicht nötig.“

Er stieg aus und pirschte sich mit seiner gesicherten Dienstpistole an den Porsche heran, Schritt für Schritt und atemlos. Plötzlich kroch Angst in ihn hinein, sein Herz raste.

Ein Hund bellte irgendwo im Nebel.

Durch die beschlagene Scheibe an der Fahrertür sah er einen Mann, nach vorne gesunken, als ob er schliefe. Neunburger öffnete vorsichtig die Tür, dann weiteten sich seine Augen in panischem Entsetzen. Er sah den Kopf des Mannes zwischen verkrampften Unterarmen auf dem Lenkrad liegen und sogleich ein blutiges Loch an dessen linker Schläfe. Er wusste sofort, dass ein Toter vor ihm lag.

Neunburger taumelte zurück. „Oh mein Gott, oh Gott, oh Gott“, stammelte er. Seine Beine fingen zu zittern an. Kalter Schweiß legte sich auf seine Haut. In seiner bisherigen Dienstzeit als Streifenpolizist hatte er noch nie einen Toten gesehen, und auch in der Polizeischule war ihn nicht gelehrt worden, wie er sich in einem solchen Fall verhalten sollte. Er musste dies mit seinem Kollegen besprechen. Stolpernd lief er zum Dienstwagen zurück, als er hörte, wie ihm von dort schläfrig zugerufen wurde: „Is wos, Richie?“

„Hansi, Hansi, kumm schnell, i hob an Doudn gfundn“, antwortete Neunburger mit zitternder Stimme.

Gemeinsam näherten sich die beiden jungen Polizeibeamten der Stelle, an der der Porsche abgestellt war. Grafenau musste sich nicht einmal in das Fahrzeug hineinbeugen. Er sah sofort: Der Mann mit dem blutverschmierten gelben Tennishemd war der Richter Robert Sorge.

Grafenau war sich sicher, da er bei ihm schon mehrfach als Zeuge nach Verkehrsunfällen hatte aussagen müssen. Er starrte ihn lange an.

Zuletzt war er vor nicht einmal drei Wochen von ihm vernommen worden. Er dachte daran und sah ihn vor sich, wie er mit seinem noch jungenhaft wirkenden Gesicht und den nach hinten gekämmten schwarzen Haaren auf dem Richterstuhl saß und mit seinen grünen Augen auf ihn blickte, als er die Personalien – Name, Vorname, Alter, Beruf sowie Wohnsitz – nennen musste. Ihm fiel nun ein, dass der Richter diesmal schon bei der Vernehmung zur Person aufmerksam zuhörte und dann mit einem nur für ihn bestimmten Lächeln fortfuhr: „Und sicher sind Sie irgendwo im Bayerischen Wald geboren. Da komm ich auch her. Wir beide sind also Waldler." Fast liebevoll sagte dies der Richter, und seine Worte erwärmten ihn. Aufgefallen war ihm damals noch, wie sein Lächeln plötzlich verschwand und mit welchem Ernst er sich zu seiner Heimat bekannte und sogar für kurze Zeit wie geistesabwesend wirkte.

Grafenau wandte sich nun ab. Den Tränen nah und mit erstickter Stimme rief er Neunburger zu: „Richard, da liegt der Richter Sorge vom Amtsgericht."

Dann schlug er die Hände vors Gesicht.

1

Als Franz Leutenbauer an diesem Sonntagmorgen gegen halb acht die Tür zu seiner Altbauwohnung im vierten Stock zuzog, wirkte er noch so verschlafen wie das verträumte Dreimühlenviertel um diese Zeit.

Dorthin war er vor fast vierzig Jahren als junger Polizeibeamter gezogen, obgleich es wahrscheinlich das hässlichste Viertel in München gewesen war. Wenn damals eine Gegend die Bezeichnung „Glasscherbenviertel" verdient hatte, dann war es der Bereich zwischen dem Schlachthof und der Isar gewesen. Erst später entdeckte er den Charme dieses winzigen Viertels, und nachdem die Sanierung abgeschlossen war, hatte er sich endgültig in das gemütliche Dreimühlenviertel verliebt: In die herausgeputzten Wohnhäuser der vorletzten Jahrhundertwende mit ihren weißen und wie mit Pastellfarben bemalten Fassaden, in die kleinen Geschäfte und in die behaglichen Lokale, die abseits der Touristenströme lagen.

Die Intellektuellen, Schriftsteller und Poeten in dieser Gegend verglichen diese Entwicklung gerne mit der Verwandlung des hässlichen Entleins in Andersens Märchen. Die Kaufleute beteten darum, dass der Glanz des nahen Glockenbachviertels bald auch auf ihre Geschäfte fallen würde, und die Studenten und jungen Leute, die hier wohnten, forderten, dass rasch ein Szeneviertel entstehen sollte.

Leutenbauer selbst hatte nur einen Wunsch. Wenn man ihn danach fragte, so pflegte er zu antworten: „Hoffentlich wird nicht wieder einmal ein Viertel in München zuerst von den Schickimickis entdeckt und später von denen überschwemmt. Ich würde dann keine Sekunde zögern und von hier verschwinden."

Fast eine Minute lang stand Maria, seine Ehefrau, am geöffneten Fahrstuhl und wartete auf ihn mit Wanderstöcken in der Hand. „Franz, komm schon", drängelte sie schließlich. „Hast auch deine Tabletten gnommen?"

„Jaja, hetz mich nicht so“, grummelte Leutenbauer zu ihr hin, während er bedächtig die Wohnung sicherte: zweimal mit dem Schloss und zusätzlich mit dem Sperrriegel. Zuletzt warf er den Wanderrucksack über die rechte Schulter.

Gestern Abend hatte Maria vorgeschlagen, noch einmal in die Berge zu fahren, um damit die diesjährige Wandersaison zu beenden. Der Wetterbericht hatte zwar für München und das Oberland Kälte mit teilweiser Nebelbildung angekündigt, aber der Föhneinbruch im Gebirge war erst für die späten Nachmittagstunden vorausgesagt worden.

Sie wollten vom Schlosshotel Elmau aus über das Hintergraseck auf den Eckbauer und von dort über den Draxlerweg zur Elmauer Alm wandern. Dies war der Wunsch von Maria gewesen, die an diesem Sonntag neunundvierzig Jahre alt geworden war und für ihn mit ihrem faltenlosen Gesicht und den lustigen Augen noch immer eine hübsche Frau geblieben war. Während Maria, rundlich bis zur Wade, wenigstens bemüht war, ihr Körpergewicht nach oben zu begrenzen, hatte er diese Absicht schon längst aufgegeben. Er wusste, wie Maria sich auf ihre Lieblingswanderung mit den faszinierenden Ausblicken auf das Wettersteingebirge freute, und hatte kein Argument gefunden, ihr diesen Geburtstagswunsch auszureden. Er selbst hatte schon vor einigen Jahren beschlossen, den „Ruf der Berge“ zu ignorieren, aber auf die zwei Weißbiere, die er früher nach dieser Wanderung auf der Elmauer Hütte mit einer Portion warmen Leberkäse zu sich zu nehmen pflegte, freute er sich noch immer.

Als aber das Handy aus dem Rucksack immer fordernder zirpte, ahnte Leutenbauer, dass es mit dieser Brotzeit nichts werden würde. Fluchend holte er das Mobiltelefon aus der Seitentasche – ein uraltes Nokia aus dem vergangenen Jahrhundert, das so mächtig war, dass es notfalls auch als Schlagstock eingesetzt werden konnte – und betätigte das Freizeichen. Wie befürchtet hörte er die Stimme von Müller-Fink, seinem Chef.

„Herr Kollege, es gibt Arbeit. Vor etwa einer halben Stunde ist die Leiche eines Richters am Ostufer des Starnberger Sees gefunden worden."

„Ich bin gerade dabei, mit meiner Frau ins Gebirge ...", wollte Leutenbauer abwehren, als ihn Müller-Fink sofort unterbrach.

„Tut mir leid, Herr Kriminalhauptkommissar. Es liegt nicht irgendjemand am Ostufer. Der Tod eines Richters sollte schon von meinem besten Mann aufgeklärt werden. Außerdem ..."

Schon weil er nun förmlich mit seinem Titel angesprochen wurde, wusste Leutenbauer, dass seinen Chef selbst der Geburtstagswunsch von Maria nicht umstimmen würde. „War auch nur ein Mensch", raunzte er in sein Handy.

„Außerdem kommt dieser Wunsch von ganz oben. Oberstaatsanwalt Dr. Kettenbach möchte, dass Sie diesen Fall übernehmen."

Darauf brummte Leutenbacher etwas in das Handy, was als Zustimmung gedeutet werden konnte.

„Wie mir von der Polizeiinspektion mitgeteilt worden ist, können sie sich den Tod des Richters nur mit Selbstmord erklären ..."

„Aber natürlich ist auch ein Fremdverschulden nicht auszuschließen", unterbrach Leutenbauer erneut. Er war immer noch verärgert und wusste ohnehin, was gefolgt wäre.

Immer dann, wenn er von seinem Chef beauftragt worden war, einen rätselhaft erscheinenden Tod aufzuklären, lief Müller-Fink zur Höchstform auf, denn es war für ihn eine willkommene Gelegenheit, seine vor Jahren in einer englischen Fachzeitschrift veröffentlichte Abhandlung „Suicide or crime?" ins Spiel zu bringen.

„Wie auch Ihnen bekannt sein dürfte, kann jeder nicht natürliche Tod statistisch gesehen auch ein Selbstmord sein", fing Müller-Fink jedes Mal an. Es folgten Beispiele aus der Literatur – „Herr Kollege, Romeo und Julia von Shakespeare sollten Sie mal lesen" – und dann ein minutenlanger Vortrag, warum sich ein Mensch in seiner Verzweiflung selbst tötet. Anschließend kamen die statistischen Zahlen zu der Variante, die er vom Schreibtisch aus für die wahrscheinlichste hielt. Erst zum Schluss gab er ihm den Standardsatz mit auf den Weg, der, wie sich meist später herausgestellt hatte, der Realität entsprach: „Aber natürlich ist auch ein Fremdverschulden nicht auszuschließen."

Normalerweise hätte Leutenbauer den Mund gehalten und geduldig diesen quälend langen Monolog über sich ergehen lassen. Unter normalen Umständen wäre er auch bereit gewesen, sich noch die unausweichlichen Bedenken seines Vorgesetzten gegen seine Vorschläge anzuhören. Aber jetzt, als er das enttäuschte Gesicht von Maria sah, wollte er bei dieser üblichen Prozedur nicht mitspielen. Er war stocksauer. So sagte er nur knapp: „Wenn ich diesen Fall schon übernehmen muss, möchte ich vorerst nur einen jungen Beamten abgestellt bekommen, der die Verhältnisse vor Ort bestens kennt. Auch schlage ich eine vorläufige Informationssperre vor. Also kein Wort zur Presse."

Leutenbauers Vorschlag klang endgültig.

Oberkriminalrat Müller-Fink, Volljurist und einige Jahre jünger als der Kommissar, erschien im Dienst stets in Maßanzügen mit den dazu passenden Westen sowie farblich abgestimmten Fliegen. Selbst jetzt, als er mit Leutenbauer telefonierte, konnte man sehen, warum er im Amt der schöne Siggi hieß. Im Seidenpyjama stand er am Fenster seines Schlafzimmers und schaute vom vierten Stock über den nebelverhangenen Englischen Garten. Siegfried Müller-Fink war kein großer Mann, allenfalls von durchschnittlicher Länge, mit fein geschnittenen Gesichtszügen und noch ohne jeglichen Bauchansatz. Sein Teint zeugte eindeutig von zahllosen Stunden, die er auf seiner privaten Sonnenbank verbracht hatte, und kontrastierte recht eindrucksvoll mit seinen blassblauen Augen. Obgleich der Oberkriminalrat schon knapp über fünfzig war, ging ihm deshalb noch manch hübscher Fang ins Netz, hie und da sogar ein Prachtexemplar. Der Beweis lag direkt hinter ihm: lange, blonde Haare, blaue Augen, sinnliche Lippen, feste, runde Brüste; und alles war nicht älter als dreißig.

„Schatzilein", gurrte die Superblondine, „komm doch jetzt wieder ins Bett."

Müller-Fink seufzte leise. Etwas unmutig nahm er sein winziges Mobiltelefon vom Ohr und vergrub es in seinen gebräunten Händen.

„Jessica, tu mir einen Gefallen."

„Welchen?" kicherte die Wasserstoffblonde.

„Lass mich bitte für einen Moment in Ruh."

„Warum denn?"

„Ich muss nachdenken."

Siegfried Müller-Fink musste tatsächlich überlegen. Der Tod eines Richters war so sensationell wie der eben geäußerte Wunsch seines Untergebenen ungewöhnlich war. Ein höchst brisanter Fall. Äußerst kitzlig. Einerseits hätte er sofort die Computer im Polizeipräsidium und die vom Landeskriminalamt bis zum Bundeskriminalamt angeworfen. Vor allem aber hätte er liebend gerne die Presse verständigt, schon weil er dann hoffen konnte, mehrere Interviews geben zu dürfen, angereichert mit einem Foto von ihm. Und warum Leutenbauer bei diesem Sensationsfall keine Sonderkommission wünschte, blieb wieder einmal dessen Geheimnis. Aber andererseits war Leutenbauer kriminalstatistisch gesehen sein bester Mann. Niemand konnte dies leugnen, auch er nicht. Er musste sich nur immer wieder wundern, welch einfache, ja sogar manchmal plumpe kriminaltaktischen Methoden sein meist mürrischer und einsilbiger Untergebener anwandte, und warum er dann gleichwohl immer erfolgreich war.

Müller-Fink zögerte. Er betrachtete nun sein eigenes Spiegelbild in der Fensterscheibe. Kopfschüttelnd fragte er sich wieder einmal, wie dieses Phänomen zu erklären war. Keine Frage, für ihn nur ein einfacher Mann dieser Leutenbauer, der gewiss mehr nachdenkt als er redet und der mich nicht immer alles wissen lässt. Zugegeben, was er ihm bis jetzt an kriminaltaktischen Vorschlägen präsentiert hatte, war zwar oft überraschend, aber nachträglich gesehen meist so brillant wie einfach gewesen. Doch jetzt? Man stelle sich vor: Nur einen jungen Beamten will er haben! Vielleicht sogar einen ohne jegliche kriminalistische Erfahrung!! Ist er jetzt übergeschnappt? Müller-Fink seufzte tief, wiegte den Kopf ärgerlich hin und her. Wirklich schlau werde ich aus diesem Menschen nie mehr werden, stellte er auch diesmal fest. Aber er musste jetzt eine Entscheidung treffen. Leutenbauer war stur wie ein Ziegenbock, und hinter ihm räkelte sich schon eindeutig die Blondine. Müller-Fink seufzte wieder. Mit einer schwungvollen Handbewegung führte er das Handy zum Ohr, strich sich über sein schwarzgefärbtes Haar und sagte endlich mit seiner hellen Stimme: „Herr Kollege, ich würde gleich eine Sonderkommission einsetzen und die Presse verständigen. Sie wissen doch, wie der Boulevard auf jeden kleinen Fehler der Polizei reagiert. Und alles fällt dann wieder auf mich zurück. Aber in Gottes Namen, machen Sie, was Sie nicht lassen können. Um den Erkennungsdienst brauchen Sie sich diesmal nicht zu kümmern. Das nehme ich natürlich selbst in die Hand. Außerdem verständige ich die Staatsanwaltschaft und auch noch den Herrn Justizminister."

„Schatzilein, komm doch endlich", schnurrte es schmollend hinter seinem Rücken.

„Gleich, Jessi. Noch fünf Minuten."

Müller-Fink warf einen letzten Blick auf sein Spiegelbild, wohlgefällig lächelnd, während er Leutenbauer den Fundort der Leiche beschrieb. Dann fing er zu telefonieren an.

„Maria, es tut mir leid ..."

„... aber es ist dringend", setzte Maria die schon hundertmal gehörte Entschuldigung ihres Mannes fort. Sie stand bereits hinter Leutenbauer, als er sich umdrehte.

„Die Leiche eines Richters ..."

„Franz, ich weiß. Du bist gerade beauftragt worden, seinen Mörder zu finden. Also beeil dich", sagte Maria nur und nahm ihrem Ehemann den Rucksack aus der Hand. Sie lächelte tapfer – und wie jedes Mal, wenn ihr Mann zu einer Leiche gerufen wurde, küsste sie ihn auf die Wange und setzte dazu: „Ruf mich bitte an. Ja?"

„Mach ich, Maria. Also bis später", versprach Leutenbauer wie immer und küsste Maria auf die Stirn.

Leutenbauer trat aus der Haustür und war auf der stillen Ehrengutstraße. Nach einem Temperatursturz von über fünfzehn Grad war es bitterkalt geworden. Noch immer trug er die Wanderkleidung, die so uralt war, dass sich nur noch Maria daran erinnern konnte, wann die Sachen gekauft worden waren: Die weite Fleece-Jacke, die so eintönig grau war wie der Nebel, der an diesem Morgen über der Isar hing, und die knapp über die Knie reichende beigefarbene Stretchcordhose. Nur das Rot der Strümpfe und die roten sowie weißen Karos des Baumwollhemds sorgten für die farblichen Akzente.

Leutenbauer zog den Reißverschluss seiner Jacke zu und überquerte die Dreimühlenstraße in Richtung zur Thalkirchner Straße, die erst am Schlachthof vorbei und dann entlang des neuen und des alten südlichen Friedhofs zur Stadtmitte führte. In einer der Parkbuchten hatte er gestern Abend noch eine Lücke gefunden und dort seinen VW Passat abgestellt.

Ächzend und mit der Anmut eines alternden, gutmütigen Bären ließ er sich auf dem ausgebeulten Sitz des Passats nieder. Sein mächtiger Kopf, halb kahl, das verbliebene Haar kurz geschnitten, reichte fast bis zum Dach.

Die nach Süden führende Autobahn erreichte Leutenbauer – an der Großmarkthalle vorbei, dann über den Mittleren Ring – in wenigen Minuten. Sein Ärger war verflogen und das Jagdfieber erwacht.

Er schaltete das Radio ein und wählte automatisch Bayern 4 Klassik. Leutenbauer liebte die klassische Musik, den Zauber, der von ihr ausging und ihn zwischen heiter und melancholisch stimmte. Durch sie konnte er auch am besten abschalten, wenn er nach einem Arbeitstag wieder einmal spät abends erschöpft nach Hause kam. Dann legte er eine seiner alten Langspielplatten auf, setzte sich in seinen bequemen Ohrensessel und lauschte mit geschlossenen Augen, bis erst die Gedanken an den Dienst verschwunden waren und ihn dann der Schlaf übermannte. Selbst wenn er zu einer Leiche fuhr, konnte ihn diese Musik noch für eine Weile von dem ablenken, was ihn als Polizist erwartete.

Leutenbauer lehnte den Kopf gegen die Nackenstütze, knöpfte seine Wanderhose auf und zog etwas den Reißverschluss nach unten. Er hörte noch die Holzbläser, die nach den Pauken den ersten Satz von Beethovens Violinkonzert einleiteten. Er lauschte den kraftvoll einsetzenden Klängen der Streicher, was für ihn meist eine Versuchung war, die Melodie des nun beginnenden Hauptthemas mitzubrummen. Doch jetzt, während er auf der langen Geraden ohne Eile nach Süden fuhr, war etwas, was nichts in ihm erklingen ließ. Selbst als die Sologeige sich jubilierend nach oben schwang und in hoher Lage das Hauptthema übernahm, verspürte er nicht den erregenden Schauer, der ansonsten über seinen Rücken bis zu den Haarspitzen lief.

Seltsam, dachte Leutenbauer und stellte das Radio ab. Er hörte nun der brummenden Stimme des Motors zu.

Plötzlich schoss ihm ein Gedanke in den Kopf. Er war auf dem Weg zu einem Toten, womit zugleich sein beruflicher Abschied eingeleitet wurde. Es würde voraussichtlich sein letzter Fall sein, und mit den vielen Überstunden würde sein Dienst in wenigen Wochen beendet sein. Welche Ironie des Schicksals, dachte er weiter. Mit einem toten Richter wird also mein Polizistenleben zu Ende gehen.

Alles in allem recht erfolgreich, überlegte Leutenbauer, als diese Gedanken Erinnerungen an die Zeiten erweckten, wie er als junger Streifenbeamter Tausende von rücksichtslosen Verkehrsrowdys und später, als er Kriminaler geworden war, unzählige Diebe, Betrüger und sonstige Gauner verfolgt hatte. Er hatte sich nicht danach gedrängt, doch als er in das Morddezernat befördert worden war, begann die aufregendste und auch schönste Zeit seiner Laufbahn. Nun war er im Kampf gegen das Böse an der vordersten Front angelangt. Jedes Mal, wenn er einen Mörder in Handschellen gelegt hatte, war er zutiefst davon überzeugt gewesen, die Welt ein Stück sicherer zurückgelassen zu haben. Manche seiner Kollegen sahen es anders. Aber sein Polizistenleben wäre nur halb so viel wert gewesen, wenn nicht Richter meist gerechte Strafen hätten folgen lassen.

Inzwischen lag München hinter ihm. Zwischen Wäldern verlief die Autobahn weiter nach Süden, monoton, Kilometerlang und fast geradeaus. So früh am Morgen war die Straße fast leer.

Noch an etwas anderes musste Leutenbauer jetzt denken und erschrak. Was hat ihr gemeinsamer Kampf gegen Lug und Gier, gegen Rücksichtslosigkeit, Gewalt und Zerstörung gebracht? Nach jedem ihrer Erfolge hatte sich das Böse im selben Umfang erneuert. Ihm fiel sofort Sisyphos ein, der von Gottvater abgestrafte König von Korinth. Der ewige Verlierer. Er wusste nun, wie sich der Unglückliche gefühlt haben musste, nachdem ihm der zentnerschwere Marmorstein schon tausendmal kurz vor dem Gipfel aus der Hand geglitten war und wieder ins Tal hinabrollte.

Ein wütendes Hupkonzert schreckte Leutenbauer auf. Er bemerkte, wie er in Gedanken versunken noch immer auf der mittleren Fahrbahn fuhr, und sah, wie links von ihm der Fahrer eines BMWs mit dem Zeigefinger erst auf die rechte Spur deutete, dann damit dreimal an seine Stirn tippte und zum Schluss die rechte Hand mit dem ausgestreckten Mittelfinger nach oben zeigte.

Den Kopf schüttelnd wechselte Leutenbauer die Spur und fuhr mit etwas erhöhter Geschwindigkeit weiter. Er begann zu frösteln, schaltete die Heizung ein und starrte in den schmutziggrauen Himmel. Wenig später verfinsterte sich seine Miene, als ob ihn die nun aufkommenden Fragen erschreckten. Abgesehen von Kleinigkeiten kamen ihm die Schöpfungen der Natur bis dahin meist sehr sinnvoll und manchmal sogar sehr weise vor. Aber warum duldet die Natur dann noch immer das Böse im Menschen, wieso, wenn dessen Sinn einzig darin liegt zu zerstören? Wird sich das Böse so lange fortsetzen, bis die Erde vom letzten Menschen befreit ist? Muss sich die Natur sogar zu ihrer eigenen Rettung vom Menschen befreien? Liegt darin vielleicht der tiefere Sinn des Bösen? In diesem Augenblick schien ihm die Vorstellung, die Welt sei eine notwendige Folge von Ereignissen, noch plausibler zu sein.

Doch Leutenbauer war von seiner Natur her ein Optimist. Ihm drängten sich deshalb sofort ganz andere Gedanken auf. Andererseits hat der Mensch schon jetzt das Geheimnis seines genetischen

Codes vollständig entdeckt, den Schlüssel seines Lebens gefunden und in einigen Jahren wird er auch ererbte Krankheiten heilen können. Vielleicht findet er irgendwann auf irgendwelchen Chromosomen die Genvariationen, die ihm ein Stück weiterhelfen könnten. Wer weiß denn schon heute, was die Zukunft einmal bringen wird.

Leutenbauer fing zu träumen an und stellte sich eine Zeit vor, in der der Mensch einmal ohne Polizisten und Richter auskommen kann.

Inzwischen fuhr er nach der Autobahnausfahrt hügelabwärts, und bald tauchte er in die über dem See liegenden Nebelschwaden ein. Die Gedanken und Träume lösten sich auf. „Franz, bist also immer noch ein Träumer, obgleich du schon über sechzig bist", nuschelte er vor sich hin. „Die Gedanken eines im Dienst alt gewordenen Polizisten, der zu seinem letzten Fall fährt."

Dann zog er die Hose zu und suchte nur noch den ihm beschriebenen Weg zur Leiche des Richters.

2

Wenige Minuten später erreichte er den Fundort, wo auf ihn zwei junge und sichtbar müde Männer warteten, die sich mit Polizeiobermeister Neunburger und Polizeimeister Grafenau vorstellten. Mit „Leutenbauer, Kriminalhauptkommissar, saukalt ists bei euch", begrüßte er die beiden und lächelte ihnen zu. Er dachte kurz an seine Zeit als Streifenbeamter und an seine Fehler, die er damals gemacht hatte.

„Habt ihr was verändert?"

„Wir ham überhabt nix ogriahrt und alles so loua, Herr Kriminalhauptkommissar", antworteten die zwei Polizeibeamten aufgeregt im Dialekt ihrer Väter, und Neunburger fügte hinzu: „I hob bloß de Fahrertür a wengl afgmacht."

„Sehr, sehr gut, aber bittschön ab jetzt ohne Kriminalhauptkommissar“, sagte Leutenbauer und streifte sich schmunzelnd die Einmalhandschuhe über.

Dann ging er zu dem Porsche und sah einen Mann, dessen Kopf auf dem Lenkrad lag. Sein verzerrtes Gesicht mit weit offenem Mund war ihm zugewandt. Glasige und wie in die Ewigkeit gerichtete Augen starrten ihn an. Bei diesem Anblick durchbebte noch immer ein kalter Schauer seine Glieder, und noch immer glaubte er zu spüren, dass ihm der Tote sein Geheimnis zuflüstern wollte. Leutenbauer schloss mit den Fingern seiner rechten Hand langsam und fast zärtlich die Augen des toten Richters und ließ seine Hand für einige Sekunden auf dem Gesicht liegen.

Den beiden jungen Polizeibeamten schien es, als ob der Kommissar dabei seine Lippen fast unmerklich bewegte und sich mit einem kurzen Gebet von dem Toten verabschiedete. Sie spürten, dass für ihn erst nach diesem flüchtigen Augenblick der Tod eines Menschen endgültig und unwiderruflich eingetreten war.

Neunburger und Grafenau verfolgten jede Bewegung des Kommissars. Sie sahen, wie er an der Fahrerseite vorsichtig nach hinten watschelte, dort die rechte Hand auf die Heckklappe legte, sich am Ende des Porsches schwerfällig niederkniete, dann aufstand und erst den anschließenden Geländebereich und später den Boden vor dem Wagen und an der Beifahrertür betrachtete, wobei er mehrfach nickte. Anschließend beugte er sich in das Fahrzeuginnere und sah sich dort um. Zuletzt blickte er nochmals den Toten an, wobei es schien, als ob er länger dessen Unterarme überprüfte.

„Wars des scho?“ fragten die jungen Polizeibeamten fast gleichzeitig, als der Kommissar nach wenigen Minuten zu ihnen trat.

„Vorläufig ja“, entgegnete Leutenbauer knapp. Er blickte in überraschte und enttäuschte Augen, die müde und zugleich fragend eine ausführlichere Antwort von ihm erhofften.

Leutenbauer streifte bedächtig die Handschuhe ab. Bilder drängten sich ihm auf. Er sah sich als jungen Streifenbeamten, wie er, schlecht bezahlt, aber voller Eifer und mit noch mehr Idealen, übermüdet durch die nächtlichen Straßen Münchens fuhr. Auf einmal blitzte ein Bild in ihm auf. Wie auf einem vergilbten Farbfoto sah er den Moment, als er bei einer dieser Streifenfahrten zum ersten Mal dem Tod ins Auge blickte: In das blutüberströmte Gesicht eines Mannes, der wie hingerichtet in einem silbergrauen BMW lag. Nach und nach erinnerte er sich nun, wie er bei klirrender Kälte und bei leichtem Schneetreiben zwischen den zwei Statuen vor der Ludwigsbrücke stand und auf die Kriminalbeamten wartete, wie einer von diesen forschen Rambos mit einem zweimal um den Hals gewickelten roten Wollschal und mit schlechten Manieren auf ihn zukam, wie der Kommissar zum Gruß kurz an die Stirn tippte und wie er nach getaner Arbeit grußlos verschwand, ohne mit ihm ein einziges Wort gesprochen zu haben.

Jetzt erkannte er sich in den beiden jungen Streifenbeamten wieder, sah die dunklen Ringe unter ihren Augen – und weiter ihre stummen Fragen. Obgleich es ansonsten seine Art war, die ersten Erkenntnisse am Tatort und erst recht seine Vermutungen zunächst wie das Schweizer Bankgeheimnis zu hüten, fing Leutenbauer zu reden an: „Kollegen, eines steht bis jetzt sicher fest. Der Richter hat sich bestimmt nicht selbst erschossen. Eine Waffe habe ich nicht entdecken können. Außerdem hätte er dann Rechtshänder sein müssen. Er ist in der rechten Gesichtshälfte getroffen worden, sogar zweimal, wobei nur eine der Kugeln an der linken Schläfe ausgetreten ist. Wenn ich mich nicht geirrt habe, ist aber sein linker Unterarm weit muskulöser als der rechte, so dass der Richter ein Linkshänder gewesen sein musste."

Leutenbauer machte eine Pause und sah jetzt in zwei offene Münder. Dann sprach er weiter: „Den Einschusslöchern nach wurde der Richter mit einer Pistole größeren Kalibers erschossen, und wahrscheinlich vor einigen Stunden von einem Mann, der vor der offenen Beifahrertür gestanden haben musste. Dort habe ich frische und riesige Schuhabdrücke entdeckt. Direkt hinter dem Porsche sind auf drei Metern Reifenspuren in dem noch feuchten Boden, vorne aber nicht. Außerdem ist der Tote nicht angeschnallt, und die Handbremse ist angezogen."

Leutenbauer schwieg wieder, doch diesmal einige Sekunden. Es schien, als ob er noch einmal seine Schlussfolgerung überprüfen wollte, bevor er sie verkündete: „Der Richter fuhr also los und hielt dann an. Wer stoppt aber schon nachts an dieser Stelle, stellt den Motor ab, löst den Sicherheitsgurt und zieht sogar noch die Handbremse an, wenn ein Fremder auftaucht? Sein Mörder ist deshalb höchst wahrscheinlich ein Mann, den er kannte. Aber das bleibt unter uns", sagte Leutenbauer, als er fertig war.

Neunburger und Grafenau nickten ernst. „Selbstredend", versprachen sie feierlich und wie aus einem Mund.

Grafenau, der Schmächtigere der beiden Streifenbeamten, fragte leise: „Wos mou des für a Mensch sa, der so wos gmacht hod?" Es klang so, als ob er darauf schon jetzt eine Antwort erhoffte.

Leutenbauer blickte in sein bekümmertes Gesicht. „Sind wir nicht deshalb Polizisten geworden, um das herauszufinden?" In seinem kleinen Lächeln lag ein Versprechen. „Erkundigt euch also bittschön in der Nachbarschaft, ob und wer etwas gehört oder gesehen hat. Dann ist für euch Feierabend", wurde er wieder amtlich.

„Für welche Zeit?" fragte Neunburger.

Leutenbauer nickte ihm anerkennend zu und überlegte kurz. Er sah das Gesicht des toten Richters vor sich, die erstarrten Unterarme und die schon rotblauen Totenflecken darunter. Dann schaute er auf seine Armbanduhr. „Grob geschätzt für die Zeit um Mitternacht", antwortete er.

Die jungen Polizeibeamten nickten eifrig und rannten zum Streifenwagen.

Leutenbauer blickte dem Fahrzeug nach. Es tauchte in den Nebel ein, und bald waren auch die Rückleuchten nicht mehr zu erkennen. Er schaute ins Nichts und dachte wieder daran, dass in wenigen Wochen seine Zeit als Polizist abgelaufen war. „Aber werde ich Grafenaus Frage noch beantworten können?"

Nach und nach trafen die Personen ein, die üblicherweise am Fundort eines Toten erscheinen. Zunächst die Leute vom Erkennungsdienst und sogar mit dessen Leiter Findeisen, und kurze Zeit später der Polizeifotograf Jürgen Jürgensen, ein knabenhafter Jüngling von sanfter Männlichkeit. Der schwarze Leichenwagen rollte heran und wurde in angemessener Entfernung abgestellt.

„Warum sind meine lieben Freunde vom Boulevard nicht hier?“ fragte Findeisen. „Bei diesem Sensationsfall!“

„Eben deshalb“, knurrte der Kommissar und zündete sich einen Zigarillo an. Er blies genüsslich den Rauch in den Nebel und beobachtete dabei, wie innerhalb des weiträumig abgesperrten Bereichs all diese Fachleute in ihren weißen Plastikanzügen jeden Quadratzentimeter kniend untersuchten, mit Nummern die Spuren markierten, Bodenproben in durchsichtige Asservatenbeutel stopften, Gipsabdrücke von allen Spuren rund um den Porsche machten, mit Rußpulver Fingerabdrücke bepinselten und nach DNA-Material suchten, in das Fahrzeug krochen und auch den Toten von oben bis unten mit Gummihandschuhen betasteten. Und alles war von einem Blitzlichtgewitter des Polizeifotografen begleitet.

Er dachte an seine Frau, an ihren Geburtstag und hatte plötzlich Lust, sie anzurufen. Er freute sich, als Maria sofort am Apparat war.

„Schatz, ich komme bald. Was gibt's heute zu Mittag?“

„Wenn du willst, mache ich dir einen Leberkäs. Mit einem Ei oder mit zwei Eiern drauf?“

„Zwei Eier sind mir lieber, mein Schatz.“

„Mir auch“, gluckste Maria. „Also bis später.“

Der Kommissar zog am Stummel des dritten Zigarillos, als Findeisen ihm mitteilte, dass seine Ermittlungen vor Ort abgeschlossen seien. Die Ergebnisse wollte er ausnahmsweise noch heute ins Büro bringen. „Bis spätestens um acht, garantiert, Franz. Also pfiadi.“

Nachdem sich Findeisen von ihm verabschiedet hatte, tauchte aus dem Nebel ein Mercedes auf, der unmittelbar vor ihm anhielt und dem Oberstaatsanwalt Dr. Kettenbach entstieg. Er war so groß wie Leutenbauer, aber ansonsten waren sie äußerlich verschieden. Kettenbach trug teuren Zwirn mit Fliege und war der Typ Langstreckenläufer, der als erfolgreicher Mittvierziger auf die Teilnahme am New York-Marathon hinarbeitete. Unter seinem vollen dunklen Haar, das nur an den Schläfen silbrig wurde, blitzten durch die randlose Brille Augen, die einen nur dann nicht ängstigen konnten, wenn man ein absolut reines Gewissen hatte. In Ganoven- und Justizkreisen galt er als ein „scharfer Hund", der mit schnellem Verstand alles sofort auf den Punkt brachte. An einem Tatort sah ihn der Kommissar das letzte Mal vor zwei Jahren, als er den Mord an einem Politiker aufzuklären hatte, einen Racheakt der Russenmafia.

Dr. Kettenbach, dem man nachsagte, er könne kein Blut sehen und schon gar nicht einen Toten, wandte sich sofort dem Kommissar zu. Er bot ihm die Hand dar, ohne sich vorzustellen. Sein Händedruck war fest.

„Herr Leutenbauer, ich bin bereits von Müller-Fink informiert worden. Ihr Chef hat zwar wie immer wieder einmal Bedenken gehabt, wie Sie die Ermittlungen führen wollen, aber ich bin davon begeistert. Natürlich habe ich Ihren Wunsch gerne erfüllt. Deshalb komme ich auch erst jetzt. Ich bin gerade bei der hiesigen Polizeiinspektion gewesen und habe für Sie den gewünschten jungen Beamten abstellen lassen. Übrigens, Herr Leutenbauer, war eine brillante Idee mit dem jungen Beamten. Scheint ein pfiffiger Bursche zu sein. Kann nur nützen, wenn jemand die Gegend rund um den See, die Leute hier und manche Gerüchte und Halbwahrheiten kennt. Ist sicher weit besser, als stundenlang vor dem Computer zu sitzen, um dann meist nur Ermittlungsschrott zu produzieren."

Leutenbauer wollte nichts kommentieren, stimmte aber dem Oberstaatsanwalt innerlich zu. Laut fragte er: „Wer ist der junge Kollege, und bis wann kann ich mit ihm rechnen?"

„Ach ja, das hätte ich beinahe vergessen. Er heißt Maximilian Wagner, ist der Sohn eines alteingesessenen Obst- und Gemüsehändlers, zweiundzwanzig Jahre alt, Computerfreak, Mitglied in einem Segelclub und hat hervorragende dienstliche Beurteilungen. Außerdem soll er ein exzellenter Windsurfer sein."

Hmm, dachte Leutenbauer. Hoffentlich ist er nicht einer dieser Luftikusse, die nur an irgendeinem Ufer liegen, um sonnengebräunt auf den nächsten Wind zu warten.

„Er wird sich bei Ihnen melden. Ihr neuer Assistent kommt im Laufe des Tages von einem Surf-Wochenende am Gardasee zurück. Noch Fragen und Wünsche?“ hörte der Kommissar.

„Nein, nein, Herr Oberstaatsanwalt“, stotterte Leutenbauer zufrieden, den Kopf schüttelnd.

„Und was können Sie mir mitteilen?“ fragte Dr. Kettenbach. Seine Stimme, die zuvor fast beschwingt geklungen hatte, und, so glaubte Leutenbauer gesehen zu haben, sogar mit einem spitzbübischen Zwinkern begleitet war, wurde wieder knarrend, und die stahlblauen Augen hinter der randlosen Brille bekamen wieder ihren scharfen, zupackenden Glanz.

Der Kommissar berichtete in knappen Worten von dem, was er bisher festgestellt hatte und für wichtig hielt: von der offenen Beifahrertür, neben der große, frische Schuhabdrücke waren, von den Reifenspuren hinter dem Porsche, von der angezogenen Handbremse, von der fehlenden Tatwaffe und den zwei Einschüssen in der rechten Gesichtshälfte, und dass mit Sicherheit der Fundort der Leiche auch der Tatort war.

„Also ist der Richter von einem Mann erschossen worden, der ihm dort auflauerte und den er wahrscheinlich gekannt hat“, folgerte der Oberstaatsanwalt sofort und hielt dann einen kurzen Moment inne, ehe er im gleichbleibenden sachlichen Ton fortfuhr: „Es sei denn, der Richter ist zum Anhalten gezwungen worden, und es ist der Täter gewesen, der den Anschein einer Bekanntschaft inszeniert hat, um uns auf eine falsche Spur zu führen. Dann aber haben wir es vermutlich mit einem Profi oder gekauften Killer zu tun, oder wir müssen möglicherweise sogar nach einem Täter suchen, der am Tod des Richters überhaupt nicht persönlich interessiert war.“

Dr. Kettenbach beendete damit seine Blitzanalyse. Er verabschiedete sich mit einem kräftigen Händedruck.

„Und halten Sie mich auf dem Laufenden, aber nur, wenn sich etwas Neues ergibt. Ich stehe Ihnen dann persönlich zu jeder Tages- und Nachtzeit zur Verfügung. Auf Wiedersehen“, sagte er noch, bevor er in den Mercedes stieg.

Leutenbauer verstand, was der Oberstaatsanwalt damit andeutete. Wenn ihn der Spurendienst oder der Zufall nicht zum Mörder führte, so würde er wieder einmal danach ermitteln müssen, wem der Tod des Richters genützt haben könnte, und ob und welche Rolle der Richter dabei gespielt hatte. Vor allem aber wusste er, dass das „Wir danach suchen müssen“ des Oberstaatsanwalts nicht wörtlich zu verstehen war, sondern abgekürzt „Vorerst Sie alleine“ hieß.

„Herr Hauptkommissar, kemma jetzt die Leich wegschaffn?“ drängelte dann der Fahrer des Leichenwagens, der mit der schon herausgefahrenen Stahlbahre auf seine Fracht wartete.

„Ja“, antwortete Leutenbauer und mahnte vorsichtshalber: „In die Gerichtsmedizin.“

3

Als Franz Leutenbauer mittags zu Hause ankam, fand er vor, auf was er sich gefreut hatte. Die Wärme in seiner Wohnung, und in der kleinen Diele hörte er ein Brutzeln und roch die Düfte eines gebräunten Leberkäses. Aus der Küche kam ihm Maria mit einem kurzen Rock und einer eng anliegenden Bluse entgegen. Vom Wohnzimmer her wehte eine stimmungsvolle Musik. Sie küsste ihn auf beide Wangen, schmiegte sich an ihn und scherzte: „Mit zwei Eiern.“ Auf dem kleinen Tisch in der Küche stand bereits das Weißbierglas, das er langsam auffüllte und mit einer luftigen Schaumkrone bedeckte. Maria hatte sich einen Salatteller zubereitet und trank Mineralwasser. Entgegen ihrer sonstigen Gewohnheit wollte sie während des Mittagessens nicht erfahren, wer am Tatort anwesend war, was genau gesprochen wurde und vor allem, wer Grüße an sie ausrichtete. Als er den letzten Bissen lustvoll verzehrt hatte und gedachte, sich mit einem zweiten Weißbier und einem Zigarillo zu vergnügen, knöpfte Maria wie gedankenverloren und mit einem viel versprechenden Lächeln zuerst einen Knopf und dann einen weiteren Knopf ihrer Bluse auf.

Dann zwinkerte sie ihm zu, und er folgte ihr.

Nur der anschließende Besuch der Waage im Badezimmer und der Anblick seines nackten Körpers enttäuschten ihn wieder einmal. Auch wenn ihm Maria versicherte: „Bärchen, du gefällst mir auch so", wurde dadurch seine Stimmung nur wenig gebessert. Leutenbauer war immer der Meinung „Sport ist Mord". Aber 106 Kilo! Er beschloss, sich nächste Woche im Body-World, dem Fitness-Studio um die Ecke, anzumelden.

Um sieben Uhr am Abend betrat der Kommissar sein Büro. Der Schreibtisch war noch leer. Nur ein Zettel lag darauf. Der Kollege Maximilian Wagner habe schon mehrmals angerufen, er werde es weiter versuchen, las er.

Neben der schwarzen Schreibtischlampe stand ein versilberter Bilderrahmen, in dem sich ein schon vergilbtes Foto befand. Blaue Augen in einem runden Gesicht unter blonden Locken lachten ihm entgegen. Er ließ sich in den Drehsessel fallen, dessen Sitzfläche nach unten geneigt und vorne bereits verschlissen war. Seitdem ihm das Einzelzimmer nach seiner Beförderung zum Kriminalhauptkommissar zugeteilt worden war, war dieser orthopädische Sessel die einzige Erneuerung und war ihm nur wegen des vor fünf Jahren erlittenen Bandscheibenvorfalls genehmigt worden. Die drei Gummibäume seines Vorgängers hatte er sofort entfernen lassen und sich dafür einen Druck mit van Goghs „Sonnenblumen" gekauft. Dieser hing seitdem einsam an der Wand gegenüber seinem Schreibtisch neben einem Schrank aus glattgrauen Resopal.

Leutenbauer dachte an die vergangenen Stunden und vor allem an die Stunden mit Maria. Ihm fiel sein Sohn Stefan ein, der zuerst seinen Elektromeister gemacht hatte und dann vor drei Jahren nach Australien ausgewandert war und dort geheiratet hatte. Seitdem hat er ihn nicht mehr gesehen. Auch malte er sich die Zeit nach seiner

Frühpensionierung aus. Er nahm sich fest vor, dann mit Maria nach Australien zu fliegen, und stellte sich vor, wie er seinen Sohn wieder in die Arme nehmen konnte und vielleicht auch ein Enkelkind. Er fing zu träumen an, wie er mit Maria in einem Wohnmobil kreuz und quer durch Australien fuhr. Unter einem endlosen Himmel ...

Auf dem Gang hörte er schnelle Schritte wie von einem Flüchtenden. Er wusste sofort: Das war Dr. Koch von der Gerichtsmedizin. Aber vor wem musste denn der Doc bei seinem Beruf davonlaufen, fragte er sich, als der schon die Türe aufriss und hereinstürmte.

„Grüß dich, Franz. Bin gerade auf dem Nachhauseweg und hab mir gedacht, schau mal selber vorbei."

Dr. Koch berichtete, dass sich der Richter mit Sicherheit nicht selbst erschossen hatte, und gab als Todeszeitpunkt „dreiundzwanzig Uhr plus, minus fünfzehn Minuten" an.

„Interessieren dich auch die Einzelheiten?"

Leutenbauer nickte nur. Er wusste, jede seiner Antworten würde den Doktor von seinem Redefluss nicht abhalten, ein „Nein" aber nur dazu führen, dass der Doc eine Woche lang beleidigt wäre.

„Also, ich habe zwei Einschüsse in der rechten Gesichtshälfte festgestellt, genauer gesagt eine in der Schädeldecke, so dass das Geschoss im Kopf steckengeblieben ist, und eine in dem brüchigen Teil darunter. Deswegen ist auch nur ein Geschoss an der linken Schläfe ausgetreten und wird von Findeisen sicher im Auto gefunden worden sein. Den Schussbahnen nach hätte der Richter die beiden tödlichen Schüsse nicht selber abgeben können. Er war nämlich Linkshänder. Sein linker Unterarm ist wie der rechte fast dunkelbraun, aber deutlich stärker als der rechte, und das bekommt man bestimmt nicht vom Bleistifthalten. Ich schätze, er war ein Tennisspieler, der lange und intensiv diesen Sport ausgeübt hat. Dass er vorsätzlich erschossen worden ist, brauche ich dir ja nicht zu erklären. Von mir aus kann die Leiche deshalb zur Bestattung freigegeben werden. Das wär's eigentlich schon. Alles andere kannst du selber nachlesen. Meinen schriftlichen Bericht hast du morgen auf dem Schreibtisch."

Leutenbauer wollte sich bedanken, als Dr. Koch mit einem „Ciao, bello " bereits wieder aus dem Zimmer stürmte.

Findeisen wird wie üblich trotz seiner Zusage „Spätestens um acht. Garantiert, Franz" wieder einmal zu spät kommen, dachte der Kommissar. Er rief deshalb den Streifenbeamten Neunburger an, der ihm jedoch nur mitteilen konnte, niemand aus der Nachbarschaft habe etwa gesehen oder gehört. Nach mehreren Versuchen erreichte er den Leiter des Amtsgerichts, mit dem er einen Termin auf Montag um Viertel nach acht verabredete, dem er aber am Telefon noch nicht den Grund seines Besuches angeben wollte. Anschließend meldete sich Wagner. Sympathische Stimme mit oberbairischem Akzent, stellte Leutenbauer erfreut fest, und aus dessen „Megageil" entnahm er, mit welchem brennenden Interesse der junge Kollege auf seinen Einsatz wartete.

Es war Punkt Viertel nach acht, als Findeisen mit abgespanntem Gesicht in das Büro schlurfte. Zunächst bestätigte er nur das, von dem Leutenbauer selbst ausging. Der Richter war mit einer Waffe erschossen worden, die am Tatort nicht gefunden wurde, und die Spuren bis zu den Rädern des Porsches konnten aufgrund des Reifenprofils einwandfrei diesem Fahrzeug zugeordnet werden. Die Handbremse war angezogen.

„Aus dem Porsche ist nichts mitgenommen worden. Auch das Portemonnaie ist noch in der linken Gesäßtasche gesteckt", sagte Findeisen dann. Eine Information, die für Leutenbauer neu war, aber einen Raubmord hatte er ohnedies nicht für sehr wahrscheinlich gehalten. Er wusste, dass Findeisen bereits jetzt ein Lob erwartete, schaute ihn aber nur ungerührt an.

„Franz, ich habe noch etwas entdeckt, was dich interessieren dürfte", fuhr Findeisen fort und hielt seine Nachricht für einige Sekunden zurück. „Neben der Beifahrertür sind frische Schuhabdrücke gewesen. Den Gipsabdrücken nach Größe 47, allenfalls eine halbe Nummer größer oder kleiner. Wenn kein Riesenweib davor gestanden ist, müssen die von einem Mann stammen."

Obgleich Findeisen immer noch nicht gelobt wurde, konnte er nun das überraschende Ergebnis seiner Untersuchung nicht mehr zurückhalten.

„Franz, ich habe im Auto neben dem Toten ein Geschoss gefunden und im Umkreis von drei Metern rechts neben der Beifahrertüre zwei Hülsen. Die Züge und Felder auf dem Geschoss sind typisch für ein Projektil, das für eine Makarov verwendet wird. Ich bin mir sogar zu neunundneunzig Prozent sicher, dass mit einer solchen halbautomatischen Pistole geschossen worden ist. Eine Pistole, die der russische Geheimdienst benutzt hat und die in der DDR gerne als Hinrichtungswaffe verwendet worden ist. Leider sind solche Waffen bei uns nur ganz selten registriert."

„Gute und schnelle Arbeit", brummte der Kommissar, und Findeisen wusste, dass seine Arbeit gerade mit einer „Eins mit Sternchen" ausgezeichnet worden war.

„Und was ist mit Fingerabdrücken? Und hast du biologisches Material für eine DNA-Analyse gefunden?"

„Leider Fehlanzeige. Keine Haare und keine Gewebeteile, nicht einmal etwas Spucke. Nur Schuhabdrücke."

Obgleich es schon gegen neun Uhr ging, wollte Leutenbauer mit dem Leiter des Erkennungsdienstes noch über ein Thema diskutieren, über das er neulich in einer Fachzeitschrift für Juristen gelesen hatte. Über die bis jetzt noch nicht ausgeschöpften Möglichkeiten des genetischen Fingerabdrucks, der durch eine DNA-Analyse schon dann gewonnen werden konnte, wenn dafür nur ein einziges Haar, eine Hautschuppe oder etwas Speichel zur Verfügung stand. Doch schon bei seiner ersten Frage, ob es zum Schutz vor Mördern und sonstigen Verbrechern gerechtfertigt sei, ein umfassendes „Speichel- oder Haarkataster" aufzubauen, winkte Findeisen sofort ab.

„Geh, Franz, das ist doch ein Schmarrn und würde nur meinen Job kosten. Außerdem ist es jetzt Sonntagabend, und ich bin hundemüde. Also pfiadi."

Der Kommissar blieb noch eine geraume Zeit sitzen, und seine Gedanken wandten sich wieder dem Tod des Richters zu. Er musste erkennen, dass bis jetzt nur eine beweiskräftige Spur vorhanden war, die zum Täter führte. Außer der Leiche und zwei Kugeln nebst Hülsen hatte der Mörder nur einen Schuhabdruck der Größe 47 am Tatort zurückgelassen.

4

Amtsgerichtsdirektor Hugel, eine hagere Gestalt in einem schlichten Anzug, betrat am Montag wie an jedem Werktag um Punkt acht Uhr sein Büro. In der betont strammen Haltung eines preußischen Generals und mit einem bekümmerten Gesicht durchschritt er sein Dienstzimmer, das so groß wie ein Tanzsaal war. Nach einer Serie von tiefen Kniebeugen: eins, zwei, drei, vier, fünf, bei ausgestreckten Armen, mit Blick aus dem Fenster, setzte er sich in einen Ledersessel hinter einem mächtigen Schreibtisch. Vor ihm, auf drei sorgfältig übereinandergestapelten Akten, lagen die Tageszeitungen. Der Starnberger Merkur und die Süddeutsche. Er begann diesen Arbeitstag aber nicht wie sonst, indem er die ihm vorgelegten Aktenstücke zur Seite schob und sich zunächst zwei Stunden lang in die Lektüre dieser Zeitungen vertiefte. Vielmehr lehnte er sich langsam und nachdenklich zurück und starrte zur Türe. Minutenlang.

Ihm ging noch immer das kurze Gespräch im Kopf herum, das er gestern Abend mit einem Mann geführt hatte, der sich mit Kriminalhauptkommissar Leutenbauer von der Kripo München vorgestellt und um einen Termin wegen einer Angelegenheit gebeten hatte, über die dieser am Telefon nicht hatte sprechen wollen. Hugel wusste, er war unschuldig wie ein Lamm, und von seiner braven Gattin nahm er das ohnehin an. Seine „drei Buben“, wie er seine Söhne im Alter zwischen achtzehn und zwanzig Jahren nannte, hatten nur an die Stirn getippt, als er begonnen hatte, sie wie ein Staatsanwalt zu verhören. Gleichwohl ahnte er, dass sich etwas Schreckliches ereignet haben musste.

Kurze Zeit später klopfte es dreimal an der Türe, und nach einem zögerlichen „Herein bitte“ sah er zwei Männer auf sich zukommen. Hugel stand auf und musterte sie über seine scharfe Lesebrille von Kopf bis Fuß. Der weit Jüngere von ihnen, mit einem unbekümmerten Lächeln und Gel im Haar, war stämmig, sonnengebräunt und trug eine braune Lederjacke. Eine Ausgabe des Kommissars in jung, dachte Hugel, nur fast einen Kopf kleiner und mit vollem braunen Haar.

„Das ist mein Kollege Maximilian Wagner“, wurde ihm dieser von Leutenbauer vorgestellt. „Angenehm“, schnarrte Hugel und bedachte Wagner mit einem kurzen Blick. Dem Kommissar gab er die Hand. Mit einer kurzen Geste, als wollte er sagen: „Rühren“, zeigte Hugel, wo sich die beiden an dem runden Besprechungstisch setzen durften. Eine Weile saßen sie sich stumm gegenüber, nur ihre Blicke begegneten sich ab und zu.

„Herr Leutenbauer, was führt Sie zu mir?“ fragte Hugel schließlich in die Stille.

„Herr Amtsgerichtsdirektor, ich muss Ihnen eine äußerst traurige Mitteilung machen“, antwortete der Kommissar. „Ihr Kollege Sorge ist gestern am frühen Morgen am Ostufer in seinem Porsche erschossen aufgefunden worden. Es tut mir sehr leid.“

Nach einem kurzen, betroffenen Blick schüttelte Hugel den Kopf und starrte aus dem Fenster. Aus seinem zerknitterten Gesicht war das letzte Blut gewichen. „Schrecklich. Wie ist es passiert?“ fragte er leise vor sich hin.

„Wir wissen bis jetzt nur, dass der Richter mit einer Makarov erschossen wurde. Vermutlich von einem Mann, den er kannte. Ich möchte deshalb einige Fragen stellen.“

Der Amtsgerichtsdirektor schreckte auf. „Wie bitte?“ fragte er, sah den Kommissar eine Weile an und sagte: „Selbstverständlich.“

„Halten Sie es für möglich, dass sich Sorge wegen seiner bisherigen beruflichen Tätigkeit Feinde geschaffen hat?“

„Als Strafrichter, der der Kollege zunächst war, sicher keine Freunde und bis auf die wenigen von ihm freigesprochenen Angeklagten nur enttäuschte Verurteilte, so würde ich es formulieren.

Auch seine spätere Tätigkeit als Zivilrichter hatte mit Sicherheit zur Folge, dass er niemals bei allen Parteien beliebt gewesen sein konnte. Da es in den Köpfen viele Gerechtigkeiten gibt, aber vor dem Gesetz nur eine Wahrheit existieren kann, fühlten sich bestimmt Hunderte von Verlierern von ihm ungerecht behandelt. Aber Feinde? Nein, das glaube ich nicht, kann es aber auch nicht mit letzter Sicherheit ausschließen. Bei einer ungerechten Verurteilung gibt es doch die Möglichkeit der Berufung. Für einen Racheakt hat deshalb kein Raum bestanden. Habe ich mich damit klar ausgedrückt?“

Leutenbauer war tief beeindruckt von der Rede und von der Logik des Amtsgerichtsdirektors. Er schämte sich fast, die Frage gestellt zu haben. Und welche Sprachgewalt! Dadurch beeinflusst wollte er beinahe fragen, ob bei ihm „Raum für eine Erinnerung bezüglich der Möglichkeit eines konkreten Falles bestehe“. Aber dies entspräche nicht seiner eigenen einfachen Sprache und könnte vielleicht als anmaßend angesehen werden, wenn er sich der Sprache der Juristen bediente, stellte er gerade noch fest.

„Herr Amtsgerichtsdirektor, erinnern Sie sich vielleicht doch an einen konkreten Fall?“

„Als der Kollege noch Strafrichter war, wurde an der Eingangstüre des Amtsgerichts vielleicht drei- oder viermal ein Zettel angebracht, auf dem stand: ‚Sorge, nimm das Urteil zurück‘ beziehungsweise ‚Sorge, gib mir die Gerechtigkeit zurück, oder ich hole sie mir von dir.‘“

„Kennen Sie diese Person?“ hakte Leutenbauer nach.

„Nein.“

„Weshalb nicht?“

„Es waren nur anonyme Drohungen, die nachts angebracht worden waren.“

„Haben Sie die Polizei verständigt?“

„Nein.“

„Existieren diese Zettel noch?“

Amtsgerichtsdirektor Hugel schüttelte den Kopf. Obwohl er in seinem Amt auch richterlich tätig war – allerdings nur gelegentlich und dann nicht in den klassischen Rechtsgebieten des Straf- und des Zivilrechts und es ihn sogar schmerzte, deswegen bei den Kollegen nicht als vollwertiger Richter anerkannt zu werden –, war er doch in seinem Herzen ein Beamter geblieben; sogar noch pünktlicher und korrekter als jeder Beamte, wie er nicht ohne Stolz von sich behauptete, da er selbst in nebensächlichen Angelegenheiten bis zum letzten Komma so sorgfältig entschied wie sonst auch. Deshalb gefiel es ihm nicht, wenn er gerade wegen eines kleinen Fehlers verdächtigt worden war – und deshalb schaute er jetzt kopfschüttelnd mit gerunzelter Stirn streng über seine Lesebrille hinweg.

„Haben Sie eine Vermutung, wer diese Zettel geschrieben haben könnte oder aus welchem Täterkreis der Verfasser stammen könnte?“ setzte Leutenbauer unbeirrt seine Vernehmung fort.

„Nein. Aber diese Person dürfte meines Erachtens nicht als Täter in Betracht kommen, da seitdem über fünf Jahre vergangen sind. Im Übrigen hat der Kollege kurz nach diesen Drohungen das Referat gewechselt und ist seitdem Zivilrichter gewesen.“

„Hm“, meinte Leutenbauer nur und schüttelte seinerseits den Kopf. „Wann genau und warum wurde Sorge Zivilrichter“, bohrte er weiter.

Hugel schilderte mit monotoner Stimme, dass Sorge vor fast fünf Jahren Anfang Dezember zu ihm gekommen sei und gewünscht habe, ab dem nächsten Jahr ein Zivilreferat zu übernehmen. Überraschend sei dies für ihn deshalb gewesen, weil er den Richter wie üblich bereits einige Monate vorher gefragt habe, ob er das Referat wechseln möchte. Sorges Wunsch habe aber doch noch entsprochen werden können, weil eine Kollegin wieder einmal Strafrichterin werden wollte. „Ein Referatswechsel nach zwei Jahren ist jedoch ungewöhnlich“, betonte der Amtsgerichtsdirektor am Schluss. „Zu Ihrer zweiten Frage: Der Kollege hat nur gesagt, dass er nun ein Referat haben möchte, in dem er sich nicht nur mit zehn Paragraphen beschäftigen müsse.“ Der Amtsgerichtsdirektor quittierte seine Bemerkung mit einem humorlosen Lächeln.

Leutenbauer musste schmunzeln, auch wenn er nicht verstand, warum ein Richter sich freiwillig mit dem trockenen Gebiet des Zivilrechts abgeben wollte.

„Offenbar war das für den Kollegen aber die richtige Entscheidung. Seitdem hat er sich weit mehr als früher seinem Richteramt gewidmet und auch an den Wochenenden gearbeitet. Wenn ich einmal am Wochenende das Gericht aufsuchte, stand jedenfalls sein Porsche immer auf dem Parkplatz“, fügte Hugel ausdruckslos hinzu.

„Herr Amtsgerichtsdirektor, wissen Sie vielleicht, ob der Richter möglicherweise unter seinen Kollegen, Freunden oder Bekannten Feinde gehabt hat?“

Hugel rang sich ein schwaches Lächeln ab. „Da muss ich Sie enttäuschen. Soweit ich weiß, ist Sorge bei seinen Kollegen und besonders bei seinen Kolleginnen sehr beliebt gewesen.“

„Ist Ihnen in letzter Zeit etwas Ungewöhnliches bei dem Richter aufgefallen?“

„Vielleicht. Er hat in der letzten Woche ab Oktober Urlaub bis Ende des Jahres beantragt und seine Termine ab Oktober abgesetzt.“

„Warum?“

„Es war der Resturlaub der letzten Jahre. Überraschend ist für mich nur gewesen, wie kurzfristig er das Gesuch gestellt hat.“

„Hm, eine letzte Frage. Sie wissen, dass der Richter einen Porsche Carrera gefahren hat. Halten Sie es für möglich, dass ...“

„Nun gehen Sie aber mit Ihrem Verdacht zu weit, Herr Kommissar!“ unterbrach Hugel sofort. Er musterte Leutenbauer missbilligend. „Wenn Sie damit andeuten wollen, der Kollege sei deswegen vielleicht in finanzielle Schwierigkeiten geraten, oder er habe sich sogar bestechen lassen, so ist dies völlig absurd. Wir sind doch nicht in der Privatwirtschaft. Wir sind bei der Justiz!“

Leutenbauer warf ihm einen langen Blick zu.

„Sorge war Junggeselle. Gehen Sie davon aus, dass er sich damit nur einen Jugendtraum erfüllt und nur das Kind im Manne befriedigt hat, was doch auch einem Richter zusteht.“

Der Amtsgerichtdirektor lehnte sich nach diesen Worten verärgert zurück. Der bloße Gedanke, auch in der für ihn heilen Welt der Justiz sei ein schwarzes Schaf gewesen, schien ihn persönlich zutiefst beleidigt zu haben. Er schüttelte noch immer den Kopf.

Der Kommissar schwieg. Er wusste es anders. Nicht nur Polizisten waren den Verlockungen des Geldes erlegen. Er hatte sogar einmal gegen einen Staatsanwalt ermitteln müssen, für den sein Chef die Hand ins Feuer gelegt hätte, der aber eines Tages in einem offenen Porsche und mit einer ebenso sündhaft teuren Luxusfrau auf der Leopoldstraße in München gesichtet worden war. Er wusste sogar noch, was dieser Staatsanwalt zu ihm gesagt hatte, als er ihn in seiner eleganten Eigentumswohnung in Schwabing verhaftet hatte: „Herr Leutenbauer, Sie können es sich nicht vorstellen, wie leicht mir die halbe Million zugeflogen ist."

„Herr Amtsgerichtsdirektor, trotzdem muss ich an Sie noch einige Fragen stellen."

„Ich höre."

„Wissen Sie, ob Sorge während seiner Zeit als Richter ungewöhnliche Anschaffungen gemacht hat?"

„Wenn Sie eine Dachterrassenwohnung am See als ungewöhnlich für einen Richter ansehen, so muss ich Ihre Frage mit ja beantworten."

„Wann war das?"

„Das entzieht sich meiner Kenntnis."

„Haben Sie eine Erklärung dafür?"

„Wie meinen Sie das, Herr Kommissar?"

„Nun zum Beispiel durch einen Lottogewinn", entgegnete Leutenbauer unverbindlich.

„Darüber hat Kollege Sorge mit mir kein Wort gesprochen, aber man kann es nicht ausschließen."

„Herr Amtsgerichtsdirektor, ich habe jetzt noch eine Bitte. Dürfen wir uns im Büro des Richters umsehen?"

„Natürlich dürfen Sie das", antwortete Hugel und erhob sich sofort.

Hugel, der in der Amtssprache seit einigen Jahren „Vorsitzender Richter am Amtsgericht“ hieß, aber diese Titulierung als Degradierung ansah, führte Leutenbauer und Wagner zum Büro des Richters, das am Ende eines langen Ganges lag. Auf dem Weg dorthin versuchte er, für sich eine Antwort zu finden, warum Sorge ermordet worden sein könnte. Als ehemaliger Staatsanwalt wusste er, dass der Getötete oft in seinen eigenen Tod verwickelt war und mit dem Mörder meist verwandt, befreundet oder sonst bekannt gewesen sein musste.

Während sich seine Schritte verlangsamten, begann er nachzudenken. Mit einem Mal war ihm bewusst, wie wenig er von dem Privatleben des Kollegen Sorge und sogar von dessen beruflicher Tätigkeit wusste, und dieses Wenige hatte er schon dem Kommissar mitgeteilt. Keine einzige Beschwerde war ihm vorgetragen worden, und selbst Gerüchte oder Informationen aus zweiter oder dritter Hand waren ihm nicht bekannt. Hatte er dennoch etwas vergessen? Gab es etwas, das vielleicht den entfernten Schluss zulassen könnte, der Kollege habe seinen Tod selbst verursacht oder sogar verschuldet? Er überlegte. Aber als Antwort fiel ihm nur eines ein. Vor Jahren war im Büro eines hohen Richters eine Zeitbombe gefunden worden. Also hatte er sich Sorgen gemacht und die Kollegen und Kolleginnen höflich, ja sogar bittend ersucht, das Dienstzimmer bei jedem Verlassen zu schließen. Sorge war der Einzige gewesen, der sich nicht daran gehalten hatte. Auf diesem Gang hatte er ihn angesprochen, aber der Kollege hatte nur gelacht. Ob er denn keine Angst habe, das Opfer eines Verrückten zu werden oder sogar eines Attentäters? Aber warum, hatte er erwidert. Nichts sei sicher, nicht einmal bei einer abgeschlossenen Bürotüre. Wenn es ihn erwischen sollte, dann habe er eben Pech gehabt. Das Restrisiko für einen Richter auf seiner Suche nach der Wahrheit und Gerechtigkeit.

Aus seinen Gedanken erwachte Hugel, als er vor dem Büro von Sorge ankam und feststellte, dass die Türe wieder einmal unverschlossen war.

Leutenbauer betrat zum ersten Mal das Büro eines Richters. Es war klein und eher winzig, und er verstand nun, warum Richter gerne in ihr häusliches Arbeitszimmer flüchteten. Noch bevor er den Schreibtisch erreichte, sah er darauf graufarbene Kommentare, Fachzeitschriften und bis zu einem halben Meter dicke, maisgelbe Akten verstreut umherliegen. Neben einem Dutzend Bildern in grellen Farben hing auch ein seltsames Ölgemälde an der Wand, auf dem ein vierbeiniger Skifahrer in einem blauen Gewand zu sehen war. Maximilian Wagner ging sofort darauf zu.

Direkt hinter dem schwarzen Drehsessel aus weichem Leder erblickte Leutenbauer einen Stich mit der Bezeichnung „Vor dem Dorfrichter“, den er schmunzelnd betrachtete. In einer Art Bauernstube sah er auf einem gepolsterten Holzstuhl einen weißhaarigen Herrn, bekleidet mit einem Gehrock, und vor ihm auf einem Tisch mit einer einfachen Holzplatte lag eine dünne Akte und standen zwei Tintenfässer. Neben ihm auf einer Holzbank vor dem Fenster saß ein Mann mittleren Alters, der an einem Federkiel nagte und gelangweilt das Geschehen verfolgte. Offenbar der Protokollführer. Der Dorfrichter sah durch seine Nickelbrille mit strengem Blick auf eine junge, erboste Frau in bäuerlicher Tracht, die stehend und im Beisein von erstaunten Zeugen mit ihrer linken Hand auf einen kleinen, ärmlich bekleideten Mann zeigte. In sich zusammengesunken und mit nach oben geöffneten Handflächen, aber mit einem hoffenden Blick erwartete dieser Angeklagte ein mildes oder zumindest gerechtes Urteil.

„Hoffentlich finden Sie eine Spur“, hörte Leutenbauer nach einer Weile im Rücken, wobei für ihn nicht eindeutig auszumachen war, ob der Amtsgerichtsdirektor damit seine bange Hoffnung ausdrücken wollte oder in einem Anflug von Humor auf die chaotische Unordnung anspielte.

Näher interessierte den Kommissar jedoch nur der Terminkalender, den er auf dem Schreibtisch unter einer Akte entdeckte. Er setzte sich und schlug sofort die letzte Woche auf. Auf der linken Seite befanden sich Eintragungen, die er nur mühsam entziffern konnte. „Montag, 11 Uhr Tennis“, „Dienstag, 15 Uhr Friseur“ und

„Mittwoch, 9 Uhr Tennis". Auf der rechten Seite, bei Donnerstag beginnend und bei Sonntag endend, sah er unter einem Kürzel „VT" fünfzehn und für die Zeit zwischen „8:30-11:30 Uhr" weitere dreißig Eintragungen, jeweils mit Namen, die ihm ein Rätsel blieben.

Leutenbauer blickte auf, kratzte sich am Kopf und reichte dem Amtsgerichtsdirektor den aufgeschlagenen Terminkalender. „Können Sie mir weiterhelfen?" fragte er und zeigte auf die rechte Seite.

Hugel setzte die Lesebrille auf, warf einen kurzen Blick darauf und antwortete: „Ganz eindeutig. An diesem fraglichen Donnerstag hatte Kollege Sorge seinen Sitzungstag. Mit fünfzehn Verkündungsterminen um 8:30 Uhr und mit dreißig Verhandlungs- und Beweisterminen bis 11:30 Uhr. Die Namen allerdings", Hugel rümpfte nun die Nase, „die kann ich auch nicht entziffern. Es müssen aber mit an Sicherheit grenzender Wahrscheinlichkeit die Namen der Parteien sein. Um ganz genau zu sein, die Namen der Kläger und Beklagten."

Soso, mit an Sicherheit grenzender Wahrscheinlichkeit, dachte Leutenbauer. Warum wollen sich die Juristen nie festlegen und immer ein Hintertürchen offen halten? Er studierte das Kalenderblatt weiter.

Ganz unten, dort wo die Liste der Parteien bei „Samstag" endete, entdeckte er, kleingeschrieben und in roter Schrift, einen Vornamen, der Miriam, Marion oder Maria heißen konnte. „18 Uhr" stand davor.

Auf die Frage, ob der Richter eine Bekannte oder Freundin mit diesen Namen gehabt habe, antwortete Hugel: „Das entzieht sich meiner Kenntnis. Ich kann mir aber gut vorstellen, dass es dem Kollegen daran nicht gemangelt hat." Leutenbauer glaubte, den Seufzer eines langjährigen und treuen Ehemannes zu hören.

Maximilian Wagner, der immer noch vor dem Bild mit dem blauen Skifahrer stand, drehte sich um, als er die Vornamen hörte, die mit dem Richter in Verbindung gebracht wurden. Er sah, wie der Kommissar den Terminkalender systematisch zurückblätterte, mindestens zehnmal, und zuletzt das örtliche Telefonbuch suchte, das als Lesezeichen in einem Band der „Neuen juristischen Wochenschrift“ lag, und in das er sich zum Schluss länger in einer Seite vertiefte.

„Das reicht vorerst“, sagte der Kommissar daraufhin, lächelte kurz und erhob sich. „Herr Amtsgerichtsdirektor, ich nehme an, Sie haben nichts dagegen, wenn ich diesen Terminkalender mitnehme. Und ich darf Sie noch um eines bitten: Behalten Sie bitte den Tod des Richters vorerst für sich. Ich wäre Ihnen auch dankbar, wenn Sie die Termine vom Donnerstag persönlich absetzen, ohne den Grund zu nennen.“

„Selbstverständlich“, antwortete Hugel, ohne zu zögern. Sorgfältig versperrte er dann das Zimmer, verbeugte sich kurz und ging mit langsamen Schritten zu seinem Büro zurück.

5

Leutenbauer war mit seinem Assistenten auf dem Weg zum Besucherparkplatz des Amtsgerichts, als sein Magen plötzlich zu knurren anfing. Er wusste, es war elf Uhr und der Zeitpunkt, zu dem immer der erste nagende Hunger kam.

„Haben Sie etwas Wichtiges im Terminkalender entdeckt?“ fragte Maximilian Wagner aufgeregt und mit Augen, denen ein Vater keine Bitte hätte ausschlagen können.

„Ja schon“, knurrte Leutenbauer zurück. Er hatte keine Lust, nun irgendwelche Fragen zu beantworten. Er wollte nur etwas essen und setzte sich auf den Beifahrersitz des Dienstfahrzeuges.

Maximilian Wagner verspürte tief in seinem Herzen einen Stich. Er war zunächst überrascht von dieser Antwort, und dann spürte er, wie Ärger in ihm hochstieg. So hatte er sich auch gefühlt, als ihn sein Dienststellenleiter am Sonntagmorgen anrief und ihm befahl, er müsse sofort seinen Urlaub abbrechen. Er hatte noch tief geschlafen, und in seinem Schlafsack lag eines dieser süßen Beachgirls, das er am Tag zuvor kennengelernt hatte. Doch als er hörte, er sei auserwählt worden, den Tod eines Richters zusammen mit einem Kriminalhauptkommissar aufzuklären, war er natürlich sofort hellwach gewesen. Nachdem ihm sein Dienststellenleiter noch mitgeteilt hatte, sogar ein Oberstaatsanwalt habe sich für ihn eingesetzt, hatte er um keine weitere Erklärung gebeten und eine solche auch nicht gesucht. Noch nie in seinem Leben war er so stolz gewesen. Mann, was für ein geiles Gefühl. Beinahe hätte er vergessen, seine kleine Süße noch einmal in die Arme zu nehmen. Noch während der stundenlangen Heimfahrt war ihm alles wie im Traum vorgekommen. Immer wieder hatte er sich vorgestellt, wie nach einer blitzgescheiten Idee von ihm der Mörder auf der Flucht gestellt worden war, wie der Kommissar dem Mörder die Handschellen anlegte und es leise „Klix" machte. Ein total geniales Gefühl.

Und jetzt das!

Ätzend. Ein einziger Flop. Bis jetzt nur öde Ermittlungen. Fast ein halber Tag war mit routinemäßigen Fragen verschwendet worden, die nichts erbrachten. Dafür hatte er einen mürrisch wirkenden Kommissar erlebt, der ihm nichts zum Stand der Ermittlungen mitgeteilt hatte. Dann dieses Gelaber von dem Amtsgerichtsdirektor, das in seinen Ohren echt bescheuert klang. Und jetzt wollte dieser alte Kommissar selbst seine erste Frage nicht beantworten, und er schien ihn wie der Fernsehkommissar Derrick seinen Assistenten nur als Chauffeur zu gebrauchen. Als trotteliger „Harry Klein" war er sich jedoch echt zu schade. „Wohin?" fragte er etwas trotzig.

Der Kommissar sah seinen jungen Kollegen von der Seite an und lächelte flüchtig. „Sie sind doch von hier und kennen sicher alle Wirtschaften. Schlagen Sie eine vor. Ich möchte Sie gerne zu einer Brotzeit einladen."

Maximilian Wagner konnte nicht anders, als nun seiner Enttäuschung ein vorsichtiges Lächeln folgen zu lassen.

„Super. Soll es billig, teuer oder unbezahlbar sein?"

„Das überlasse ich Ihnen."

„Also dann etwas teurer, aber gut und preiswert", grinste Maximilian Wagner. „Ich weiß eine am See."

Leutenbauer machte es sich bequem und ließ sich von seinem jungen Kollegen am Westufer entlang zu dem nicht genannten Ziel chauffieren. Es war immer noch kalt. Lediglich der Nebel und die darüber hängenden grauen Wolken hatten sich etwas gelichtet. Über dem See tauchte ab und zu die Sonne wie eine gelbe Scheibe auf. Sie kamen an einer Stelle vorbei, die Wagner sichtbar stolz „Das Paradies“ nannte. Für Leutenbauer als einen bekennenden Nichtschwimmer zwar nur ein langgestreckter Badeplatz, aber für diese fantastische Gegend hier ein bezeichnender Name, wie ihm schien. Nach wenigen Minuten, kurz nach dem „Sisi-Schloss“, bog Wagner nach links in eine enge Teerstraße ein, die sich an Tennisplätzen vorbei zu einem Parkplatz am See hinunterschlängelte.

Leutenbauer erkannte das Lokal wieder. Vor einigen Jahren und nach einem langen Spaziergang war er dort mit Maria eingekehrt. An einem Hochsommertag waren sie in dem kleinen Biergarten gesessen, Maria mit einem luftigen, getupften Kleid. Sie hatten beobachtet, wie in dem kleinen Hafen die Boote im Südwind schaukelten und auf dem See unter dem dunkelblauen Himmel Surfer vorbeisausten, Segelboote kreuzten und Dampfer majestätisch in Richtung Süden und Norden stampften. Anders als die meisten Münchner war er zwar noch nie in Italien gewesen und hielt es mit dem Spruch: „Ein Dachs verlässt nur ungern seinen Bau“, aber so stellte er sich die Stimmung am Gardasee vor.

„Eine gute Wahl“, sagte der Alte, nun sichtlich freundlicher gestimmt.

Im Stüberl bestellte er für sich eine Portion warmen Leberkäse, zweihundert Gramm, mit Kartoffelsalat und ein Weißbier. Maximilian Wagner begnügte sich mit zwei Weißwürsten und einem kleinen Bier. Beim Essen redete Leutenbauer wenig. Dafür schmeckte der Leberkäse, weich, luftig und frisch wie soeben aus dem Bratofen serviert, einfach zu köstlich. Außerdem schwärmte Wagner fast ununterbrochen von seinem Wochenende in Torbole am Gardasee, von dem um die Mittagszeit einsetzenden Starkwind Ora, von seinen „Vorwindritten“ auf meterhohen Wellen, von Halsen und Wenden, von irgendwelchen Sprüngen und Wasserstarts und auch von Stürzen kopfüber. „Einfach cool, Herr Leutenbauer, noch viel geiler als Tiefschneefahren, glauben Sie mir", sagte Maximilian Wagner zum Schluss.

Der Alte bestellte sich noch ein zweites Weißbier, nur zum Genießen. „Haben Sie etwas dagegen, wenn ich Sie einfach Max nenne", begann er, nachdem er das Weißbier diesmal mit einem kleinen Schluck angetrunken hatte.

„Alles klar. Und ich darf Sie Chef nennen, okay?"

„Wenn du willst, auch Franz", antwortete Leutenbauer schmunzelnd. Er wusste jetzt, dass der Oberstaatsanwalt sich nicht geirrt hatte. Max war nicht nur ein exzellenter Windsurfer. Er nahm einen weiteren Schluck und sagte: „Max, ich weiß, ich bin dir noch eine Antwort schuldig. Vorhin habe ich im Terminkalender etwas entdeckt, das die erste Spur zum Täter sein könnte. Der Richter wurde am Samstag um etwa dreiundzwanzig Uhr in der Nähe des Freibadegeländes am Ostufer von einem Mann erschossen. Kurz vorher um achtzehn Uhr war der Richter aber mit einer Frau verabredet, die für mich identisch ist mit der Person, die im Terminkalender unter dem letzten Sonntag im Juni neben einer Telefonnummer gestanden ist. Sie heißt Marion Rehberg, und laut Telefonbuch ..."

„... wohnt sie am Brunnangerweg 6", unterbrach ihn Maximilian aufgeregt und leicht errötend.

„Kennst du etwa diese Frau?"

„Natürlich. Frau Rehberg ist in der 13. Klasse meine Kunstlehrerin gewesen. Sie war damals noch Lehramtsanwärterin. Wie die Hälfte der Jungs in meiner Klasse war ich bis über beide Ohren in sie verliebt."

„Soso, verliebt warst du schon damals", spöttelte Leutenbauer ein wenig. „Ich nehme an, hoffnungslos. Und was sonst noch?"

„Ich weiß nur, dass Frau Rehberg vor etwa fünf Jahren einen erfolgreichen Stararchitekten geheiratet hat und seitdem am Brunnangerweg 6 wohnt. Auf dem ‚Promihügel', wie man hier so sagt. Und noch was: Der Fundort des toten Richters ist etwa dreihundert Meter vom Brunnangerweg entfernt", antwortete Maximilian nun eifrig.

„Max, wenn das so ist, dann müssen wir deinem ehemaligen Schwarm nun einen Besuch abstatten."

Leutenbauer hatte es plötzlich eilig. Er bat um die Rechnung. Mit einem großzügigen Trinkgeld und mit einem herzlichen Lächeln gab er zu verstehen, wie zufrieden er nicht nur mit der Speisekarte war.

6

Zwanzig Minuten später fuhr Maximilian mit dem Dienstwagen auf den Promihügel zu. Lässig, die Hände locker auf dem Lenkrad, bog er nach links in eine enge Straße ein, die sich hügelaufwärts schlängelte. Die Fahrt führte an alten verwinkelten Landhäusern, eleganten weißen Villen, nachgeahmten Bauernhäusern mit aufgepfropften Erkern vorbei, entlang immergrüner Thujen- und Fichtenhecken.

Die Namen der Bewohner dieser gehäuften Reichtümer kannte Max zumeist und oft auch deren Berufe, die er ohne Pause flüsternd wie Heilige nannte: Fußballer, Filmschauspieler. Aber auch solche waren darunter, die nicht nur zur Belustigung anderer spielten: Staranwälte, Investmentbanker, Immobilienspekulanten. In letzter Zeit hätten sich hier aber auch einige Milliardäre breitgemacht, deren Namen er leider noch nicht kenne, Russen wahrscheinlich, plauderte er zwischendurch.

„Da oben", rief er plötzlich und zeigte mit dem Finger stolz auf eine Villa, die am Ende der steilen Auffahrt lag. „Da oben residiert der Bassermann, der größte Finanzhai im Starnberger See." Max lachte, als er seinen Versprecher bemerkte. Langsam fuhr er auf ein breites Tor aus feuerverzinktem Vollstahl zu. Die spitzen Haken auf dem Tor blitzten, als ob sie aus Gold wären. Doch der Weg verlief weiter in Richtung Süden und bald steil abwärts. Durch die Nebellücken war in der Ferne ein Segelhafen zu sehen.

Leutenbauer schwieg und hörte dem Gerede von Max nur unaufmerksam zu. Er blickte zum See, der wie erstarrt unter ihm lag. Nebelschwaden lasteten auf dem graublauen Wasser.

In ihm war ein Bild aufgetaucht: Das Gesicht des höhnisch grinsenden Rüdiger Wiefersbach-Roloff. Er hatte geglaubt, diesen Menschen aus seiner Erinnerung gestrichen zu haben, aber vor fünf Monaten hatte er ihn im Fernsehen sofort wiedererkannt. Er war genau der Typ von Mann, der in der Welt der Schickeria und Neureichen anerkannt und bewundert wurde. Charmant, groß, braungebrannt und Meister des Smalltalk. Ein Journalist hatte ihn vor seiner Villa in München, im vornehmen Stadtteil Grünwald, wegen der Gerüchte zur Rede gestellt, diesmal mit „Schrottimmobilien“ in den neuen Bundesländern Investoren und Banken im zweistelligen Millionenbereich geschädigt zu haben. Er war von diesen Gerüchten nicht überrascht gewesen. Aber damals vor fünf Monaten, als Wiefersbach-Roloff neben seinem roten Ferrari gestanden war und den Journalisten nur höhnisch angegrinst hatte, hatte er schmerzlich feststellen müssen, dass dieses Gesicht und seine eigene Geschichte, die er damit verband, in seinem Unterbewusstsein nur wie in einem unversperrten Safe gelagert waren.

Gegen Wiefersbach-Roloff hatte er selbst einmal ermittelt. Es begann mit einer Vermissten-Akte auf seinem Schreibtisch und endete mit einem halben Sieg, der für ihn aber eine persönliche Niederlage war. Obgleich er anschließend wegen seiner akribischen Ermittlungen zum Kriminalhauptkommissar befördert worden war, hatte ihm Wiefersbach-Roloff die einzige große Enttäuschung in seinem Leben bereitet.

Leutenbauer schloss die Augen. Auch wenn alles schon über zehn Jahre zurücklag, war es wie gestern. In der Akte stand, dass ein Student von seinen Eltern als vermisst gemeldet worden war, dass er jahrelang als Vorschoter bei Wiefersbach-Roloff mitgesegelt war und dass er sich kurz nach einem Segeltörn rund um Sardinien einen neuen Porsche gekauft hatte. Auf die Frage, warum sich ihr Sohn den sündhaft teuren Porsche hatte leisten können, gaben die Eltern zu Protokoll: „Wir fielen aus allen Wolken. Aber Oliver hat dazu nur erklärt: ‚Ein großzügiges Abschiedsgeschenk von Rüdiger.'" Nach der eigenen Aussage besaß Wiefersbach-Roloff nicht nur eine Luxusyacht, die im Hafen von Porto Cervo auf Sardinien lag. Auch ein eleganter Drachen lag an der Boje vor seinem fürstlichen Anwesen am Ostufer des Sees.

Leutenbauer öffnete die Augen. Er starrte aus dem Fenster zum See hinab und spürte, wie sich sein Magen verkrampfte, als er sich wieder einmal ausmalte, wo der Student noch heute liegen könnte.

Wiefersbach-Roloff bezeichnete sich als Kaufmann, war aber tatsächlich ein Börsenspekulant gewesen. Als eine routinemäßige Anfrage bei der Steuerfahndung erbrachte, dass dort gegen ihn wegen Steuerhinterziehung ermittelt wurde, und als später eine Insider-Information aus den Bankenkreisen im Fürstentum Liechtenstein diesen Verdacht erhärtete, war er zutiefst überzeugt gewesen: Auch dem Studenten war während der unzähligen gemeinsamen Stunden auf See und anderswo nicht nur durch den Wind zugeflüstert worden, wo die versteckten Millionen lagen. Der Steuerflüchtling war es gewesen, der Oliver ermordet hatte, weil er deswegen von ihm erpresst worden war. Jede Wette hätte er damals angenommen.

Leutenbauer sah das breite Grinsen von Rüdiger Wiefersbach-Roloff deutlich vor sich, als er diesem an einem Frühlingsmorgen zusammen mit einer Staatsanwältin und zwei Steuerfahndern den Durchsuchungsbefehl überreichte und hörte ihn sagen: „Herr Kommissar, für wie dumm halten Sie mich eigentlich? Wenn ich Beweismittel im Keller versteckte hielte, müsste ich doch wegen Dummheit bestraft werden. Aber soweit ich weiß, ist Dummheit allein nicht strafbar." Wiefersbach-Roloff war aber mehr als dumm. Wegen Steuerhinterziehung in Millionenhöhe wurde er zu einer Freiheitsstrafe von vier Jahren verurteilt.

Nur die Leiche des Studenten konnte trotz weiterer Nachforschungen nicht gefunden werden. Zuletzt suchten sogar Taucher tagelang den Seegrund ab. Auch daran musste sich Leutenbauer jetzt erinnern. Als deshalb Wiefersbach-Roloff von der Mordanklage freigesprochen wurde, fühlte er sich in seiner persönlichen

Niederlage von der Justiz im Stich gelassen. In der Nacht darauf konnte er das erste Mal nicht einschlafen und wälzte sich bis zum nächsten Morgen im Bett herum. Immer wieder sah er in jener Nacht, wie ihm der Mörder höhnisch zugrinste, als dieser den Schwurgerichtssaal verließ.

Schade, dachte er, verdammt schade, dass mir die Zeit keine Gelegenheit mehr gibt, die offene Rechnung mit diesem Verbrecher zu begleichen ... und wurde erst aus seinen Erinnerungen gerissen, als Maximilian am Fuße des Hügels scharf nach rechts abbog. Nach wenigen Metern hielt Max vor dem Anwesen Brunnangerweg 6 an. Davor parkte ein VW Polo. Zur Straßenseite hin stand eine niedrige, weißgetünchte Mauer, über die rote Rosen rankten.

Leutenbauer klingelte am schmiedeeisernen Vorgartentor, und kurz darauf erschien an der Haustür eine junge Frau.

Sie begrüßte Maximilian sofort mit „Hallo Maximilian. Schön, dass Sie mich einmal besuchen.“ Dem Kommissar stellte sie sich mit Marion Rehberg vor. „Kommen Sie doch bitte rein“, sagte sie freundlich. Ihre Stimme war ihm sofort ebenso sympathisch wie ihr herzliches Lächeln.

Der Kommissar zögerte, sich wie üblich mit „Leutenbauer, Kripo München“ vorzustellen, unterließ dies dann und fühlte sich erleichtert. Er sagte nur: „Sehr gerne.“

Marion Rehberg hakte sich bei Maximilian unter, der die leichte Berührung mit einem scheuen Lächeln erwiderte. Sie führte ihn durch die Eingangshalle in das Wohnzimmer, in dem sich an der Westseite über fast die gesamte Front ein Panoramafenster erstreckte. Davor stand ein roter Korbsessel. An den Wänden links und rechts neben einem Bauernschrank und einem von Büchern überquellenden Regal hingen Bilder mit kräftigen Farben und poppigen Gegenständen. Leutenbauer verstand nicht viel von Malerei, und mit der modernen Kunst konnte er sich ohnedies nicht anfreunden. Aber bei einem Bild – weiß-rote Tomatendose mit der Aufschrift „Campbells Tomato SOUP“ – war er sich fast sicher. Ein echter Andy Warhol, tippte er, als er davor länger verweilte.

„Gefällt Ihnen dieses Bild, Herr ...?“ hörte er hinter sich die sanfte Stimme der jungen Frau, und er kam sich wie ein Schüler vor, der die Hausaufgaben vergessen hatte.

„Leutenbauer“, ergänzte der Kommissar und stotterte: „Nein, doch, ganz gut.“

„Das Kaufen solcher Siebdrucke ist das Hobby meines Mannes. Neben seinem Beruf seine einzige Leidenschaft“, vernahm er dann Marion Rehberg, deren Stimme dabei merklich sachlich klang.

„Was darf ich Ihnen anbieten? Kaffee, Tee?“ fragte sie, und ihr herzliches Lächeln war zurückgekehrt.

„Kaffee bitte. Mit Milch und Zucker, wenn es keine Umstände macht.“

Zusammen mit Maximilian ging Marion Rehberg in die Küche. Leutenbauer setzte sich in den roten Korbsessel und blickte ins Freie, ohne etwas dabei wahrzunehmen. Er dachte an seine Wohnung in der Ehrengutstraße, die in der Nähe des Schlachthofs lag, an Maria und erinnerte sich an den Tag, an dem er seine Frau vor dreißig Jahren an einem heißen Sommertag in der Eisdiele „Gelato“ in der Nähe der Isar angesprochen und ihr dann einen großen Becher gemischtes Eis mit Sahne spendiert hatte. Zwischendurch lauschte er der fröhlichen und neckenden Stimme der jungen Frau, die in der Küche für ihn klappernd den Kaffee zubereitete.

„Maximilian, Sie sind also nicht Künstler, sondern Polizist geworden.“

„Ja.“

„Ich finde, ein sehr guter Beruf für einen Mann.“

„Finde ich auch.“

„Wie gefällt es Ihnen bei der Polizei?“

„Passt schon.“

„Haben Sie schon einen Mörder geschnappt?“

„Noch nicht.“

„Dann wird es aber Zeit, Maximilian!“

Bei dieser scherzhaften Aufforderung von Marion Rehberg wurde dem Kommissar wieder bewusst, warum er hier war. Er war nur wegen einer Frage gekommen. Plötzlich fürchtete er sich vor den Fragen dieser bezaubernden jungen Frau und vor den Antworten, die dann von ihm erwartet wurden.

Leutenbauer sah, wie Marion Rehberg auf einem Tablett den Kaffee zu dem neben der Küche befindlichen Bauerntisch brachte und sich neben Maximilian auf die Eckbank setzte. Er nahm ihr gegenüber Platz. Nachdem er langsam einen Schluck Kaffee getrunken hatte, eröffnete er die Befragung, die für ihn keine routinemäßige mehr war.

„Ich bin ein Kollege von Maximilian. Ich kann Sie aber beruhigen. Wir sind nur in einer Angelegenheit hier, die Sie nicht persönlich betrifft. Ich muss aber an Sie deswegen routinemäßig eine Frage stellen."

„Ja bitte."

„Kennen Sie den Richter Sorge, und ist er am Samstag so ab achtzehn Uhr bei Ihnen gewesen?"

„Ja. Robert kam kurz nach sechs zu mir und ist dann um etwa halb elf gegangen. Das weiß ich genau, weil ich kurz nach zehn angerufen worden bin und Robert sich anschließend sofort verabschiedet hat", antwortete sie unbefangen, aber mit einem kurzen Zögern.

„Hat Ihr Mann Sie angerufen?"

„Nein, was mich überrascht hat."

„Warum?"

„Üblicherweise ruft mich mein Mann um diese Zeit an, wenn er auf Geschäftsreise ist."

Aus der Art, wie Marion diesen Satz aussprach, glaubte Leutenbauer herausgehört zu haben, dass sie solche Anrufe mehr als Belästigungen durch einen eifersüchtigen Ehemann betrachtete.

„Darf ich fragen, wo Ihr Mann am Samstag gewesen ist?"

„In Mailand, wegen der Planung eines Krankenhauses. Es sei dringend, hat er mir am Freitagmorgen nur gesagt. Eigentlich wollte er bis Sonntagabend zurück sein. Hat mein Mann in Mailand etwas angestellt?"

Ihre Antwort und ihre Frage klangen diesmal so, als ob sie von einem Geschäftspartner sprach.

„Nein“, war die kurze Antwort des Kommissars, der anschließend ruhig fragte: „Können Sie mir bitte sagen, mit wem Sie telefoniert haben und was der Anrufer wollte?“

Es entstand eine Pause. Marion Rehberg sah Leutenbauer jäh an und dann durch das Panoramafenster. Ihr länger werdendes Schweigen verriet, dass sie sich nicht nur mit den Antworten beschäftigte, die von ihr erwartet wurden. Ihre Blicke kehrten zurück. Sehr leise, aber mit fester Stimme antwortete sie: „Der Mann hat sich nicht vorgestellt. Er fragte mich, ob Robby bei mir sei. Er müsse ihn noch heute dringend sprechen.“

„Was haben Sie ihm geantwortet?“

„Dass Robert gerade gegangen sei. Tatsächlich hat sich Robert aber erst zehn Minuten später von mir verabschiedet.“

„Wegen dieses Anrufs?“

„Ich hatte schon den Eindruck.“

„Haben Sie eine Vermutung, wer der Anrufer gewesen sein könnte? Haben Sie seine Stimme schon einmal gehört?“

Marion Rehberg schüttelte den Kopf. „Nein. Eigentlich konnte niemand wissen, dass Robert bei mir gewesen ist. Er kam nur selten zu mir, und wenn, dann stellte er sein Fahrzeug nicht auf dem Brunnangerweg ab, sondern in der Nähe des Freibadegeländes, und kam immer durch den Garten ins Haus.“

Also vermutlich eine heimliche Liebschaft, dachte Leutenbauer und fragte vorsichtig auf das Telefon zeigend: „Darf ich?“ Enttäuscht stellte er fest, dass der Apparat Telefonnummern nicht speichern konnte. Er ging zurück und setzte sich. Er nippte an der Tasse und betrachtete einige Sekunden lang das aparte Gesicht der jungen Frau, die seine Blicke nun wieder mit einem offenen Lächeln erwiderte. Welch eine bezaubernde Frau, dachte er und fühlte sich zunehmend irritiert.

„Frau Rehberg, ich habe noch eine persönliche Frage, die Sie, wenn Sie wollen, nicht zu beantworten brauchen. Wie stehen Sie zu dem Richter Sorge?“ Eine Frage, die, wie er sofort erkannte, feige, verlogen und völlig überflüssig war. Bevor er sie zurücknehmen konnte, hörte er: „Ich liebe ihn, und Robert liebt mich, wie er mir beim Abschied gesagt hat.“ Dabei lächelte Marion Rehberg Maximilian etwas verlegen an.

Schnell fragte Leutenbauer weiter, wo er ihren Mann sprechen könne.

„Im Büro“, antwortete Marion Rehberg, diesmal ohne zu zögern. „Kurz vor Ihrem Besuch hat er mich vom Brenner aus angerufen und mir mitgeteilt, ich solle nicht auf ihn warten. Er müsse noch ins Büro, um dort bis zum Abend einiges aufzuarbeiten. Ist was mit meinem Mann?“

„Nein“, antwortete Leutenbauer kurz, der sich die Frage der Frau aber nun selbst stellte. Er erhob sich darauf.

„Ja, das wär's schon, Frau Rehberg. Vielen Dank für die Auskunft und die Zeit, die Sie für uns geopfert haben.“

An der Haustüre verabschiedete er sich schweigend, und während er ihr die Hand gab, versuchte er, ihre Blicke zu deuten, mit denen sie ihn ansah. Sie schien glücklich zu sein, aber etwas war jetzt anders. Er sah ein mühsames Lächeln. Er war bemüht, sich nicht anmerken zu lassen, wie traurig er war.

Am Dienstwagen angekommen, drehte sich Leutenbauer um und sah in die fragenden und erstaunten Augen von Maximilian.

„Max, ich weiß, ich bin feige gewesen, und doch froh darüber. Du hast gesehen, wie glücklich sie ist. Ich habe es einfach nicht übers Herz gebracht, dieses Glück mit einem Schlag und schon heute zu zerstören.“

Marion Rehberg ging in ihr Arbeitszimmer, das nun auch ihr Schlafzimmer war. Sie setzte sich auf den Stuhl vor dem Schreibtisch. Es war ihr freier Tag, und sie wollte noch ihre Vorbereitungen für den Unterricht der nächsten Tage beenden.

Als Maximilian plötzlich in der Türe gestanden war, war dies für sie nicht nur eine angenehme Unterbrechung gewesen. Er war damals ihr Lieblingsschüler und ihr als ein aufgeweckter, fröhlicher und begabter Abiturient in Erinnerung geblieben. Auch sein älterer Kollege, der irgendwie verlegen, fast schüchtern wirkte, war ihr sofort sympathisch.

Aber warum waren sie eigentlich gekommen? Mit einmal kehrten die Fragen zurück, die sie nicht hatte stellen wollen, und ihre Gedanken fingen zu rasen an. Warum wussten sie von Roberts Besuch, und warum wusste auch dieser Fremde am Telefon, dass Robert bei ihr war? Warum? Was wollte dieser Fremde? Und warum hat sich Robert seitdem nicht mehr gemeldet? Was ist mit Robert?

Marion sprang auf und rannte in das Wohnzimmer. Sie wählte die Nummer von Roberts Büro und wenig später hastig die seiner Wohnung. Die Freitöne wollten nicht enden, und jeder Ton erinnerte sie an ihre bangen Fragen. „Komm. Bitte. Melde dich. Bitte, bitte!" flüsterte sie flehend in den Hörer. Zwischendurch glaubte sie, ein Klingeln gehört zu haben und malte sich aus, wie Robert gerade vor der Vorgartentüre stand. Er wird auf dem Tennisplatz oder irgendwo sonst sein, tröstete sie sich schließlich. Aber ihre Hand zitterte, als sie den Hörer auflegte.

Langsam ging Marion zu dem roten Korbsessel und setzte sich. Sie blickte aus dem Fenster. Tiefliegende Wolken versperrten den vertrauten Blick auf den See. Ihre Augen suchten das Tor am unteren Ende des Gartens. Sie sah Robert, wie er am Samstag in der untergehenden Sonne das Tor öffnete und winkend den Kiesweg zur Terrasse hinaufrannte. Wie glücklich sie wieder mit ihm geworden war, dachte sie.

Dieses Bild erweckte Erinnerungen an den vergangenen Montagnachmittag. Marion schloss die Augen. Sie sah Robert, wie er den Piraten hart am Wind segelte. Das Segelboot flog im warmen Südwind über das aufgewühlte Wasser des Sees direkt auf ihr Lieblingslokal zu. Sie saß hinter der Fock und wartete auf das Kommando „Klar zur Wende". An der Luvseite hing Roberts Oberkörper weit über Steuerbord. Die Gischt der Wellen spritzte gegen sein gelbes Tennishemd. Robert hielt mit der linken Hand fest die Pinne. Obgleich sie noch nie so rasant auf dem See gesegelt war, fühlte sie sich absolut sicher. Sie lächelte ihn an, er lächelte zurück. Dann rissen die Bilder, wie bei einem alten Stummfilm. Stattdessen tauchte ihr Ehemann vor ihrem inneren Auge auf. Er stand so vor ihr, wie sie ihn am nächsten Morgen in ihrem Arbeitszimmer erlebte. Sein Gesicht war verzerrt, und ein bedrohliches Glitzern lag in seinen Augen. Sie versuchte, das Bild zu verdrängen, aber sie war wie gelähmt. Dann hörte sie die Worte, die sich in ihr Gedächtnis eingebrannt hatten.

„Du bist gestern beim Segeln gesehen worden", fing er sofort mit bebender Stimme an. „Um genau zu sein, mit Robby, dem Richter, der den schwarzen Carrera fährt. Kann es sein, dass du anschließend in seiner Wohnung warst? Hast du mit ihm geschlafen? Ich kenn den, diesen, diesen ... Ich warne dich", zischte er, als er die Türe hinter sich zuknallte.

Marion riss die Augen auf. Panische Angst lag nun darin. Ihr Körper fing zu zittern an. „Neiiin, neiin, nein", schrie sie qualvoll hinaus. Dann rollten Tränen über ihr Gesicht, und sie sackte in dem roten Korbsessel zusammen.

7

Zur selben Zeit fuhr Max mit dem Dienstwagen auf die Autobahn, wechselte sofort auf die linke der drei Fahrspuren und raste in Richtung München.

Aber dies bemerkte Leutenbauer nicht, denn noch immer war er mit seinen Gedanken bei der jungen Frau, die er vor fünf Minuten im falschen Glück zurückgelassen hatte. Hatte sie nur eine Affäre mit dem Richter? Nur ein flüchtiges Abenteuer während der Geschäftsreise ihres Ehemannes, das sie für Liebe hielt? Wahrscheinlich nicht. „Ich liebe ihn, und Robert liebt mich", waren ihre Worte, nachdem er im Präsens mit einer Lüge danach fragte, wie sie zu dem Richter Sorge stehe. Nein, das waren nicht nur Worte gewesen. Zu schnell hatte sie ihm, einem ihr völlig Fremden, ihr Herz geöffnet und ihm ihre Liebe so spontan anvertraut, als ob von da an jeder davon wissen sollte. Aber wenn sie sich so in Sorge verliebt hatte, dann musste es dieser Architekt gewesen sein, der sie in die Arme des Richters getrieben hatte.

Leutenbauer lehnte sich zurück und schloss die Augen. Er stellte sich den Augenblick vor, an dem sie erfahren würde, dass ihre Liebe von einem Mörder zerstört worden war. Hätte er ihr schon vor zehn Minuten die Wahrheit sagen müssen? Diesen einen Satz? Dieses eine Wort? Wie brutal die letzte Wahrheit sein konnte, spürte er nie deutlicher, ja unmittelbarer, als in diesem Moment. Er glaubte, als Polizist gewusst zu haben, wie sich ein Polizist in einer solchen Situation verhalten musste. Er glaubte, recht gehandelt zu haben. Es war erst nur ein Gedanke gewesen, aber daraus war schnell ein Anfangsverdacht geworden, den er mit dem Architekten verband. Damit die erste Spur nicht verwischt würde, musste er Marion den Tod des Richters verschweigen, tröstete Leutenbauer zuletzt sein schlechtes Gewissen. Doch es fehlte nicht viel, und er hätte Max angewiesen, bei der ersten Ausfahrt zu wenden, um zu ihr zurückzufahren.

Mit diesen Gedanken kam München näher. Obgleich vor der ersten Ausfahrt die Höchstgeschwindigkeit auf achtzig Stundenkilometer begrenzt war, raste Maximilian auf der linken Fahrspur im dichter werdenden Verkehr stadteinwärts.

„Wir verfolgen doch niemanden“, brummte Leutenbauer, während er auf den Tachometer blickte, der über hundertzehn anzeigte. Doch Maximilian schaute ihn nur kurz an, wechselte auf die mittlere Spur und fuhr mit knapp hundertzehn weiter. Darauf schwieg Leutenbauer wieder.

Inzwischen fuhr der Dienstwagen auf der langen Geraden direkt auf die Frauenkirche zu, die sich in der Ferne mit ihren zwei Hauben hundert Meter in den Himmel erhob.

„Was weißt du von dem Richter?“ wollte Leutenbauer mit einem Mal wissen.

„Fuhr einen schwarzen Porsche Carrera“, antwortete Maximilian etwas zurückhaltend.

„Und sonst? Das kann doch nicht alles sein.“

„Schien bei den Frauen viel Glück gehabt zu haben. Ich bin deshalb nicht besonders überrascht gewesen, dass Sorge Frau Rehberg besucht hat, während ihr Ehemann auf einer Geschäftsreise in Mailand gewesen ist. Obgleich ...“

„Obgleich was?“ fragte Leutenbauer, weil Maximilian schwieg.

„Wenn ich es mir genau überlege, so tue ich dem Richter vielleicht Unrecht. In den letzten Jahren habe ich ihn mit keiner Frau mehr gesehen, und auch die Gerüchte sind verebbt.“

„Hmmm“, brummelte Leutenbauer und wenig später lauter: „Das Unglück scheint ihn dafür jetzt eingeholt zu haben.“

Leutenbauer schwieg eine Weile, sah vor sich den Richter, wie er mit verzerrtem, offenem Mund auf dem Lenkrad seines Porsches lag, schließlich sagte er: „Max, du hast gehört, was der Amtsgerichtsdirektor zur beruflichen Tätigkeit des Richters erzählt hat. Weißt du vielleicht sogar mehr?“

„Nein, nur was darüber in der Zeitung stand, und das war wenig. Eigentlich gar nichts. Zivilsachen scheinen für die Presse zu langweilig zu sein. Nur im Sportteil tauchte der Name des Richters früher öfter auf. Mir ist nur eines aufgefallen: Wenn ich am Gericht vorbeigefahren bin, habe ich den Porsche fast immer auf dem Parkplatz gesehen. Viel öfter als früher, sogar an den Samstagen und Sonntagen.“

Wieder schwiegen die beiden. Die lange Gerade zum Luise-Kiesselbach-Platz streckte sich und wollte nicht enden. Die Autoschlange wurde dichter, stockte, bewegte sich weiter. Maximilian trommelte ungeduldig mit den Fingern auf das Lenkrad.

Leutenbauer war eine Weile nur so dagesessen, dachte an Marion Rehberg, spürte wieder sein schlechtes Gewissen, da fragte er ganz plötzlich: „Kennst du den Architekten?“

„Den Rehberg?“

„Ja, genau den.“

„Eher nicht“, begann Maximilian. „Eigentlich weiß ich von dem nur, was von ihm in der örtlichen Presse berichtet worden ist. Er soll ein Stararchitekt sein, der sich auf die Planung und auf die Bauaufsicht von Krankenhäusern spezialisiert hat, und dazu ein exzellenter Golfer. Obgleich er schon Mitte vierzig ist, nimmt er noch immer an den deutschen Meisterschaften teil."

Nach einer kurzen Pause erhellte sich die Miene von Maximilian. „Noch etwas." Dann schwärmte er fast eine Minute lang davon, wie er in den letzten Jahren gesehen habe, mit welchen italienischen Luxussportwagen Rehberg durch die Stadt gefahren sei, einmal sogar in einem roten Ferrari, und schloss ein wenig spöttisch: „Man erzählt sich im Yachtclub, dass Rehberg der Typ von Skifahrer sei, der oben am Berg immer als Erster losfährt und unten als Erster ankommen will."

„Hm", brummte Leutenbauer zunächst nur und sagte nach einer Weile verächtlich: „Also ein Siegertyp und ein Narziss, dieser Rehberg", und knurrte zuletzt, als Max vor dem Mittleren Ring am Luise-Kiesel-Platz abgebremst hatte: „Ich glaube, den Architekten müssen wir einmal genauer unter die Lupe nehmen."

„Du meinst, der Rehberg hat bei seiner Frau anrufen lassen, und er war vielleicht nicht in Mailand?" sprach Maximilian aus, was Franz Leutenbauer nach dem Gespräch mit Marion Rehberg nicht mehr ausschließen konnte. Er sah den Alten an, der weiter geradeaus blickte.

„Was du nicht sagst", antwortete Leutenbauer langsam und dachte, dass Maxens Vermutungen bei einem Narziss und Siegertypen nicht falsch sein mussten.

Als hinter dem Dienstfahrzeug ein wütendes Hupkonzert einsetzte und Maximilian deswegen hastig den ersten Gang einlegte, deutete Leutenbauer erst auf die winzige Überwachungskamera jenseits des Platzes und sagte ganz ruhig: „Ich bin mir bis jetzt nur in einem absolut sicher. Max, wenn du jetzt losfährst und noch versuchen solltest, über die Kreuzung zu kommen, werden wir bald ein kleines Rotlichtproblem am Hals haben."

Kurz nach siebzehn Uhr war Leutenbauer zusammen mit Max in seinem Dienstzimmer. Sofort suchte er die Telefonnummer des Architekturbüros und fand diese unter einer Anschrift in Bogenhausen. Am Apparat war eine Frau, die sich mit „Hier Architekturbüro Rehberg" meldete und deren tiefe Stimme der vornehmen Adresse entsprach. Wahrscheinlich die Sekretärin des Architekten mit langen Beinen und einer prächtigen Figur unter einem eng anliegenden Pullover, so stellte er sie sich vor. Er verlangte nach Herrn Rehberg, ohne seinen Namen zu nennen. Als sie flötete: „Ich muss mal nachschauen, ob mein Chef noch im Hause ist", und er die Antwort ahnte, ergänzte er: „Leutenbauer, Kripo München."

Nach wenigen Sekunden hörte er eine sonore Stimme: „Rehberg. Was kann ich für Sie tun?"

„Schön, dass ich Sie noch erreicht habe, und entschuldigen Sie bitte die Störung", begann der Kommissar im höflichen Ton.

„Macht überhaupt nichts, Herr Leutenbauer. Ich helfe der Polizei natürlich sehr gerne. Um was geht es denn?"

„Tut mir leid, Herr Rehberg. Das ist im Augenblick noch vertraulich. Ich habe nur eine Frage an Sie, die Ihre Gattin an sich schon beantwortet hat. Reine Routine. Mit ihr habe ich gerade gesprochen und dabei erfahren, dass Sie ab Freitag wegen einer dringenden geschäftlichen Angelegenheit in Mailand gewesen sind. Ihre Gattin hat von einem Krankenhaus erzählt, das Sie dort planen."

„So, hat sie das?"

„Sie hat sogar von einem Millionengeschäft gesprochen", sagte Leutenbauer noch, ohne dass diese Lüge sein Gewissen sonderlich belastete, und fragte nicht ohne Absicht: „Stimmt das?"

„Das ist richtig. Sie wissen doch selber, wie das so mit den Italienern ist. Erst dolce fare niente und dann avanti, avanti. Ist Ihre Frage damit beantwortet?"

„Vielen Dank, Herr Rehberg. Das wär's schon."

Einer Eingebung folgend verabschiedete sich der Kommissar nicht sogleich. „In Mailand bin ich leider noch nicht gewesen. Könnten Sie mir ein Hotel empfehlen? Vielleicht Ihres?" fragte er. Seine Stimme klang wie die eines neugierigen Touristen, der erstmals eine Weltstadt besuchen möchte.

„Ich habe wie immer im Palace, Piazza de la Republica, logiert. Der reinste Luxus kann ich Ihnen sagen", antwortete Rehberg mit einem leichten Zögern und dann wieder selbstgefällig: „Aber für

Sie käme vielleicht das Zurago in Betracht. Macht von außen einen sauberen Eindruck und liegt sogar in der Nähe des Doms."

„Vielen Dank für diesen Tipp, Herr Rehberg. Auf Wiederschaun."

Leutenbauer legte auf und grinste.

Der Kommissar, der der italienischen Sprache nicht mächtig war und dessen Englisch nicht ausreichte, um eine Befragung durchzuführen, wandte sich nun Maximilian zu. „Max, ich lasse mir die Nummer von diesem Luxushotel geben. Rufst du dann an?"

„Klaro, Chef", erwiderte Max, erfreut über diese Aufgabe. Aber mehr überwog der Stolz, seine in Torbole erworbenen Italienischkenntnisse zeigen zu können. „Commissario, io parlo italiano perfetto."

Kurze Zeit später wählte Maximilian die Telefonnummer des Palace. Leutenbauer drückte die Mithörertaste.

„Pronto. Albergo Westin Palace. Buona sera."

„Buona sera. Sono Maximilian Wagner, Policia Monaco. Scusa, mi può rispóndere una questione, per favore?"

„Sehr gerne. Wenn es mir möglich ist, werde ich natürlich die Frage der Münchner Polizei sehr gerne beantworten."

„Oh, Sie sprechen Deutsch", erwiderte Max ein wenig enttäuscht.

„Un pò, signor Wagner. Ein wenig. Was möchten Sie gerne wissen?"

„Ist ein Herr Rehberg von Freitag bis Samstag oder bis Sonntag in Ihrem Hotel gewesen?"

„Der Architekt Rehberg aus München?"

„Si, si."

Es raschelte, und dazwischen war ein vernehmbares Murmeln zu hören: „Mamma mia. Questi tedesci. Vogliono sempre parlare in italiano."

Nach wenigen Sekunden kam die Auskunft: „Herr Rehberg war nicht hier."

„Sind Sie sicher?"

„Absolut. Herr Rehberg ist einer unserer Stammgäste."

„Mille grazie.“

„Prego.“

„Volltreffer, Signor Wagner“, brummte Leutenbauer verborgen anerkennend, nachdem sich Max etwas wortkarg verabschiedet und dann aufgelegt hatte.

„Dieser Architekt hat also seine Frau und uns angelogen. Den werden wir uns mal vornehmen, um sein Alibi zu überprüfen“, wollte er noch sagen, kam jedoch nicht mehr dazu.

Das Telefon klingelte. Maria war am Apparat und maulte. „Franz, das Essen steht schon auf dem Tisch. Du hast mir doch fest versprochen, um sechs Uhr hier zu sein.“

„Entschuldige, Schatz, ich bin schon unterwegs“, erwiderte Leutenbauer automatisch und legte auf. Er zuckte mit den Schultern, als er Max etwas erstaunt lächeln sah.

„So, Max, für heute ist Feierabend. Den Architekten knöpfen wir uns morgen früh vor. Punkt Viertel nach acht im Büro. Wir fahren jetzt zu unseren Frauen, um unsere Verpflichtungen zu erfüllen. Du hast doch eine Freundin?“

„Logo“, antwortete Max und grinste breit. Er freute sich auf eine Nacht mit Gabi, die er am Wochenende in Torbole auf dem Campingplatz kennengelernt hatte. Noch lange grübelte er, welche Verpflichtungen denn auf den Alten warten sollten.

Nachdem Leutenbauer Herrn Rehberg noch erreicht und ihn mit der Begründung: „Entschuldigen Sie, Herr Rehberg, ich hätte doch noch einige Fragen an Sie, die nach unserem letzten Gespräch aufgetaucht sind“, auf Viertel nach acht in sein Dienstzimmer vorgeladen hatte, fuhr er nach Hause. Er fühlte sich plötzlich sehr müde.

Auf dem Parkplatz des Polizeipräsidiums hatten sie sich verabschiedet, und Franz Leutenbauer hatte augenzwinkernd und vieldeutig eine „Schöne Nacht“ gewünscht. Zehn Minuten später bog Maximilian am Luise-Kiesselbach-Platz auf die Autobahn ein. Das Gaspedal seines verrosteten grünen VW-Busses drückte er bis zum

Anschlag. Maximilian war voller Vorfreude. Seitdem er in den Bus gestiegen war, drängte sein Geschlecht mächtig gegen seine Jeans.

„Eigentlich ist daran nur ein gekürztes Streichholz schuld“, sagte er zu sich und grinste dabei. Es war eines der Geheimnisse, die er mit Eddi Silbernagel teilte, seinem besten Freund. Schon zweimal war Eddi an seiner Seite gewesen, als ein kurzer Moment sein Leben verändert hatte. Seitdem glaubte Maximilian an den doppelten Zufall.

Zusammen hatten sie auf dem Starnberger See gesurft. Nachdem sie gemeinsam das Abitur geschafft hatten, hatten sie beschlossen, eine Auszeit zu nehmen, vielleicht sogar für immer. In dem grünen VW-Bus und mit den kurzen Surfbrettern und den bunten Segeln auf dem Dach waren sie gen Süden aufgebrochen, immer auf der Suche nach dem geilsten Wind und fabulösem Sex.

Doch wonach sie sich am meisten sehnten, das waren die perfekten Wasserrampen, die sie in den Himmel fliegen ließen. Endlich nicht mehr diesen Scheiß vom Starnberger See mit seinen schwachen Schönwetterwinden aus Nordost. Mann, das war einfach nichts für echte Windsurfer. Und die stürmischen Westwinde? Na ja, die konnte man mit ihren ständig wechselnden Böen echt vergessen. Nur wenn der starke Südwind dem See die Schaumkronen aufsetzte, hatten sie noch richtig Spaß. Doch das war so selten wie ein langer schöner Sommer.

Wenn sie im Süden nicht über meterhohe Wellen flogen, lagen sie am Strand und rauchten einen Joint. Mit ihren gebräunten, muskelbepackten Körpern sahen sie unverschämt sexy aus und hatten viel Spaß mit den Beachgirls.

Geld? War kein Problem. Eddi schoss von ihm dann bunte Bilder, wie er von den Wellen abhob, mit dem bunten Segel in Richtung Himmel flog, Loopings drehte oder ähnliche Kunststücke machte. Sie verkauften die Fotos an irgendwelche Illustrierte und machten damit eine Menge Kohle.

Doch schon nach zwei Sommern veränderte sich ihr Leben. Sie lagen wieder einmal am Strand von Tariffa in der Nähe von Gibraltar. Sie wollten dort irgendwann einschlafen und sich von der

Sonne wecken lassen. Der volle Mond schien auf das Wasser und warf einen schmalen, silbrig glänzenden Streifen zu ihnen. Der warme Wind aus Afrika trieb plätschernd Wellen bis zu ihren Füßen. Flamenco-Musik wehte aus ihrer Lieblingsbar über die Dünen. Mit einem Mal kam es ihm in den Sinn: Für einen Mann ist nun die Zeit gekommen, Verantwortung zu übernehmen, anstatt nur durch das Leben zu surfen. Eddi fragte ihn, ob er nun völlig verrückt geworden sei. Doch schon am nächsten Tag packten sie ihre Sachen und fuhren mit den kurzen Brettern und den bunten Segeln auf dem Bus nach Norden. Er wurde Polizist, und Eddi wandte sich den Schönen Künsten zu.

Am letzten Freitag waren sie frühmorgens noch einmal gemeinsam nach Süden aufgebrochen und hielten in Torbole am Gardasee an. Sie ritten wie früher auf hohen Wellen und hingen bis weit nach Mitternacht in den Bars von Torbole herum. Auf dem Campingplatz stand neben dem Bus ein kleines Zelt. Sie waren beim Frühstück und sahen durch das Fenster, wie zwei bildhübsche Mädchen aus dem Zelt gekrochen kamen. Gabi und Monique. Gabi kannte er aus der Schulzeit als kleine Göre mit kastanienbraunen Zöpfen und schon knospendem Busen. Jetzt fiel ihr gelocktes Haar bis zur Schulter, und aus ihrem luftigen Top lugten zwei volle, runde Brüste. Auch Eddi erkannte sie sofort wieder. Sie hatten zwar verschiedene Geschmäcker, was Frauen betraf. Aber diesmal traf es sie beide wie ein Blitzschlag.

„Max, die schau ich mir mal näher an.“

„Moment, Eddi, ich hab sie zuerst gesehen.“

Es kam fast zum Streit, aber sie lösten ihn auf ihre Art.

„Streichhölzer?“

„Meinetwegen, Eddi. Das gekürzte gewinnt.“

„Okay, okay, Max.“ Er holte zwei Streichhölzer, brach eines in der Mitte durch und streckte Eddi zwei scheinbar gleich lange Hölzer mit den Zündköpfen nach vorne hin. Eddi zog das ungekürzte.

Nachdem die Ora um die Mittagszeit von Norden her auf den See eingefallen war, surften sie zu viert bei Windstärke fünf bis sechs. Am Abend kroch Eddi in das kleine Zelt zu Monique, und

Gabi stieg in den VW-Bus. Wenig später schlüpfte Gabi zu ihm in seinen Schlafsack.

8

Der Kommissar erwartete am nächsten Tag Rechtsanwalt Adalbert Beinlich um halb neun in seinem Dienstzimmer. Dieser hatte kurz nach acht Uhr mit ihm telefoniert, süffisant wie immer.

„Herr Rehberg lässt sich tausendmal entschuldigen. Es tut ihm furchtbar leid, aber es ist plötzlich ein wichtiger Geschäftstermin in Wien dazwischengekommen", log der Anwalt. „Ich bin jedoch berechtigt, für ihn eine Aussage zu machen. Wenn ich es schaffe, so um halb neun rum."

Wenige Minuten später klingelte erneut das Telefon, und es meldete sich Max mit müder Stimme. „Tschuldigung, Chef, ich hab verpennt."

Ihm verzieh Leutenbauer und schmunzelte sogar, obgleich er wusste, dass auch Max ihm nicht die ganze Wahrheit gesagt hatte. Er kannte diese Art der Entschuldigung, mit der ein frisch Verliebter die wahren Gründe der Verspätung verheimlichen wollte. Er selbst hatte vor vielen und längst vergangenen Jahren ab und zu genau auf diese Worte zurückgegriffen. Er erinnerte sich nun an die Nächte mit Maria und auch an die weit zurückliegenden Morgen danach, wenn Maria, falls er es gewünscht hatte, ihm mit ihren wippenden vollen Brüsten das Frühstück nackt servierte und sogar ...

Die Turmuhr des nahen Doms „Zu Unserer Lieben Frau", der Frauenkirche, schlug halb neun, wodurch er zugleich ermahnt wurde, seine Gedanken wieder Beinlich zuzuwenden. Einem Staranwalt, wie er von der Boulevardpresse ständig tituliert wurde, und der sich schon deshalb verpflichtet fühlte, jede von seiner Meinung abweichende Entscheidung bis zur letzten Instanz anzufechten. Leutenbauer befürchtete deshalb, dass auf ihn wieder einmal viel Ärger warteten würde.

Er kannte Beinlich seit langem. Vor sechs Jahren hatte er den Tod einer Frau aufzuklären, die dem engeren Kreis der Münchner Schickeria angehört hatte und von einem Chirurgen schon mehrfach verschönert worden war, aber eines Tages in dessen Bett erdrosselt gelegen war. Erstmals in der mündlichen Verhandlung hatte dieser Schönheitschirurg ausgesagt, er könne sich beim besten Willen nicht mehr daran erinnern, warum seine Patientin plötzlich tot gewesen sei. Er wisse aber genau, dass sie bei seinen Versuchen, den Geschlechtsverkehr auszuüben, ihn mehrfach und höhnisch mit den Worten „Du bist zwar ein genialer Schönheitschirurg, aber ein lausiger Liebhaber", ausgelacht habe. Für die Tatsache, dass er kein lausiger Liebhaber gewesen sei, hatte Beinlich zahlreiche Damen aus dem engeren und weiteren Kreis der Schickeria und sogar die Ehefrau des Chirurgen benannt. Eine Behauptung, die von den Richtern ohnehin nur mittels eines Augenscheins – an Ort und Stelle mit den eigenen Augen – hätte eindeutig widerlegt werden können. Nachdem das Gericht jedoch davon abgesehen und auch die Zeuginnen nicht anhören wollte, war es jedem Zuhörer im Gerichtssaal klar geworden, selbst dem Jüngsten einer anwesenden Schulklasse, dass die Anklage auf Mord aus niedrigen Beweggründen mehr als wacklig geworden war. Der damalige Staatsanwalt hatte nur weisungsgemäß eine lebenslange Freiheitsstrafe gefordert. Darauf war Beinlich mit wehender Robe aufgesprungen. Vor dem vollständig versammelten Boulevard hatte er stundenlang und mit fotogenen Gesten zu erklären versucht, warum sein Mandant auch ein sehr guter Liebhaber gewesen sei und bei ihm nur eine momentane Unpässlichkeit vorgelegen habe, die durch die wüsten Beleidigungen der Patientin rechtlich zu einem Affektstau geworden sei. „Somit lag Unzurechnungsfähigkeit vor", schmetterte er zum Schluss in den Gerichtssaal. „Zumindest gilt in dubio pro reo, im Zweifel für den Angeklagten." Daraufhin verbeugte er sich tief vor den Richterinnen, noch einmal vor den Richtern und ließ sich schließlich würdevoll nieder.

Es war ein Plädoyer, das unterschiedlich aufgenommen worden war, wie sich Leutenbauer erinnerte. Während die Stifte sämtlicher

Reporter glühten, und Beinlich später in den Boulevardblättern als neuer Stern am Anwaltshimmel bezeichnet wurde, sah es das Gericht anders. Eine Schöffin fing hinter vorgehaltener Hand sofort zu kichern an, und die Berufsrichter gähnten diskret. Ein Schöffe war zuletzt sogar eingeschlafen. Erstaunt blickte der Vorsitzende Richter erst auf, als Beinlich eine angemessene Freiheitsstrafe von knapp fünfzehn Jahren forderte. Nach kurzer Beratung erhielt der Schönheitschirurg neun Jahre. Von da ab betitelte der Boulevard Beinlich bei jeder Gelegenheit als Staranwalt. Ein Titel, den kein Gericht anerkannte, den Beinlich aber seitdem stolz wie einen Lorbeerkranz trug.

Es war Viertel vor neun, als Max mit müden Augen und mit ihm der Staranwalt – Mitte vierzig, mittelgroß und mittelschlank – federnden Schrittes mit einem schwarzen Aktenkoffer und in einem dunklen Anzug das Büro betraten.

„Lieber Herr Leutenbauer, entschuldigen Sie bitte meine Verspätung. Aber Sie wissen bestimmt, wie es bei mir so ist. Termine, Termine und nochmals Termine“, fing er sofort an, als er mit der ausgestreckten Hand auf Leutenbauer zueilte. „Es freut mich, dass wir beide uns wieder einmal im Namen der Gerechtigkeit um die Wahrheit bemühen müssen.“

Das ironische Grinsen stand noch immer in Beinlichs Gesicht, als er, vor dem Schreibtisch stehend, eine Pause machte und dabei an seiner rosafarbenen Krawatte zupfte. Es schien, als ob er wieder einmal mit seinen stundenlangen Ausführungen beginnen wollte.

„Nehmen Sie doch erst einmal Platz“, knurrte der Kommissar ihn an und schwieg weiter.

„Danke. Ich will mich diesmal kurzfassen“, begann Beinlich, kaum dass er sich gesetzt hatte. Wie um Spannung zu mimen, verstummte er dann und lehnte sich betont langsam zurück. „Mein Mandant ist geständig“, sagte er endlich, laut und jedes Wort betonend. Er breitete dabei seine Arme so aus, als wartete er wie ein Schauspieler auf den ihm gebührenden Applaus. Provozierend lang ließ Beinlich diesen Satz auf den Kommissar einwirken und genoss dessen überraschtes Gesicht, bevor er den Stuhl näher an den Schreibtisch zog und, sich etwas nach vorne beugend, leise fortfuhr: „Um ehrlich zu sein. Mein Mandant hat Sie belogen. Ich soll Ihnen ausrichten, es täte ihm sehr leid. Tatsächlich ist er nicht in Mailand gewesen, sondern mit seiner Sekretärin in Venedig. Von Freitag bis Montagmorgen. Wenn Sie wollen, nenne ich Ihnen noch das Hotel samt der Telefonnummer." Beinlichs spöttisches Lächeln verwandelte sich nun in ein breites Grinsen.

Erst war er verblüfft, aber dann spürte Leutenbauer, wie Ärger in ihm hochstieg, und im nächsten Augenblick wurde ihm klar, warum Beinlich außerhalb der Justiz, beim Boulevard und bei seinen Mandanten, so beliebt geworden war. Als Anwalt gewiss nicht der Dümmste, nach seiner persönlichen Rangliste vielleicht sogar fast Mittelmaß, aber welch ein Schauspieler! Welch eine Performance! Ein Naturtalent! Jeder so gut wie er kann, dachte Leutenbauer nun etwas versöhnlicher gestimmt. Oft ist die Lüge der Wahrheit täuschend ähnlich. Doch diesmal wollte ihn Beinlich nicht hinters Licht führen. Da war sich der Kommissar jetzt sicher.

Als Antwort nickte Leutenbauer stumm.

„La Venice, Telefonnummer 0415232333. Direkt gegenüber dem Theater. Liegt sonst noch etwas vor? Wenn nicht, dann entschuldigen Sie mich. Ich darf Ihnen noch viel Erfolg wünschen."

Mit diesen Worten stand Beinlich auf und stolzierte zur Tür, die rechte Hand nach oben gestreckt. Er hatte schon die Türklinke in der Hand, als er sich umdrehte. Jetzt lag wieder ein einstudiertes Lächeln in seinem Gesicht. „Lieber Herr Leutenbauer", fing er zu säuseln an, „ich habe nur noch eine Bitte. Behandeln Sie bitte diesen kleinen Seitensprung meines Mandanten vertraulich. Wir wollen doch deshalb keine intakte Ehe gefährden."

Leutenbauer war mit unbewegtem Gesicht sitzen geblieben. Er hatte erst die Telefonnummer aufgeschrieben und sich darauf kühl von Beinlich verabschiedet, ohne sich zu bedanken oder sich zu bemühen, höflich zu erscheinen.

Nachdem der Anwalt das Zimmer verlassen hatte, war es einen Moment lang still. Dann sprang Maximilian auf und brüllte wie ein wütender Rapper Beinlich hinterher: „Mann, was sollte die ganze Scheiße? Was zum Teufel hast du dir mit diesem voll bescheuerten Gelaber gedacht?“

Inhaltlich die korrekte Zusammenfassung, wie Maximilian den Auftritt des Anwalts kommentierte, fand Leutenbauer. Er selbst hätte es nur etwas anders formuliert.

9

Der betrogene Ehemann als Mörder? Er hatte sich also geirrt. Wie nie zuvor, musste sich Leutenbauer gestehen. Wie nie zuvor hatte er seinen Verstand und seinen Instinkt beiseitegeschoben. Aber er hatte in seinem Leben auch noch niemals – „Verzeih Maria“ – eine so aparte und bezaubernde Frau wie Marion Rehberg gesehen und sich deshalb durch Gefühle vorschnell auf eine falsche Fährte locken lassen.

Leutenbauer schwieg lange und sagte endlich: „Max, merk dir eins. Oft entsteht ein Verdacht allein deshalb, weil man einen anderen verdächtigen will. Die Wahrheit liegt meist woanders, manchmal aber auch nebenan.“

„Aber was machen wir jetzt?“ wollte Maximilian wissen, immer noch wütend.

„Es kommt darauf an“, erwiderte Leutenbauer ruhig. „Ich glaube, ich habe mich geirrt, ich verdammter Narr. Der Architekt hat gerade durch Beinlich die Wahrheit servieren lassen. Nur um ganz sicher zu gehen, sollten wir zuerst die Aussage des Rechtsanwalts überprüfen.“

„Und wenn der Rehberg ein Alibi hat, was dann?“

„Das überlegen wir uns anschließend“, meinte Leutenbauer und drückte Maximilian den Zettel mit der Telefonnummer des Hotels in Venedig in die Hand.

Es meldete sich eine sonore Männerstimme mit „Pronto Albergo Venice“, die in englischer Sprache bereitwillig die gewünschte Auskunft erteilte, dass Rehberg dort tatsächlich von Freitag bis Montag übernachtet hatte. „With a young lady, bellissima figura, Mister Wagner“, fügte die Stimme ungefragt und mit einem aufrichtigen Seufzer voller Bewunderung hinzu.

Leutenbauer winkte ab, als Maximilian damit begann, den Inhalt des Gesprächs zu übersetzen. Er hatte die Auskunft über die Lautsprecheranlage mit angehört und deren wesentlichen Inhalt auch so verstanden. Er war auf der falschen Fährte gewesen, auf die er sich wegen seines Zorns auf den Architekten vorschnell festgelegt hatte. Er war also keinen Schritt weitergekommen. Nach wie vor stand lediglich fest, dass ein Raubmord ausschied und nach einem Mörder mit der Schuhgröße 47 zu suchen war, den der Richter wahrscheinlich gekannt hatte.

Aber warum musste Sorge sterben, und welche Gründe gab es dafür? Der Kommissar ging noch einmal das Gespräch mit dem Amtsgerichtsdirektor durch und erinnerte sich an die Punkte, die für ihn immer noch seltsam und ungewöhnlich waren. Für einen Richter war Sorge reich. Wenn er nicht fast eine Million im Lotto gewonnen, geerbt oder sonst ohne Arbeit erworben hätte, wäre es für ihn unmöglich gewesen, die teure Dachterrassenwohnung am See und dazu noch den Porsche zu erwerben. Und warum hatte er plötzlich ab Oktober einen dreimonatigen Urlaub genommen? Merkwürdig war auch, dass Sorge vor fast fünf Jahren auf einmal nicht mehr Strafrichter hatte sein wollen. Er dachte auch an den, der die Zettel an das Gerichtsgebäude angebracht und von Sorge die Wiederherstellung der Gerechtigkeit gefordert hatte. Für ihn war dieser nur ein Spinner oder Querulant, der in seinem persönlichen Rechtsgefühl enttäuscht worden war. Aber konnte deshalb ein Hass entstanden sein, der ihn noch nach vielen Jahren zum kaltblütigen Mörder machte? Mit einem solchen Gerechtigkeitsfanatiker mochten sich Schriftsteller in der Welt ihrer Fantasie beschäftigt haben. Für ihn war dieser Gedanke jedoch nur mehr als absurd.

Wenn nicht das Liebesleben des Richters seinen Tod verursacht hatte, dann musste es sonst einen dunklen Punkt in seinem Leben gegeben haben, durch den sein Tod zu erklären war, so ahnte der Kommissar.

Er stand auf, ging zum Fenster und begann, die Hände hinter dem Rücken verschränkt, nachzudenken. Also müssen wir jetzt seine dunklen Punkte finden, die dann zu dem ihm bekannten Mörder führen. Aber wenn die Schüsse nicht Robert Sorge galten, sondern allein dem Richter? Seinem Amt? Was dann? War tatsächlich alles ganz anders? Eine Hinrichtung?

Leutenbauer starrte noch eine Weile auf den rötlich-braunen Backsteinbau der Frauenkirche, schüttelte schließlich den Kopf und setzte sich wieder.

Maximilian schaute ihn fragend an.

„Der Architekt war also ein Flop. Wir müssen jetzt in eine ganz andere Richtung ermitteln. Dafür brauchen wir von den letzten sechs Jahren alles über den Richter, was wir finden können. Alle Kontenbewegungen, die Einzelverbindungsnachweise seiner Telefongespräche, beruflich und privat, alle Terminbücher, die Briefe und Unterlagen in seiner Wohnung und alles, was du dort finden kannst."

„Ich?" fragte Maximilian gedehnt, der immer noch ein kleines Kompliment wegen seiner zweisprachig geführten Telefongespräche erwartete.

„Ja du."

„Noch etwas?" fragte Maximilian.

Leutenbauer nickte. „Erkundige dich bei den Telefonanbietern, unter welcher Nummer Marion Rehberg am Samstag kurz nach zweiundzwanzig Uhr angerufen worden ist und bis wohin der Anruf verfolgt werden kann."

„Vielleicht noch etwas?" fragte Maximilian weiter, diesmal leicht verärgert.

Leutenbauer sah ihn an und brummte nachsichtig: „Nein, nur sofort soll's halt sein", und als ihn Maximilian weiter fragend anschaute, tiefernst: „Ich werde zum Amtsgericht rausfahren und mich zuerst einmal bei den Richterinnen und Richtern umhören."

Maximilian stand abrupt auf. Er warf Leutenbauer einen Blick zu, als wollte er sagen: Alter, das ist nicht fair von dir. Während du dir einen geruhsamen Nachmittag am Starnberger See zugeteilt hast, soll ich rund um die Uhr ermitteln, sagte aber nur leicht trotzig: „Versprechen kann ich das nicht. Also bis morgen. Frühestens.“

Nachdem Maximilian das Büro fast grußlos verlassen hatte, lehnte sich Leutenbauer zurück und legte seine beiden Hände behaglich auf seinen Bauch. Wie es schien, lächelte er vergnüglich in sich hinein.

Die Vernehmung der Kolleginnen und Kollegen von Sorge am Nachmittag verlief enttäuschend. Ihnen konnte er nicht mehr verbergen, dass Sorge ermordet worden war. Aber er konnte nicht mehr erfahren als das, was ihm bereits der Amtsgerichtsdirektor erzählt hatte. Nicht, dass sie ihm etwas verschweigen wollten. Es war einfach so, dass sie ihre Akten weit mehr kannten als das Privatleben ihres Kollegen. Lediglich dem Ermittlungsrichter Ekkehard von Preuß – ein seltsamer und skurriler Mensch, soweit er den vorsichtigen Andeutungen entnehmen konnte – sagten sie nach, dass er Sorge persönlich näher gestanden war. Eine Richterin vertraute ihm sogar dessen Spitznamen an. „Er heißt bei uns nur *Die Schildkröte*, aber fragen Sie mich nicht warum. Das weiß hier niemand so recht“, flüsterte sie.

Nachdem der Ermittlungsrichter weder in seinem Büro angetroffen worden war, noch telefonisch erreicht werden konnte, beschloss Leutenbauer, ihn am nächsten Tag zu vernehmen.

10

Am Mittwoch, genau fünf Minuten vor sieben Uhr, klingelte wie an jedem Werktag der Wecker im Schlafzimmer des Ekkehard von Preuß. Doch er war längst hellwach. Tatsächlich hatte er seit dem Anruf des Kommissars am gestrigen Abend, Sorge sei erschossen worden, kein Auge mehr zugetan. Stundenlang war er durch sein Haus gegeistert und hatte eine quälend lange Nacht verbracht. Im Morgengrauen hatte er sich sogar mehrfach bei dem Gedanken ertappt, ob das Schicksal seines Kollegen auch ihn hätte treffen können.

Jetzt lag der Ermittlungsrichter mit müden Augen, die Hände hinter dem Kopf verschränkt, in seinem Bett und starrte zur Decke. Von Zeit zu Zeit stöhnte er so laut auf, dass sich neben ihm seine Frau Clarita erst kurz regte, dann jedes Mal ihren verschwenderisch fülligen Körper so auf die andere Seite wuchtete, dass das Bett erzitterte, und hörbar weiterschlief.

Von Preuß schwang sich aus dem Doppelbett, zog seinen Bademantel an und schlurfte die geschwungene Treppe in das Wohnzimmer im Erdgeschoss hinunter. Automatisch griff er nach der hellblauen Zigarettenschachtel. Doch selbst als er die erste filterlose Gauloises inhalierte, wurden ihm seine trüben Gedanken nicht aus dem Kopf geblasen. Nur weil er vor Jahren von Clarita dazu verdonnert worden war, bereitete er auch an diesem Morgen in der Küche das Frühstück vor und deckte den kleinen Tisch am Fenster. Während der dunkelschwarze Kaffee durch die Maschine lief, schleppte er sich zur verriegelten Haustüre, schloss sie auf und griff die davor liegende Tageszeitung. Es gehörte zu seinem morgendlichen Ritual, bei zwei Tassen starkem Kaffee den Starnberger Merkur von hinten nach vorne – aber ohne den Sport- und Wirtschaftsteil – sorgfältig zu studieren und sich so gegen Viertel vor acht Uhr auf den Weg zum Gericht zu begeben, um nach einem kurzen Spaziergang pünktlich wie ein Beamter im Büro zu erscheinen.

Aber an diesem Morgen, nachdem sich Ekkehard von Preuß an den kleinen Tisch am Küchenfenster gesetzt hatte, schlug er sofort den Lokalteil des Starnberger Merkur auf und fand auf Seite eins den Bericht, den er befürchtet hatte. So als ob er es immer noch nicht glauben wollte, las er langsam, mit dem Kopf schüttelnd.

Mord an Richter Sorge!

Wie wir erst gestern erfahren haben, ist der 39-jährige Richter bereits am Sonntagmorgen tot am Ostufer des Sees aufgefunden worden. Alle Umstände deuten darauf hin, dass er ermordet wor-

den ist. „Ein tragischer und schmerzlicher Verlust, wenn jemand, der so viel Erfahrung gehabt hat und voller Tatendrang steckt, von uns gehen musste", sagte Amtsgerichtsdirektor Hugel gestern auf unsere Nachfrage hin. „Ein Richter mit Leib und Seele, der, beeindruckt vom See und von den Bergen, beschloss, dass dies der richtige Ort sei, um sich niederzulassen", so Hugel weiter. Außerdem sicherte der begeisterte Sportler jedes Jahr dem Amtsgericht einen Skipokal bei den Bayerischen Justiz-Meisterschaften.

Leutenbauer fand das Haus des Richters von Preuß ohne Schwierigkeiten. Es war klein, fast winzig, und lag, wie von ihm am Vorabend beschrieben, inmitten einer älteren Reihenhaussiedlung und nur wenige Fahrminuten vom Amtsgericht entfernt.

Er klingelte. Kurz darauf stand vor ihm ein kleiner Mann mit einem unglücklichen Gesicht und mit Tränensäcken unter den müden Augen. Richter von Preuß, den er zwischen fünfzig und sechzig schätzte, reichte ihm bis zum Kinn. Auf seinem etwas zu großen und schon kahlen Kopf lagen quergekämmt nur wenige ergraute Haarsträhnen. Zu einer abgewetzten Cordhose trug er ein weißes Hemd und eine breite Krawatte, auf der ein Fettfleck glänzte. Doch am auffälligsten war seine Nase, die so faltig und spitz wie ein alter Rettich war. Mit „von Preuß" stellte sich ihm der sonderliche Richter vor, der etwas ängstlich wirkte, als er zu ihm nach oben blickte.

Leutenbauer nannte seinen Namen und gab ihm die Hand.

„Schrecklich", fing der Richter von Preuß sofort an. „Ich kann es immer noch nicht glauben, was Sie mir gestern Abend am Telefon mitgeteilt haben. Es war ein Schock für mich." Das sagte er leise und sichtbar verzweifelt. Mit einer scheuen Handbewegung bat er den Kommissar in die Küche, zu der vom winzigen Flur aus eine Tür führte. Dort deutete von Preuß sofort auf den noch aufgeschlagenen Lokalteil des Merkur. „Die ganze Nacht habe ich darüber nachgedacht. Für mich ein Angriff auf die Justiz. Ich kann mir nicht vorstellen, warum sonst der Kollege ermordet worden sein sollte", sagte er und schüttelte den Kopf.

Leutenbauer las die Schlagzeile. Er war mehr erstaunt darüber, wie schnell Sorges Tod der örtlichen Presse zugetragen worden sein musste, als über die Vermutung des ängstlichen Richters. Gestern hatte er sich von den Richterinnen und Richtern versprechen lassen, den Tod ihres Kollegen vorläufig für sich zu behalten. Er fragte sich, ob er einen Fehler gemacht hatte. Vielleicht wäre es doch besser gewesen, Sorges Ermordung selbst der Presse durchzugeben.

„Aber Sie sind sicher nicht hier, um meine persönliche Meinung zu hören", fuhr von Preuß fort. „Setzen Sie sich doch bitte. Möchten Sie einen Kaffee?" fragte er, wobei er auf einen der beiden Holzstühle zeigte. Leutenbauer sah auf den für zwei Personen gedeckten Tisch, zögerte. „Setzen Sie sich doch bitte. In der nächsten dreiviertel Stunde sind wir sicher ungestört. Meine Frau ist im Gegensatz zu mir ein Nachtmensch." Von Preuß nahm die Kanne von der Kaffeemaschine und füllte zwei Tassen. Ein prächtiger Wappenring zierte seine rechte Hand.

„Danke", sagte Leutenbauer und ließ sich nieder. Er fand es nun an der Zeit, das Gespräch zu den Themen überzuleiten, weswegen er als Polizist gekommen war.

„Herr von Preuß, ich habe gestern Nachmittag bereits Ihre Kolleginnen und Kollegen vernommen. Leider hat mir niemand etwas dazu sagen können, warum der Richter Sorge ermordet worden ist. Alle haben mir aber erzählt, dass Sie mit ihm beruflich und sogar persönlich Kontakte gehabt hatten."

Für einen kurzen Moment leuchtete die Miene des Ermittlungsrichters auf. „Das ist richtig. Als Robert vor knapp sieben Jahren hier Richter geworden war, waren wir beide die Strafrichter", begann von Preuß leise. „Er war für die Angeklagten im ersten Teil des Alphabets zuständig gewesen und ich für den Rest. Erst später, ab dem Frühjahr vor fünf Jahren, sind wir uns auch privat nähergekommen und haben uns gegenseitig gelegentlich besucht. Ich möchte sogar sagen, dass sich daraus langsam ein freundschaftliches Verhältnis entwickelt hat."

Komisch, dachte Leutenbauer. Nach allem, was ich bis jetzt über Sorge weiß, ist er das genaue Gegenteil des kauzigen Ermittlungsrichters gewesen.

Von Preuß schwieg eine Weile, lächelte kurz, dann fuhr er fort: „Hm, wie soll ich es erklären. Aber uns verband ein kleines Geheimnis, das selbst unseren Kolleginnen und Kollegen nicht gänzlich bekannt gewesen war." Nach einer weiteren Pause: „Wenn Sie wollen, zeige ich es Ihnen."

Leutenbauer nickte.

Darauf sprang von Preuß auf. „Kommen Sie, kommen Sie", rief der nun seltsam erregte Richter und stürmte aus der Küche.

Leutenbauer musste lächeln. Ein komischer Kauz, dieser Ermittlungsrichter, dachte er und folgte ihm. An der Terrassentüre im Wohnzimmer angekommen, warf er einen Blick ins Freie und verstand sofort.

Unzählige Schildkröten krochen bedächtig mit ihren kurzen Beinen durch das halbhohe Gras des verwilderten Gartens, manche lugten mit ihren rot-gelben oder schwarzen Köpfchen aus den Büschen hervor, und einige verharrten auf der Terrasse und schauten ihn mit ihren starren Augen an.

„Ich weiß, dass ich deswegen im Amt *Die Schildkröte* genannt werde", sagte von Preuß und lachte kurz auf. Dann mit glänzenden Augen: „Da die Tesdudi boetgeri." Er zeigte auf die sechs gelbschwarz gemusterten und etwa zwanzig Zentimeter langen Schildkröten hin, die friedlich auf der Terrasse hockten. „Griechische Landschildkröten. Und dort die vier Köhler-Schildkröten aus Brasilien." Leutenbauer erblickte eine Gruppe von etwa vierzig Zentimeter großen Schildkröten mit braunen und dunkelschwarz gemusterten Rückenpanzern, roten Vorderfüßen und rot-gelben Köpfchen. „Und da ein besonders teures Pärchen der Gattung Tesdudo hermanni hermanni." Von Preuß machte dabei flüsternd auf zwei Panzerträger aufmerksam, die gerade aus einem Erdbunker gekrochen kamen.

Leutenbauer ließ dieses zeitlupenhaft sich verändernde Bild im einträchtigen Schweigen auf sich wirken, bis er sich abwandte und mit einem unmerklichen Lächeln zu dem Richter hinabsah.

„Und alle habe ich selbst gezüchtet“, sagte von Preuß stolz und blickte weiter ins Freie. Zuletzt seufzte er schwer. „Als ich Robert bei seinem ersten Besuch davon erzählte, sagte er überraschend, auch er habe einmal Schildkröten besessen.“ Wieder stockte von Preuß und ließ sich viel Zeit, bevor er weiterfuhr. „Robert erzählte mir damals, dass er einmal als kleiner Junge mit seinen Eltern in Jugoslawien gewesen sei. Von dort habe er ein Pärchen griechischer Landschildkröten mitgebracht und im Garten seines Elternhauses im Bayerischen Wald mit der Aufzucht begonnen. Als er später wegen des Studiums nach Regensburg und dann wegen des Berufs nach München habe ziehen müssen, hätten sich seine Eltern um die Schildkröten gekümmert.“

Von Preuß schwieg daraufhin sekundenlang, als lausche er nochmals dem Gespräch, das er mit Sorge geführt hatte. „Bis zu ihrem Tod“, fuhr er leise fort. „Bis zu ihrem tragischen Tod. Als Robert mich das erste Mal besuchte, erzählte er mir, dass seine Eltern genau vor einem Jahr durch ein Lawinenunglück ums Leben gekommen waren. Er hatte mit ihnen in der Woche nach Ostern eine Skitour unternommen und sich geirrt. Er war sich absolut sicher gewesen. Nichts hatte auf eine Lawinengefahr hingedeutet. Aber dennoch hatte sich plötzlich ein Schneebrett gelöst. Während er sich noch an den Rand des Lawinenhangs hatte retten können, war für seine Eltern jede Hilfe zu spät gekommen.“

„Kommen Sie, gehen wir wieder zurück“, sagte Leutenbauer schließlich und legte seinen rechten Arm auf die schmächtige Schulter des Richters.

Nachdem sie sich wieder am Frühstückstisch niedergelassen hatten, griff von Preuß hastig nach einer Zigarettenschachtel.

Leutenbauer wusste, ihm saß nun ein Mann gegenüber, der ihm dankbar für die Zeit war, die er sich für ihn genommen hatte, und nun bereit war, ihm auch die weiteren Geheimnisse des toten Richters anzuvertrauen.

„Mögen Sie eine?“

„Nein danke“, wehrte Leutenbauer ab, „nur noch Zigarillos, und dann nur ab und zu.“

Von Preuß zündete sich hastig eine filterlose Gauloises an. Erst nach einem tiefen Zug ließ er den Rauch langsam entweichen. Jetzt wartete er ruhig auf die Fragen.

„Ich weiß nicht, ob das überhaupt wichtig ist", fing Leutenbauer an, „aber können Sie mir erklären, wie sich Sorge die sicher sehr teure Dachterrassenwohnung und den Porsche hatte leisten können?"

„Sie meinen, weil dies mit seinem Richtergehalt nicht möglich gewesen wäre", antwortete von Preuß schmunzelnd. „Da kann ich Sie beruhigen. Dafür gibt es eine einfache Erklärung."

„Die wäre?"

„Dieselbe Frage stellte ich auch Robert, als er mir erstmalig seine Dachterrassenwohnung zeigte. Er sprach von einer kleinen Erbschaft seiner Eltern und davon, dass er das Geld in Telekom-Aktien angelegt hatte. ‚Ich bin ein Spieler und Jurist, und Risikobereitschaft und ein kühler Verstand sind nun mal die besten Voraussetzungen für Börsengeschäfte', sagte er damals. Wenn ich mich recht erinnere, hat er sich sogar als Zocker bezeichnet und davon berichtet, dass in seiner Studentenzeit keine Karte vor ihm sicher gewesen sei. ‚Nicht nur der Ehre wegen', wie er sich ausgedrückt hat."

Preuß klopfte die Asche seiner Zigarette ab, während Leutenbauer nun an seine fünfzig T-Aktien dachte, die er vor einigen Jahren von seinem Ersparten für umgerechnet 63,50 Euro pro Stück als „Volksaktie" erworben hatte, aber jetzt nur noch ein Fünftel wert waren. Neugierig geworden, aber auch erstaunt fragte er: „Hat Ihr Kollege auch eine Begründung abgegeben?"

„Daran kann ich mich sogar noch sehr gut erinnern, da er mich zu einem Aktienkauf ermuntern wollte. ‚Das Spiel an der Börse ist im Prinzip eigentlich sehr einfach', sagte Robert. ‚Man muss kaufen, wenn alle aus Angst Aktien abstoßen und schleunigst verkaufen, wenn alle aus lauter Gier noch mehr davon besitzen wollen. Aber man muss halt wissen, wann die Karte ausgereizt ist.' Robert hat mir auch noch erzählt, dass er bei knapp unter vierzig DM eingestiegen und bei fast zweihundert DM ausgestiegen sei. ‚Wenn man ein Straight Flush in Händen hat, sollte man nie auf einen Royal Flush pokern‘, hat er damals lachend erklärt.“

Leutenbauer rechnete im Kopf aus, was er mit seinen „Volksaktien“ verdient hätte, wenn er nicht so ängstlich und gierig gewesen wäre. Die Zahl war für ihn so unvorstellbar groß, dass ihm davon fast schwindlig wurde. Er beschloss deshalb, das Thema zu wechseln.

„Hat Ihr Kollege genannt, wie viel er geerbt hat?“

„Nein, kein Wort.“

„Herr von Preuß, nun zu etwas anderem. Ich weiß von Amtsgerichtdirektor Hugel, dass Sorge vor knapp fünf Jahren im Dezember plötzlich das Referat wechseln wollte und seitdem Zivilrichter gewesen ist. Hat Ihr Kollege Gründe genannt?“

„Ja, aber das wird Ihnen nicht weiterhelfen. Er hat mir nur gesagt, er wolle nun rechtlich anspruchsvollere Fälle entscheiden. Für mich nur ein dummer Spruch unter Kollegen. Überraschend für mich ist nur gewesen, dass er schon nach zwei Jahren das Referat hatte wechseln wollen. Dies ist nicht normal. Ein solcher Wunsch wird nur von Kollegen geäußert, die mit ihrem Referat nicht zurechtkommen, was bei Robert jedoch nicht der Fall gewesen ist.“

„Und was war der wahre Grund, dass er kein Strafrichter mehr sein wollte?“ fragte Leutenbauer, da von Preuß schwieg.

„Das weiß ich nicht. Das weiß ich wirklich nicht“, murmelte der Ermittlungsrichter.

Leutenbauer sah ihn prüfend an.

Einige Sekunden war es still. Von Preuß schaute mit seinen traurigen Augen vor sich hin, in den Raum und zuletzt dem Kommissar ins Gesicht. Stockend, etwas verlegen wirkend, fuhr er fort: „Es fällt mir nicht leicht. Robert hat zwar von Anfang seinen Beruf geliebt, aber ebenso seine Hobbys. Die moderne Malerei und den Sport. Aber zu seiner Verteidigung muss ich auch sagen, dass er seit dem Referatswechsel weit mehr als früher in seinem Büro gewesen war. Selbst an den Wochenenden war er regelmäßig dort, wie ich vom Hausmeister erfahren habe. Mein Eindruck war: Bis zur Erschöpfung hat Robert gearbeitet.“

„Haben Sie Gründe dafür?“ hakte der Kommissar nach.

„Nur Vermutungen. Vielleicht, weil ihm die Zivilsachen tatsächlich mehr Spaß gemacht haben. Aber mir ist es so vorgekommen, als ob Robert ernsthafter geworden ist und der Justiz etwas zurückgeben wollte.“

Leutenbauer lehnte sich zurück, faltete die Hände, streckte die Beine aus. Oder weil Sorge seinem Amt oder vielleicht sogar dem Gesetz und der Gerechtigkeit etwas zu schulden glaubte? fragte er sich. Und wenn dies so war, warum? Die letzte Frage unterstrich er gedanklich und blickte von Preuß weiterhin prüfend ins Gesicht.

Der stockte, seufzte kurz auf und schaute aus dem Fenster. Lange Sekunden. „Wie habe ich Robert bewundert. Ihm ist immer alles zugeflogen. Er hatte Glück bei den Frauen ... und er war auch ein weit besserer Jurist als ich“, sagte er schließlich leise und schwieg.

Hm, dachte Leutenbauer, und während er den kleinen Mann von der Seite anschaute, dachte er weiter: Wenn nicht seine Blicke wären, diese ständig traurigen Augen, könnte man meinen, der Ermittlungsrichter von Preuß hätte Sorge nicht nur bewundert. Neid? Sogar Hass? Niemals! Nicht bei diesem Mann. Kein Schauspieler hätte seine Trauer so spielen können.

„Eine letzte Frage“, sagte Leutenbauer in die Stille hinein. „Ist Ihnen in den letzten Monaten an Sorge etwas aufgefallen, was ungewöhnlich gewesen ist? Wirkte er ängstlich, besorgt, oder wollte er Ihnen sogar etwas anvertrauen? Er hat in der vergangenen Woche ab Oktober Urlaub bis zum Ende des Jahres genommen.“

Wieder sekundenlanges Schweigen. Dann: „Von dem Urlaub weiß ich noch nichts. Aber wenn Sie mich so fragen, fällt mir nun ein, dass Robert bei seinem letzten Besuch anfangs Juli tatsächlich ungewöhnliche Andeutungen gemacht hat. Als er wie Sie vorhin an der Terrassentür stand und ins Freie blickte, schien es, als ob er diesmal mit seinen Gedanken ganz woanders war. Er müsse etwas in Ordnung bringen, wofür er sich verantwortlich fühle, und er wolle deshalb vielleicht sein Leben neu ordnen, murmelte er vor sich hin. Es läge auch eine Angelegenheit vor, die zwar verjährt sei, worauf er sich aber nicht berufen wolle, sagte er damals noch und wirkte sehr nachdenklich."

Leutenbauer nickte mehrmals, fast unmerklich, wie ein alter Trapper, der nur wegen seiner jahrelangen Erfahrung die sonst unsichtbare Spur eines Tiers entdeckt hat. Dann fragte er nach einer Weile: „Was könnte das sein? Die Angelegenheit, die verjährt ist. Und wegen was wollte Ihr Kollege sein Leben vielleicht ändern?"

Von Preuß schaute mit traurigen Augen über den Tisch. Er überlegte und antwortete leise. „Ich habe mich das auch gefragt, aber für mich keine Antwort gefunden. Und nachfragen wollte ich nicht. Robert hat mich auch nicht um meine Meinung gebeten. Na ja, so war er eben. Wie im Beruf, so war er auch privat. Immer hat er alles selbst entschieden. Aber als Amtsrichter ist das doch eher typisch. Oder etwa nicht?"

Von Preuß lächelte in sich hinein.

„Und was vermuten Sie?" fragte Leutenbauer, da der Richter seinen Worten nachhing.

„Robert wirkte zwar damals deprimiert, aber nicht verzweifelt. Wahrscheinlich hat er nur etwas überbewertet. Ernst genommen habe ich seine Worte jedoch nicht. Dafür hat Robert das Leben hier in dieser wunderschönen Gegend und den Richterberuf zu sehr geliebt. Außerdem ..." Ein kleines Lächeln huschte über das Gesicht des Ermittlungsrichters. „Außerdem ist er wieder einmal verliebt gewesen, wie mir schien. Wenig später hat er sogar von seiner großen Liebe gesprochen, die ihm begegnet sei."

„Hm, vielleicht ist es so gewesen, wie Sie vermuten", meinte Leutenbauer, war aber von seinen Worten nicht überzeugt.

Als er nachdachte, ob er irgendetwas vergessen hatte, hörte er im ersten Stock Schritte. Er stand auf. „Herr von Preuß, ich will jetzt nicht weiter stören. Vielen Dank. Ich denke, ich bin einen Schritt weitergekommen", sagte er.

An der Haustüre gaben sie sich schweigend die Hand.

Auf dem Weg zu seinem Dienstfahrzeug sah Leutenbauer am Himmel vereinzelt blaue Flecken zwischen den aufgetürmten weißen Wolken. Er spürte die wärmende Sonne. Es wird wieder freundlich und klarer, dachte er.

11

Dort, wo ein steiler Höhenrücken die prächtigen Villen am Westufer des Sees abschirmt, verlief holprig die schmale Ortsverbindungsstraße. Hohe Buchen und Kiefern zu seiner Linken versperrten den Blick auf den See, als Maximilian im gemächlichen Tempo nach Süden fuhr.

„Yes“, schrie er auf einmal und ließ kurz das Lenkrad los. Er streckte seine Arme nach oben, ballte die Fäuste. Mit dem Oberkörper wippend ließ er das Fahrerfenster des VW-Busses herunter und legte seinen Ellbogen auf den Fensterrahmen. Die Klänge einer E-Gitarre und das Blubbern eines E-Basses dröhnten aus vier Stereo-Lautsprechern nach draußen. „Wieder einmal saugut“, jubelte er und meinte das neueste Album „Wrong“ der Band Anyones Daughter. Im Groove des Schlagzeugs trommelte seine rechte Hand auf das Lenkrad. Er hörte die Rockballade „Out of this world“.

Guess I was waiting for a reason to
Meet someone in ... someday

„Echt Spitze“, begeisterte sich Maximilian. Er lauschte der Stimme des farbigen Sängers:

You walk and time stands still
Your bodies over-kill
Your rhythm drives me wild

Gabi tauchte vor seinem inneren Auge auf und dann die Nacht mit ihr. Ihre Lippen öffneten sich, sie lächelte ihm auffordernd zu, ihre Brüste pulsierten ...

Your touch is so divine
One look from those mean eyes

Temptation fills the skies
You hit me like a drum

„Mein Gott, so war's tatsächlich“, stöhnte er. „Wie bin ich so verrückt nach ihr.“ Sein Blut fing zu rasen an.

My heart goes boom, boom, boom.

„Yes“, schrie Max zuletzt und wiederholte aus voller Brust: „You hit me like a drum, my heart goes boom, boom, boom.“

Nachdem der letzte Ton verklungen war, bemerkte er, dass nicht nur sein Herz wie wild pochte. Er sah nach unten, dachte: So was von hammerstark, und mit einem Grinsen so breit wie die Fahrbahn sagte er zu sich: „Max, dich hat's diesmal ganz schön erwischt.“

Unterdessen war es zehn Uhr geworden, als Maximilian den VW-Bus zur anderen Straßenseite lenkte, dort auf der halben Fahrbahn parkte und aus dem Auto sprang.

Zwischen hohen Buchenbäumen stand auf einem Hügel das zweistöckige Wohnhaus, zu dem eine gepflasterte Auffahrt führte. „Privatgrundstück. Betreten verboten. Der Hund tut nur seine Pflicht“, las Maximilian und bemerkte, dass die Auffahrt durch ein brusthohes Eisengitter versperrt war. „Bullshit“, fluchte er, nahm fünf Schritte Anlauf, stützte sich kurz mit beiden Händen auf dem Gitter ab und schwang die Beine nach rechts. Federnd wie ein Turner landete er auf der anderen Seite.

Maximilian war kaum drei Schritte gegangen, als er hinter sich von irgendwoher ein Knurren hörte. Er drehte sich um und sah, wie seitlich aus den Büschen ein Schäferhund auf ihn zustürmte, kläffend und mit weiten Sprüngen. Er dachte kurz an seine Dienstpistole, erschrak deswegen heftig, aber sogleich fiel ihm der Ratschlag seines Briefträgers ein. Er stoppte abrupt und schaute dem Tier scharf in die Augen. „Bist ein braver Hund, ein ganz lieber“, redete er ruhig auf ihn ein. Wütend zeigte der Schäferhund seine Reißzähne, knurrte noch einmal und verfiel in ein tiefes Schweigen, sekundenlang. Nur seine Lefzen zog er ab und zu nach oben. Irgendwann ließ er sie unten. Er schien jetzt sein Urteil gefällt zu haben. Knurrend trollte er sich davon. Diesmal Gnade vor Recht, sollte dieses Knurren wohl bedeuten.

Noch bevor Maximilian oben auf dem Hügel angelangt war, hörte er eine ihm seit seiner Jugendzeit vertraute Stimme, die diesmal zornig klang.

„Kruzifix. Schleicht's eich, Scheißantn."

Wenig später sah er unterhalb des Hügels einen mittelgroßen, korpulenten Mann mit einem ergrauten, kurzgeschnittenen Vollbart. Der lief hinter einem Entenpaar her, klatschte dabei in die Hände und verfolgte die Enten auf der frischgemähten Wiese so lange, bis diese in das Wasser stürzten. Dort brachten sie sich mit vier Flügelschlägen in Sicherheit, lauthals schnatternd und gegen ihre Vertreibung protestierend. Dann schwammen sie beleidigt davon.

„Lasst's eich ja nimmer sehgn", schrie ihnen Hans Knollmüller nach. Er war der Hausmeister der Eigentumswohnanlage und ein guter Bekannter seiner Eltern.

„Servus Hans", rief ihm Maximilian zu. „Wieder einmal auf Entenjagd?" spöttelte er. Er wusste, wie stolz Knollmüller auf den Rasen war, den er so häufig und so akkurat wie seinen gestutzten Vollbart pflegte.

Knollmüller drehte sich um. Sein Zorn wich einem erfreuten Lächeln.

„Grüaß di, Max. Schö, dass ma di wieder amal siecht. Wia geht's dir denn?"

„Könnte nicht besser gehen."

„Bub, das siech ich dir an. Bist wieder amal verliebt, du Hundling", sagte Knollmüller und boxte Maximilian gegen die Brust. „Müad schaust aus." Er boxte nochmals. „Wos is sie diesmal für eine?" fragte er dann und zwinkerte Maximilian zu.

Neugierig wie immer, dachte Maximilian und erwiderte: „Warum ich hier bin, ist rein dienstlich."

„Soso, dienstlich bist bei mir. Willst mich vielleicht auf der Stell verhaftn?"

„Geh, Hans, lass den Schmarrn. Du hast doch sicher schon den Merkur gelesen.“

„Ja scho. Aha. Jetzt versteh i. Zweng dem Richter bist also da. Der Arme.“ Knollmüller strich sich darauf mit der linken Hand über den Mund.

„Hans, ich habe nur ein kleines Problem. Ich muss mich mal in seiner Wohnung umschauen.“

„Derfst du denn des?“

„Gefahr in Verzug“, antwortete Maximilian amtlich.

„Soso, Gefahr in Verzug“, wiederholte Knollmüller verschmitzt. „Respekt, Max. Respekt. Bist also ein Kriminaler worden, so wie du redst.“ Knollmüller strich sich zuerst mit der linken Hand über seine spiegelblanke Glatze und dann bedächtig über seinen Vollbart. „Hmm hmm, wennst moanst, dann is des für mi aa koa Problem net“, sagte er. „Also schaun ma amal nei.“

Das Viertel, in dem das zweistöckige Wohnhaus lag, war einst eine Kolonie von Berühmtheiten. Maler wie Moritz von Schwind, königliche Professoren und Beamte und der königliche Erzgießer Ferdinand von Miller hatten hier in prächtigen Villen umgeben von Parklandschaften zur Sommerfrische gewohnt. Auch ein Großkaufmann und Verleger hatte dort ein Sommerhaus mit Bootshaus, Steg und Badehütte errichten lassen. Seine Villa war sogar die prächtigste gewesen und blieb als eine der wenigen der einst reizvollen Villen vom fantasielosen glatten Beton des Baubooms in der Nachkriegszeit verschont.

Immer wenn der Sommer angebrochen war, fuhren diese Herrschaften in vierspännigen Luxuskutschen mit edlen Pferden vor. Alle kannten sich untereinander und vergnügten sich mit derben Ritterspielen. „Die haben wieder einmal den ganzen Sommer über Fasching gefeiert“, raunten die Einheimischen, wenn sich diese Herrschaften nach wenigen Monaten wieder nach München kutschieren ließen. „Protzenhausen“ wurde deshalb dieses Viertel spöttisch von den Einheimischen genannt. Jetzt nach einhundertfünfzig Jahren fuhren viele der Bewohner mit mindestens vierhundert Pferdestärken vor und lebten oft wie Fremde nebeneinander, geschützt durch ihre Wachhunde oder Sicherheitsanlagen.

Daran musste Maximilian Wagner kurz denken, als er im Fahrstuhl zum zweiten Stock fuhr, und fragte sich zugleich, wie sich hier ein Richter eine Wohnung hatte leisten können. Oben angekommen, öffnete sich der Fahrstuhl zu einem lichtdurchfluteten Korridor, der zu zwei Türen ohne Namensschilder führte.

„Die“, flüsterte Knollmüller und öffnete eine der beiden Türen mit einem Universalschlüssel.

Das Wohnzimmer ging in eine Terrasse über. Maximilian konnte nicht anders. Ihn drängte es auf die fünfzig Quadratmeter große Terrasse. „Wow“, stieß er hervor und pfiff durch den Mund, als er am Geländer angekommen war.

Er war am See aufgewachsen, und die allgegenwärtige Schönheit des Sees mit seinen lieblichen Ufern und den Schlössern war für ihn wie selbstverständlich. Aber der weite Blick von hier erinnerte ihn jetzt wieder einmal daran, in welcher fantastischen Gegend er wohnen und arbeiten durfte.

Nach dem Kälteeinbruch am Wochenende lag der graublaue See reglos und noch wie erstarrt in seinem tiefen Bett. Die Sonne durchbrach die Wolken, und die schneebedeckten Gipfel des Wettersteingebirges glitzerten bereits wieder im Blau des Himmels.

Das verjagte Entenpaar schwamm zurück, direkt auf das Ufer zu, er stolz vorneweg, sie feuerte ihn von hinten schnatternd an. Im Hintergrund auf der Terrasse schrie Hans Knollmüller auf und machte sich fluchend auf den Weg nach unten.

Schräg gegenüber thronte die Gedächtniskapelle, und als Maximilian die Augen mit einer Hand gegen das Sonnenlicht abschirmte, sah er das Kreuz, wo am 13. Juni 1886 der Märchenkönig Ludwig II und sein Leibarzt Dr. Gudden im seichten Wasser tot aufgefunden worden waren. Keiner rund um den See leugnete, dass dadurch der mysteriöseste Kriminalfall am Starnberger See entstanden war, aber von diesem Tag an glaubte jeder, die Wahrheit zu kennen.

Von klein auf hatten Maximilian die sich um den Tod des Märchenkönigs rankenden Geschichten begleitet. Er kannte das Gerede, die Gerüchte, all die Versionen und Theorien, selbst die absurdeste, dass Ludwig gar nicht tot sei. Er sei seinen Häschern entkommen, er habe das über zwei Kilometer entfernte Westufer schwimmend erreicht, und eines Tages würde Ludwig wieder erscheinen, um das Königreich Bayern auszurufen.

Selbstmord, da verrückt, vielleicht auch wegen Schuldgefühlen, weil er zuvor den ihn verfolgenden Leibarzt eigenhändig ertränkt habe, so lautete die amtliche Version. Aber das nahmen die Einheimischen schon damals nicht ab. „Erst hams unsern geliebten Kini im Schloss zu Berg ein'gsperrt, und dann mitsamt seim Irrenarzt um'bracht", schimpften sie, bevor sie ihrem üblichen Zorn auf die Obrigkeit freien Lauf ließen: „De Verbrecher da droben. Wos wir wolln is doch dene scheißwurscht."

Maximilian konnte sich nicht daran erinnern, dass man in seinem Elternhaus anders dachte als die Altvorderen. Wann immer er nach dem Schicksal des Märchenkönigs gefragt hatte, hatte man ihm erklärt, Ludwig sei ermordet worden. „Garantiert, Max. Niemand zweifelt daran." Die Großeltern meinten, das sei so sicher wie das Amen in der Kirche. Dies wüssten sie von ihren Eltern und die von dem Fischer, der die königliche Leiche und den toten Gudden ans Land gezogen habe.

Später, er war schon in der Schule, da hatte er seine Eltern noch einmal eindringlich gefragt, da die Lehrerin doch etwas anderes erzählt hatte. „Wos, unser genialer Ludwig ein gemeiner Mörder, so ein Schmarrn", hatte Mutter empört geschrien und sich an die Stirn getippt. „Erst jemanden umbringen und dann sich neben die Leich ins seichte Wasser so lange hinlegen, bis eam die Luft ausganga is. Na, so verrückt hätt' selbst unser Ludwig nicht sein können."

Ob er denn nicht den uralten Trick kenne, hatte darauf Vater verschmitzt in seiner langsamen Art auf Bairisch gefragt.

„Welchen?"

Damit es überzeugender klänge, hatte sich Vater auf einmal bemüht, Hochdeutsch zu reden. „Den selbst drittklassige Strafverteidiger seit jeher anwenden: Täuschen, um aus einem Toten, der sich nicht mehr verteidigen kann, einen Mörder zu machen."

„Warum?"

„Aber Bub, das ist doch sonnenklar. Um bei Gericht für den Hauptverdächtigen wegen nicht ausreichender Beweise einen Freispruch zu erreichen."

Damals, während er seinem Vater aufmerksam zugehört hatte, begriff er, was die Erwachsenen damit meinten, wenn sie wie selbstverständlich sagten, das Leben sei nicht immer gerecht. Da wurde ihm klar, dass das Leben nicht immer so war, wie es ihm bis dahin erschien, dass wie die Dunkelheit zur Nacht die Lüge zum Menschen gehörte.

„Außerdem", hatte sich nun Mutter eingemischt, „muss man den Politikern nicht immer alles glauben. Inzwischen weiß doch jeder, dass die da oben vertuschen und lügen, wenn eine unangenehme G'schicht ihr Geheimnis bleiben soll. Wie soll dann die Gerechtigkeit der Wahrheit folgen können?"

Am Ostufer des Sees stampfte ein Dampfer majestätisch nach Süden. Maximilian schaute hinüber. Die meisten Passagiere standen backbords an Deck, die Hälfte von ihnen winkte in überschäumender Fröhlichkeit irgendjemandem am Ostufer zu, die anderen hielten ehrfurchtsvoll Kameras vor ihre Gesichter, knipsten oder filmten die üblichen Erinnerungsbilder: Kreuz im Wasser, die Votivkapelle und wieder zurück zum Wasser, um auch noch all die Schwäne ins Bild zu bringen.

Vielleicht werde auch ich ... Maximilian musste lächeln, als er daran dachte. Vielleicht werde auch ich meinen Kindern die Geschichte vom Märchenkönig so oder so ähnlich weitererzählen. Er würde beginnen: „Es war einmal ein König. Er hieß Ludwig und musste deshalb sterben, weil er einfach kein König sein wollte. Statt sinnlose Kriege zu führen, hat er nur für sich ganz allein fantastische Schlösser gebaut und dafür das Geld ausgegeben. Statt am Hofe zu München mit den prächtig gekleideten Damen zu plaudern und in seiner Hauptstadt zu regieren, ist er ständig in die Berge geflohen, hat dort gejagt und in einsamen Berghütten gewohnt. Er ist mit Sisi auf der verschwiegenen Roseninsel im Starnberger See spazieren gegangen, hat nur ihr sein Herz ausgeschüttet und nur ihr seine Geheimnisse anvertraut, anstatt mit seinen Ministern zu reden. Statt ..."

Zum Schluss würde er kurz innehalten und dann seinen Kindern die zwei Sätze sagen, bei denen er sich allein sicher war, dass sie Wort für Wort der Wahrheit entsprachen: „Der König Ludwig war halt ein Mensch, der in keine Zeit gepasst hätte. Da er nun tot ist, lebt er leider nicht mehr."

Wie dem auch sei, spannte Maximilian den Faden weiter, heute würde jeder Staatsanwalt sofort ein Ermittlungsverfahren gegen Unbekannt wegen eines zweifachen Mordes einleiten müssen. Es gäbe genügend Motive, dass ein argloses wie wehrloses Opfer aus niedrigen Beweggründen getötet worden war und der einzige Zeuge ausgeschaltet werden sollte, um den Meuchelmord zu verdecken, und in der Gerichtsmedizin würde selbst jeder Hilfsobduzent innerhalb einer Stunde die wahren Todesursachen finden. Der Weg zum Täter wäre dann nicht mehr weit.

Aber andererseits: Was brächte es heute, wenn die Wahrheit ans Tageslicht käme, fragte sich Maximilian und begann zu philosophieren. Nur die für die Ewigkeit bestimmte Fantasie wäre mit einem Schlag zerstört, auf wenige Zeilen im Obduktionsbericht zusammengeschrumpft – und der Starnberger See wäre ohne die Mythen und Gerüchte um den Tod des Märchenkönigs ein anderer geworden.

„Nicht schlecht für einen Richter." Hans Knollmüller war zurück. Er schlug Maximilian kräftig auf die Schulter. Mit einem Schlag wurde der junge Beamte aus seinen Fantastereien gerissen, und Knollmüllers Worte erinnerten ihn daran, dass er sich eigentlich in der Wohnung des Richters umsehen wollte.

Er ging zurück und fing mit dem Wohnzimmer ab. Es war geschmackvoll und zum Teil mit alten Möbeln eingerichtet. Die Regale waren gefüllt mit Büchern, die Bilder an den weißgetünchten Wänden zeigten große, meist rotgefärbte Formen. Auf dem weichen Wollteppich sah er ein in Leder gebundenes Buch. Es lag so achtlos auf dem Boden, als ob Sorge beim Lesen überrascht worden war. Er hob es auf und las: Gustave Flaubert, „Lehrjahre des Gefühls". Er erinnerte sich. Diesen Roman musste er in der 12. Klasse lesen. Ein junger Mann aus der Provinz namens Frederic zog nach Paris, war voller Träume. Eine verheiratete Frau kam in dem Roman vor, die erste große Liebe des Mannes, der Anfang von seinem Ende. Merkwürdig, dachte Max, wie bei dem Richter. Ein Zeichen? Rasch blätterte er die Seiten nach irgendetwas Verdächtigem durch. Nach versteckten Zettelchen, nach irgendwelchen schriftlichen Anmerkungen am Seitenrand oder sogar nach einem Hinweis auf einen eifersüchtigen Nebenbuhler des Richters. Vielleicht sein erster großer Ermittlungserfolg? Doch nichts, und auch sonst konnte er nichts Ungewöhnliches entdecken, obgleich er weitere zehn Minuten das Wohnzimmer durchsuchte.

„Na super", stöhnte er, „wenn das so weitergeht, stehe ich vor dem Alten mit leeren Händen da", und machte sich auf den Weg ins nächste Zimmer.

Durch einen Rundbogen gelangte er in einen Raum, geschätzte zwanzig Quadratmeter groß. Wieder blickte sich Max erst einmal um. Wie im Wohnzimmer moderne Bilder an den Wänden, Regale vom Parkettboden hoch bis zur Decke, voll mit Büchern. Eine Menge Fachliteratur war darunter. Vor dem Fenster stand ein mächtiger Schreibtisch aus massiver Eiche. Ohne Computer, und inmitten von Papierstößen, Fachzeitschriften und Fachbüchern erhob sich wie ein dunkler Leuchtturm aus dem brausenden Meer eine schwarze Statue mit aus Ebenholz geschnitzten negroiden Gestalten, die aneinandergeklammert sich nach oben rankten.

Maximilian setzte sich in den schwarzen Ledersessel. Als er das rechte Seitenfach des Schreibtisches öffnete, purzelten ihm sofort lose Blätter, Schriftstücke und Schnellhefter entgegen, und als er die Türe des linken Seitenfaches vorsichtig nach vorne zog, glaubte er, dass er unmöglich vor dem Schreibtisch eines Richters sitzen könne. Noch nie hatte er eine solche überquellende Unordnung gesehen. Rasch hob er die Unterlagen vom Boden auf und legte sie auf den Tisch.

„Host wos gfundn?“ fragte Knollmüller und beugte sich über Maximilian.

„Hans, bitte!“

Knollmüller trat eine halben Schritt zurück.

Maximilian begann, die auf dem Schreibtisch liegenden Blätter, Schnellhefter und Schriftstücke zu sichten.

„Host immer no nix?“

Maximilian spürte Knollmüllers Atem. Er ahnte nun, dass die Neugierde von Hans nicht zu bändigen war. Er sah jetzt nur noch zwei Möglichkeiten. Entweder war er gezwungen, Hans aus dem Zimmer zu weisen, aber dann wäre er für die nächsten Monate tödlich beleidigt. Oder er musste einen Weg finden, der einerseits Knollmüllers brennende Neugierde zum Erlöschen brachte und andererseits die Durchsicht der Papiere ermöglichte, ohne einen Argwohn bei Hans zu hinterlassen. Maximilian entschied sich für die zweite Lösung, auch wenn ihn auf der Polizeischule etwas anderes gelehrt worden war.

„Hans, ich muss jetzt noch mal schnell weg. Ich hätte es beinahe vergessen. Um elf Uhr bin ich mit dem Amtsgerichtsdirektor verabredet.“

„Sauber“, gratulierte Knollmüller ohne Verdacht.

„Dann komme ich schnell noch mal vorbei und hole alles ab. Hast du zufällig Müllsäcke?“ fragte Maximilian nebenbei.

„Eine Menge, warum?“

„Wie es ausschaut, liegt ja eh nur Krempel rum. Aber wie du sicher weißt, muss sich die Polizei auch mit so was beschäftigen.“

„Verstehe. Wie viel brauchst?“ fragte Knollmüller mit leicht enttäuschtem Gesicht.

„Zwei Stück.“

Nachdem Knollmüller das Zimmer verlassen hatte, bereitete Maximilian den Abtransport vor. Den restlichen Inhalt der Seitenfächer legte er auf den Schreibtisch und räumte noch die drei Schubläden aus. Er wollte sich noch einmal vergewissern, ob er etwas übersehen hatte. Er warf einen Blick auf die Statue aus Ebenholz und dann sah er ein Stück eines weißen Kuverts, das unter dem breiten Fuß hervorlugte. Das Kuvert war nicht verschlossen. Er öffnete es. Nur eine Seite mit dem Datum des Mittwochs der letzten Woche lag darin.

Maximilian überflog das Schreiben. Aber erst, als er das Schreiben zum zweiten Mal gelesen hatte, begriff er den Inhalt der fünf Zeilen:

„Sehr geehrter Herr Justizminister!

Aus persönlichen Gründen beantrage ich, mich aus meinem Amt als Richter zum Ablauf dieses Jahres zu entlassen.

Mit vorzüglicher Hochachtung

Robert Sorge"

„Bingo", murmelte Max vor sich hin und ließ alles in der Innentasche seiner braunen Lederjacke verschwinden. Man weiß ja nie. Vorsicht ist besser als Vertrauen. Wenn Hans davon erfährt, weiß es spätestens am Abend die ganze Stadt, dachte er noch, bevor er das Arbeitszimmer des Richters verließ.

12

Um Viertel vor elf war Leutenbauer wieder in seinem Büro. Auf dem Schreibtisch lag ein Zettel mit dem Vermerk: „Sofort zum Chef". Kurz zuvor musste er von seiner Sekretärin dorthin hingelegt worden sein. Deren schweres Parfum hatte sich im Zimmer ausgebreitet, und er musste sich gestehen, er roch es immer noch gerne. Moni, wie er sie nannte, brünett, rundliches Gesicht, voller Busen und kräftige Schenkel, hatte schon seinem Vorgänger gedient. Er selbst hatte mit ihr nach einem Betriebsausflug eine Nacht in einer kleinen Landgaststätte am Chiemsee verbracht.

Leutenbauer setzte sich, stützte seinen Kopf in beide Hände, die Augen halb geschlossen, und dachte wieder einmal daran. An den One-Night-Stand mit Moni, als er damals das erste und letzte Mal Maria betrogen hatte.

Ein heißer Sommertag war einem lauen Abend gewichen. Inzwischen saßen sie zu zweit auf der Terrasse über dem See. Tief ausgeschnitten war ihre Bluse. Ein voller, ungewöhnlich großer Mond stand über dem Wasser. Schon den ganzen Tag über war es in der Luft gelegen. Ihr schweres Parfüm, ihr Lächeln, ihre Bewegungen waren ein einziges Versprechen. Vor dem Dessert – nach zwei Flaschen Rotwein, die Luft zwischen ihnen schien vor Erregung zu vibrieren –, da erhob sich Moni und kam schon nach einer Minute zurück. Mit wiegenden Hüften, auf hohen Absätzen, ihr geblümter Sommerrock schwang dabei mit. „Wie schön du bist", raunte er ihr zu, als sie sich wieder gegenübersaßen. Sie erhob ihr Glas und trank es mit einem Zug leer. „Auf uns", sagte sie etwas zu laut und streckte ihre linke Hand nach ihm aus. Ohne ihr verführerisches Lächeln von ihm zu wenden, stellte sie das Glas ab, griff in ihr Handtäschchen, und plötzlich glitt ihre rechte Hand unter den Tisch: Bis zu der pulsierenden Schwellung unter seiner Hose. „Franz, hol dir, was du möchtest", wisperte sie schon leicht beschwipst. Auf seinem Knie war ihr schwarzer Minislip gelegen. Keine Minute später begann sie, mit ihm ihr aufregendes Spiel weiterzuspielen. Auf einem Doppelbett, im hellen Licht des Mondes.

Leutenbauer schloss fest die Augen, lächelnd. Obgleich diese Nacht schon über sechs Jahre zurücklag, sah er jetzt alles so deutlich, als ob es erst gestern gewesen wäre. Es war großartig, sie war fantastisch, und er wurde beim ersten Sonnenstrahl, als ihre Hand nach unten griff, wieder so stark, dass er noch einmal mit ihr eins werden konnte. So dachte er, als alle Bilder abgespult waren. Auch damals hatte er so gedacht. Fast eine Woche lang hatte er mit sich gerungen, und es hatte nicht viel gefehlt. Beinahe hätte er Maria den Seitensprung gebeichtet. Doch was hätte ihr diese Wahrheit genützt? Also hatte er geschwiegen.

Auch bei Moni hinterließ diese Nacht keine seelischen Probleme. Sie blieb so aufmerksam und freundlich wie vorher. Also hatte er auch niemandem geschadet. Nur ihn plagten noch Wochen lang das schlechte Gewissen und die Sorge, dass die Nacht mit Moni nicht im Dunkeln bleiben könnte. Damals hatte er deshalb geschworen, in Zukunft selbst dann kein Angebot mehr anzunehmen, wenn man es eigentlich nicht abschlagen konnte.

Leutenbauer beschloss, das „Sofort“ auf dem Zettel weit auszulegen. Er musste sich wieder konzentrieren. Vor allem brauchte er Zeit, um seine Gedanken zu ordnen.

Inhaltlich stimmten die beiden Gespräche mit dem Ermittlungsrichter von Preuß und mit dem Amtsgerichtsdirektor überein, soweit sie das Verhalten von Sorge vor fünf Jahren und in der letzten Woche schilderten. Er glaubte zwar an Zufälle, aber ungewöhnliche Ereignisse waren meist die Folgen von ungewöhnlichen Handlungen. Was ist, wenn die von Preuß zuletzt genannten Äußerungen ernst genommen werden müssen? Juristen pflegten sich normalerweise korrekt auszudrücken und sprachen von „verjährt“ nur, wenn nach einem begangenen Unrecht ein Anspruch oder eine Straftat nicht mehr verfolgt werden durfte. Das Wort „verantwortlich“ gebrauchten sie aber dann, wenn eine Person nur ursächlich für eine fremde Tat war, aber trotzdem dafür nach dem Gesetz einstehen musste oder aus moralischen Gründen einstehen wollte. Plötzlich verspürte er eine innere Erregung, was für ihn immer ein Zeichen dafür war, eine Spur gefunden zu haben.

Zwei Gedanken erschreckten ihn aber. War es möglich, dass Sorge vor vielen Jahren irgendeine unrechtmäßige Handlung begangen hatte? Vielleicht sogar als Richter? Und als Folge davon weiteres Unrecht geschah?

In diese Gedanken hinein schrillte das Telefon. Oberstaatsanwalt Dr. Kettenbach war am Apparat.

„Herr Leutenbauer, ich will Ihnen nur mitteilen, die Pressekonferenz ist auf dreizehn Uhr festgesetzt. Ich werde daran teilnehmen. Aber Fragen werden nur Sie beantworten. Und machen Sie so weiter. Viel Glück.“

Warum „viel Glück“, und warum interessiert sich der überhaupt nicht für meine bisherigen Ermittlungen, fragte sich der Kommissar erstaunt und war verstimmt.

Er entschloss sich nun, Müller-Fink aufzusuchen. Wie erwartet saß dieser vorwurfsvoll hinter seinem mächtigen Schreibtisch – diesmal mit einer Fliege, die so perfekt zu seinem Tuch im dunkelblauen Zwirn passte wie zu seinem hellblauen Hemd –, und vor ihm lag eine aufgeschlagene Zeitung. Der Münchner Merkur mit der Rubrik „Bayern & Region", wie Leutenbauer feststellte, als er sich setzen durfte.

„Wir haben doch eine vorläufige Nachrichtensperre vereinbart. Gegen meine ausdrücklichen Bedenken, wie Sie wissen. Und jetzt das!" brauste Müller-Fink auf und deutete auf den Zeitungsartikel mit der Überschrift „Mord an Richter Sorge".

Leutenbauer schwieg.

„Sei es, wie es sei", fuhr sein Chef fort, immer noch seinen Kopf schüttelnd. „Jedenfalls muss jetzt die gesamte Presse ausführlichst informiert werden. Sie werden verstehen, dass dies nun Ihre Aufgabe ist. Dreizehn Uhr, Herr Kollege. Auch Oberstaatsanwalt Dr. Kettenbach wird anwesend sein."

Bedächtig legte Müller-Fink die Zeitung zusammen, faltete sie nochmals, strich mit der rechten Hand über den entstandenen Knick und blickte schließlich den Kommissar mit erhobenen Augenbrauen an.

„Vor einer Stunde rief mich der Herr Justizminister an. Er war höchst verärgert über Ihr dürftiges Ergebnis." Müller-Fink sprach mit seiner hellen Stimme „Ihr dürftiges Ergebnis" so aus, als ob er damit persönlich die Missachtung des Justizministers ausdrückte und dabei innerlich salutierte. „Der Herr Justizminister war auch mehr als erstaunt, dass keine Sonderkommission eingesetzt und auch die Presse nicht informiert wurde. Ich konnte ihn kaum beruhigen. Meine Bedenken, Herr Kollege, habe ich ihm aber nicht mitgeteilt." Der letzte Satz kam deutlich langsamer über seine Lippen und klang so huldvoll, dass nur noch die ausgestreckte rechte Hand als Zeichen eines zu erwartenden Handkusses fehlte.

Leutenbauer räusperte sich. Er hielt es nun für angebracht, seinem Chef von dem Gespräch mit dem Ermittlungsrichter von Preuß zu berichten. „Herr Oberkriminalrat", begann er förmlich.

Dann erzählte er mit der gebotenen Ausführlichkeit, dass Sorge in seiner Studentenzeit ein Zocker gewesen sei, dass er noch als Richter an der Börse spekuliert habe und dass er vor knapp über fünf Jahren selbst eine kleine Erbschaft seiner Eltern mit Telekom-Aktien aufs Spiel gesetzt habe.

Müller-Fink verzog sein Gesicht und lächelte dünn. „Na und?" sollte dies bedeuten.

Schließlich zitierte Leutenbauer sogar wörtlich, was Sorge bei dem Gespräch im Juli dieses Jahres gegenüber dem Ermittlungsrichter von Preuß erwähnt hatte. Als er berichtete, Sorge habe seinen eigenen Worten nach sein Leben neu ordnen wollen, weil er sich für irgendetwas verantwortlich fühlte, trommelte Müller-Fink mit den Fingern der rechten Hand auf die Schreibtischplatte, um anzudeuten, dass er anfange, sich zu langweilen.

Nur der Vollständigkeit wegen berichtete Leutenbauer zum Schluss noch, dass der Ermittlungsrichter Sorges Worte nicht ernst genommen habe.

Müller-Fink, seinen eigenen Worten nach ein „Menschenkenner", nickte jetzt heftig, und ein selbstgefälliges Lächeln huschte über sein Gesicht, als wollte er sagen: „Kommt mir bekannt vor. Der Ermittlungsrichter hat absolut recht. Das waren nur die trüben Worte eines Mannes um die vierzig, der in seiner Midlifecrisis über sein weiteres Leben räsonierte."

Leutenbauer beschloss deshalb, seine Vermutung für sich zu behalten. Wenn er noch erwähnt hätte, Sorge habe vermutlich vor Jahren etwas Unrechtes getan, vielleicht sogar als Richter, und dadurch weiteres Unrecht verursacht, Müller-Fink hätte ihn bestimmt gefragt, ob er noch bei Sinnen sei.

„Ist das alles, was Sie mir zu berichten haben?" waren die ersten Worte von Müller-Fink zu seinem Bericht. Er verzog missbilligend das Gesicht.

„So ist es."

„Mit anderen Worten, Sie sind keinen Schritt weitergekommen."

„Leider", erwiderte Leutenbauer und täuschte Bedauern vor. „Aber vielleicht sollte ich noch eines erwähnen. Der Ermittlungsrichter züchtet Schildkröten, und deshalb sind sich die beiden Richter persönlich nähergekommen", sagte er und tat geheimnisvoll. Er war gespannt, welche Schlüsse sein Vorgesetzter daraus zog.

„Wirklich interessant. Höchst merkwürdig", meinte Müller-Fink nachdenklich. „Also ein Sonderling, dieser Ermittlungsrichter." Er sprach diese Worte so aus, als ob er für sich nun einen Verdächtigen gefunden hatte. „Sonst noch was, Herr Kollege? Haben Sie vielleicht irgendeine Vermutung?"

„Nein, Herr Oberkriminalrat. Das wäre im Augenblick alles."

Müller-Fink strich sich darauf über das Haar, wie immer, wenn er zu einem Ergebnis gelangt war. „Also nichts Neues", meinte er mit runzelnder Stirn. „Wir suchen demnach weiter nach einem Mann mit der Schuhgröße 47, der Sorge am Samstag kurz vor Mitternacht mit einer Makarov erschossen hat. Und Sie selbst haben nicht einmal die leiseste Ahnung, wer dieser Mann gewesen sein könnte."

Leutenbauer war wegen der letzten zwei Sätze nur deshalb überrascht, weil sich sein Chef diesmal bei Findeisen und Dr. Koch nach deren Ermittlungsergebnissen erkundigt haben musste. „Herr Oberkriminalrat, das ist völlig richtig", schmeichelte er mit ernstem Gesicht.

Müller-Fink quittierte die Antwort mit einem kurzen Lächeln. Dann wanderten seine Blicke zu den Schlagzeilen auf der Titelseite des Münchner Merkur. Für Leutenbauer waren dies Signale, dass sein Chef damit das Gespräch als beendet ansah und sich jetzt wieder den wirklich wichtigen Dingen zuwenden wollte: Den großen Themen der Weltpolitik.

Leutenbauer stand auf und versuchte vergeblich, ein Grinsen zu unterdrücken. Mit einem angedeuteten Gruß verließ er das Zimmer.

Die Glocken des nahen Doms fingen Punkt zwölf Uhr zu läuten an, als Leutenbauer begann, die Pressemitteilung zu formulieren. Das Gespräch mit Dr. Kettenbach lag ihm im Magen, und ein Knurren machte ihn auf seinen Hunger aufmerksam. Er holte eine Tafel Schokolade aus der Schublade seines Schreibtisches und wartete auf Maximilian, mit dem er sich um Viertel vor zwölf verabredet hatte und von dem er sich weitere wichtige Informationen erhoffte. Er wusste nicht, was er der gierigen Presse mitteilen sollte.

„So ein Mist", entkam es ihm, als das Läuten der Glocken verstummte. Sein Kreuz schmerzte wieder einmal. Er stand auf, streckte sich ein paarmal, ging im Zimmer hin und her und setzte sich. Er zog den Bilderrahmen zu sich, aus dem ihn Maria anlächelte, und dachte, wie glücklich er mit ihr war. Es belustigte ihn, als er plötzlich daran denken musste, dass all die Kommissare in den Fernsehkrimis entweder unbeweibt oder geschieden waren, immer Pech in der Liebe hatten oder sonst mit Frauen nicht zurechtkamen. Ich wäre also nicht der richtige Typ für das Fernsehen, stellte er zufrieden fest und schob den Rahmen an seinen ursprünglichen Platz zurück.

Für ihn stand nun fest: Mit Sicherheit werde ich denen von der Presse mit keinem Wort meine Vermutungen von etwaigen Verfehlungen des Richters mitteilen und kein Wort darüber verlieren, dass dieser eventuell in seinen eigenen Tod verstrickt gewesen war. Er malte sich aus, wie die Journalisten dann im früheren Leben des toten Richters herumwühlen würden, um möglichst unappetitliche Geheimnisse sensationslüsternen Lesern präsentieren zu können.

Leutenbauer schrieb die ihm bekannten Fakten auf einen Zettel und las alles noch einmal durch. Dass Sorge seinen Mörder gekannt haben musste, war bis jetzt unbewiesen und stand nur für ihn fest, wie er einräumen musste. Er beschloss deshalb, auch diese Vermutung den Schreiberlingen vorzuenthalten. Und die Schuhgröße des Täters? Die sollte den Mörder nicht aufschrecken. Tausende von Männern trugen heute solche Elefantenschuhe, und er fragte sich, welche Vorteile diese Veröffentlichung brächte. Nur Dutzende todsichere Alibis von untreuen Ehemännern für die Nacht von Samstag auf Sonntag wären plötzlich fraglich geworden, überlegte er schmunzelnd. Er strich daraufhin den Satz: „Sorge muss den Täter, der die Schuhgröße 47 hat, gekannt haben." Er fügte noch hinzu: „Unbekannt ist auch das Motiv für diese Tat." Also nur fünfeinhalb Zeilen, stellte Leutenbauer vergnügt fest und freute sich auf die wütenden Fragen der Journalisten.

Das Blitzlichtgewitter der Fotografen richtete sich auf Leutenbauer, als er den Presseraum betrat. Es war Punkt eins, wie ihm ein Blick auf die Uhr zeigte, die an der Wand hinter dem Podest hing. Auf dem Podest saßen bereits Oberstaatsanwalt Dr. Kettenbach und links neben ihm Müller-Fink, der seine weißgepunktete, blaue Fliege zurechtrückte und seine entblößten Zähne weiter in Richtung der Kameras bleckte. Als der Kommissar sich zwischen die beiden setzte, sah er noch, wie sich die Tür öffnete und Max hereinstürmte, der ihm so zuwinkte, als ob er ihm etwas Wichtiges mitteilen wollte.

Nachdem die Fotografen ihre Bilder geschossen hatten und auch das allgemeine Gemurmel verebbt war, eröffnete Dr. Kettenbach die Pressekonferenz. „Meine Damen und Herren, die Pressemitteilung haben Sie ja zwischenzeitlich erhalten. Wenn Sie zusätzliche Fragen haben, werden diese von Herrn Kriminalhauptkommissar Leutenbauer, der die Ermittlungen leitet, gerne beantwortet."

„Das nennen Sie Pressemitteilung. Unverschämt", riefen mehrere Journalisten. Einer von ihnen, mit einem Gesicht wie ein Bullterrier, sprang sofort auf. Leutenbauer kannte ihn. Ein ehemaliger Student der Rechte, der vor einem Jahr das zweite Mal das erste Staatsexamen nicht bestanden hatte und einer der Frechsten im Boulevard war. „Warum sind wir von der Presse nicht unverzüglich von der Ermordung des Richters unterrichtet worden?" fragte dieser, wild mit den Armen rudernd. „Wir von der vierten Gewalt haben gerade in einem solchen Fall einen unverzüglichen Anspruch, um die Öffentlichkeit schnell und umfassend zu informieren."

„Aufgrund der Ermittlungen ergab sich erst gestern, dass kein Selbstmord vorlag", log der Kommissar freundlich.

„Warum hat dann der Kollege von der Konkurrenz bereits gestern von dem Mord erfahren?" bohrte der Bullterrier weiter und richtete dabei die Spitze seines Kugelschreibers auf Leutenbauer.

„Da müssen Sie schon Ihren Kollegen vom Merkur fragen. Von mir wusste er es jedenfalls nicht", antwortete Leutenbauer diesmal wahrheitsgemäß. Er grinste den Klatschreporter an, der sich kopfschüttelnd setzte.

„Herr Kriminalhauptkommissar", hörte er einen anderen aus dem Hintergrund fragen, „sind Sie nicht auch meiner Meinung, dass die Polizei bis jetzt so langsam wie eine Schnecke gearbeitet hat?"

Der Kommissar sah, wie Müller-Finks Gesicht erblasste und er dann in seinem Stuhl zu schrumpfen schien. „Ich weiß nicht, ob Schnecken arbeiten und wie schnell", antwortete er und versuchte vergeblich, ein Grinsen zu vermeiden. „Doch Spaß beiseite. Wir haben jedenfalls alles getan, was möglich gewesen ist!"

Der Oberstaatsanwalt nickte ihm anerkennend zu.

„Haben Sie zumindest eine Vermutung, wer der Täter sein könnte und welches Motiv der Täter gehabt haben könnte?" fragte die einzige Journalistin im Raum. Sie saß in der ersten Reihe und hatte bis dahin jedes Wort in ihr Notebook getippt.

Eigentlich ein sehr hübsches Gesicht, wenn sie nur nicht diese Hornbrille trüge, dachte Leutenbauer und sagte: „Sie kennen mich doch. Über Vermutungen spreche ich nicht. Ich kann Ihnen aber eines sagen. Ich habe bis jetzt noch nicht einmal den Schimmer einer Ahnung."

Die Journalistin stand nun auf. Sie fasste mit beiden Zeigefingern an die Hornbrille und kräuselte zugleich ihren Mund. „Finden Sie nicht auch, dass das für drei Tage reichlich wenig ist?" fragte sie spitz.

„Ja, da stimme ich Ihnen voll zu“, erwiderte Leutenbauer unter dem Gelächter der männlichen Journalisten.

Nachdem es schien, als ob wegen der entstandenen Unruhe vorläufig keine weiteren Fragen mehr gestellt würden, erhob sich in der Mitte des überfüllten Saales ein stattlicher Mann, der einen Nadelstreifenanzug trug. Er stellte sich mit „Herbert Brandl vom Münchner Merkur“ vor. Ein ehemaliger Staatsanwalt, den der Kommissar aber nicht alleine deshalb schätzte. Er war einer der wenigen Journalisten, der fundierte juristische Kenntnisse hatte und vor allem auch die Arbeit der Polizei respektierte und darüber objektiv und sachlich berichtete.

„Herr Leutenbauer, warum ist noch keine Sonderkommission eingesetzt worden? Nach allem, was Sie bis jetzt berichtet beziehungsweise verschwiegen haben, ist es doch auch möglich, dass mit dem Tod des Richters ein Angriff auf die Justiz gewollt war und sogar weitere Terrorakte zu befürchten sind.“

Es wurde plötzlich still im Presseraum. Die übrigen Journalisten legten die Finger auf die Tastatur ihrer Notebooks. Die Fotografen zückten wieder ihre Apparate. Alle starrten nun Leutenbauer an.

In diesem Augenblick hob der Oberstaatsanwalt abwehrend beide Hände und antwortete ruhig: „Insoweit hat sich zurzeit nicht einmal ein Anfangsverdacht ergeben. Im Augenblick liegen die Ermittlungen allein beim Kriminalhauptkommissar Leutenbauer. In besten Händen, möchte ich betonen.“

Anschließend ging alles sehr schnell. Der Oberstaatsanwalt gab dem Kommissar mit einer kleinen Handbewegung zu verstehen, nun den Saal zu verlassen. Fast gleichzeitig bedankte er sich bei den Journalisten und schloss die Pressekonferenz.

Erst ging ein Raunen durch die Menge, dann klickten die Fotoapparate, und schreiend sprangen die Journalisten auf.

„Herr Dr. Kettenbach, nur noch eine einzige ...“

„Nein.“

„Herr Oberstaatsanwalt, bitte. Warum ...“

„Tut mir leid.“

„Ist bereits das Bundeskriminalamt eingeschaltet?"

„Kein Kommentar", sagte Dr. Kettenbach noch eilig, ehe er Leutenbauer rasch bis vor den Presseraum begleitete.

Dort deutete er durch ein Kopfnicken an, dass er ihn am Ende des Flures sprechen wollte.

„Herr Leutenbauer, ich möchte Ihnen zuerst gratulieren. Es war ein Vergnügen, Ihnen zuzuhören. Sie waren wie das Orakel von Delphi in seinen besten Tagen. Denen von den Klatschblättern", und er deutete dabei auf den Bullterrier mit dem abgebrochenen Studium, der gerade mit der Journalistin gestikulierend zum Treppenabgang eilte, „braucht man nicht alles auf die Nase zu binden. Sie berufen sich auf unsere Informationspflicht, denken aber nur an die Auflagensteigerung und an die Sensationslust der Leser ihrer Klatschgeschichten. Herr Leutenbauer", der Blick des Oberstaatsanwalts wurde nun stechend, „wenn Sie Vermutungen zu Verfehlungen des Richters haben sollten, kein Wort darüber. Die Leiche des Richters könnte man dann gleich den Aasgeiern vorwerfen."

Der Kommissar sah, dass Maximilian mit zwei halb gefüllten grünen Säcken die Treppe in Richtung des Büros hinaufging und Müller-Fink in einem gebührenden Abstand zum Oberstaatsanwalt ungeduldig auf ihn wartete.

„Haben Sie mir dazu etwas Wichtiges mitzuteilen?" hörte er nun die schneidende Stimme von Dr. Kettenbach.

„Nein, Herr Oberstaatsanwalt, aber ich glaube, ich habe ein Licht im Dunkeln entdeckt. Wenn Sie wollen ...", antwortete Leutenbauer, der sich sofort über seine prosaische Ausdrucksweise ärgerte und deswegen auch barsch unterbrochen wurde.

„Glaube und Lichter interessieren mich überhaupt nicht. Nur Fakten, Fakten und nochmals Fakten. Wir können alle nur beten, dass Ihr Instinkt Sie diesmal nicht verlassen hat!"

Nachdem sich Dr. Kettenbach verabschiedet und Leutenbauer bereits den Rücken zugewandt hatte, drehte er sich um und kam zurück. Leutenbauer glaubte, ein leichtes Lächeln in seinem Gesicht zu sehen, und hoffte auf eine kleine Geste der Entschuldigung.

„Herr Leutenbauer, ich bin Ihnen doch noch eine Erklärung schuldig. Gestern hat mich der Generalbundesanwalt angerufen. Es liegen Informationen des Bundeskriminalamtes vor, dass eine terroristische Gruppe einen Anschlag auf Angehörige der Justiz plant. Wenn jetzt ein Richter erschossen worden ist, dann werden natürlich auch Ermittlungen in diese Richtung geführt. Ein konkreter Verdacht hat sich bis jetzt allerdings noch nicht ergeben. Ich halte Sie auf dem Laufenden, und machen Sie vorläufig so weiter. Bis später.“ Kettenbach drehte sich daraufhin abrupt um und schritt davon.

„Der Oberstaatsanwalt will nicht, und Sie können nicht.“

„Was?“ fragte Leutenbauer gedankenverloren und sah seinen Chef vor sich stehen.

„Mir etwas sagen.“ Müller-Finks Fliege zitterte, und seine Augen funkelten. „Ihre Pressekonferenz war eine einzige Katastrophe. Ich kann mir schon jetzt die Schlagzeilen vorstellen: Ahnungslose Polizei jagt im Schneckentempo den Mörder des Richters Sorge. Wie lange sieht der Schneckendirektor diesem Treiben zu? Alles bleibt mal wieder bei mir hängen.“

Jetzt spielt er mal wieder den beleidigten Boss, dachte der Kommissar und nickte. Er wollte nur so schnell wie möglich in sein Büro und mit Maximilian sprechen. Er nickte nur wieder, als Müller-Fink drohte: „Wenn Sie bis Freitagabend keine Spur gefunden haben, werde ich Ihnen Ihren Wunschassistenten durch Fachkräfte ersetzen“, wobei sich bei „Wunschassistent“ seine Mundwinkel verächtlich nach unten zogen und seine Stimme bei „Fachkräften“ zitterte. „Ich wiederhole, bis Freitagabend.“

Leutenbauer verabschiedete sich grußlos.

13

Maximilian stand vor dem Schreibtisch und kippte den Inhalt der zwei Säcke aus.

„Hi. Alles von heute Morgen“, begrüßte er Leutenbauer, als dieser das Büro betrat.

„Ich war in der Wohnung des Richters. Ich sag dir, ein einziger Traum: zweiter Stock mit Dachterrasse, mit See- und Gebirgsblick, drei Zimmer, grob geschätzt schlappe hundert Quadratmeter, darin eine Menge Kunst und liegt in der Nähe des Yachtclubs Am Seelaich“, erklärte Max, sichtbar begeistert.

„Mit Durchsuchungsbefehl?“ forschte der Kommissar und lächelte unmerklich.

„Nein, mit dem Hausmeister“, erwiderte Maximilian ein bisschen verlegen. „Ein guter Freund meiner Eltern“, setzte er entschuldigend hinzu.

„Soso“, brummte Leutenbauer, „ich dachte schon, du warst mit der Müllabfuhr in der Wohnung des Richters.“

Der Kommissar ahnte, dass eine Menge Arbeit auf ihn wartete, und ihm wurde nun bewusst, seit dem Frühstück nur eine Tafel Schokolade verschlungen zu haben. Ihm wurde übel vor Hunger.

„Max, hol doch für mich aus der Kantine was zum Essen. Bittschön. Und eine große Tasse Kaffee.“

Leutenbauer setzte sich.

„Franz, ich hab dir noch was mitgebracht, das ...“

„Später“, brummte Leutenbauer, ohne aufzublicken.

Also später, du alter Esel, dachte Maximilian halb verärgert, halb verwirrt. Er zog die rechte Hand aus der Innentasche seiner Lederjacke und ging.

Leutenbauer hielt wenig von der Ordnungsliebe und konnte selbst gegenüber Maria ärgerlich werden, wenn sie heimlich versuchte, den Schreibtisch in seinem kleinen Arbeitszimmer aufzuräumen. Aber Sorge übertraf ihn bei weitem. Der Beruf des Buchhalters wäre für den Richter bestimmt nicht das Richtige gewesen, wie der Kommissar bei der groben Sichtung sofort feststellte. Aber er brauchte keine fünf Minuten, um zu erkennen, dass Dreiviertel der persönlichen und geschäftlichen Schriftstücke als Beweismittel nicht in Frage kamen. Er schob sie zur Seite.

Die Kontoauszüge waren überraschenderweise nach Jahren abgeheftet und, wie der Kommissar beim flüchtigen Blättern bemerkte, sogar in der richtigen zeitlichen Reihenfolge. Er entschloss sich deshalb, zunächst die Kontenbewegungen zu prüfen. Vom Todestag rückwärts blätterte er ein Blatt nach dem anderen um. Ihm fiel nichts auf, was zu notieren gewesen wäre. Nur Gehaltszahlungen, wöchentliche Barabhebungen von zweihundert Euro, Versicherungs- und Krankenkassenbeiträge, Lastschriften, die offensichtlich mit der Eigentumswohnung zusammenhingen, und sonstige Umsätze, die auch er auf seinen eigenen Auszügen gesehen hatte. Etwas Verdächtiges konnte er auch dann nicht finden, als er alle Kontoauszüge der zurückliegenden zwei Jahre überflog.

Leutenbauer entschloss sich deshalb, die Kontenbewegungen der übrigen Jahre in der zeitlichen Reihenfolge zu überprüfen. Ausgehend vom Januar des Jahres, als Sorge noch Strafrichter gewesen war, fing er zu blättern an. Unter einem Datum am Ende dieses Monats las er auf der Habenseite einen auffallend hohen Betrag, der den Buchungsvermerk „Bekannt" hatte, und auf demselben Kontoauszug war eine Woche später ein fast ebenso hoher Betrag für einen Aktienkauf abgebucht worden. Er erinnerte sich an das Gespräch mit dem Ermittlungsrichter von Preuß und notierte sich auf einem Zettel: „27. Januar. 198.000 DM aus der Erbschaft?" und weiter: „3. Februar. Für 194.037,01 DM Telekom-Aktien gekauft?"

Leutenbauer blätterte rasch weiter. Als nächste größere Kontenbewegung fiel ihm eine Barauszahlung über 5.000 DM auf, die Ende März vor über fünf Jahren vorgenommen worden war und das Saldenkonto auf eine Schuld von über 10.000 DM abstürzen ließ.

Während er notierte: „23. März. 5.000 DM. Für was?" trat Maximilian zur Tür herein. Wie ein Zimmerkellner servierte er eine große Tasse Kaffee, ein Sandwich mit Käse und Schinken. Leicht grinsend legte er fünf Müsliriegel auf den Schreibtisch.

„Der fünfte ist von der Küchenchefin. ‚Einen Powerriegel gratis für den Franz', hat sie gesagt. Sie lässt schön grüßen und fragen, wann du mal wieder vorbeikommst. Zu einer Tasse Kaffee."

Der Alte murmelte etwas vor sich hin, was wie „Vergangenheit" klang, griff das Sandwich und verschlang die Hälfte davon. „Hast du auch wirklich alles in der Wohnung des Richters durchsucht?" fragte er, ohne aufzublicken.

Maximilian glaubte darin einen leisen Vorwurf zu hören. „Ich bin im Schlafzimmer sogar unter das Bett gekrochen. Im Wohnzimmer waren nur Bilder, eine Bücherwand, ein Bauernschrank, eine Essecke und eine Couchgarnitur aus Leder. Im Arbeitszimmer habe ich alles mitgenommen, was nach Papier ausgeschaut hat", antwortete er halbrichtig mit einem etwas zu theatralischen Gesicht. „Aber wenn du willst, nehme ich noch die Küche auseinander und schaue mit der Lupe hinter jedes Bild und in jedes der tausend Bücher", versprach er mit leisem Spott.

„Soso, gekrochen bist du sogar. Vielleicht später", brummte der Alte nur und schlürfte einen Schluck heißen Kaffee.

Er aß hastig das restliche Sandwich. Während er die Kontenauszüge der nächsten Monate überflog, fing er an, die Müsliriegel zu verspeisen. Den fünften schob er demonstrativ zur Seite.

Er las jetzt quer, fand aber nur noch zwei ungewöhnliche Umsätze, die ihn zwar in dieser Höhe überraschten, die er aber für die weiteren Ermittlungen als bedeutungslos einstufte. Im Februar des übernächsten Jahres gingen auf das Konto fast 950.000 DM aus dem Verkauf der Telekom-Aktien ein, und im März wurden von Sorge fast eine halbe Million Mark und kurze Zeit später weitere 450.000 Mark für den Kauf einer Eigentumswohnung überwiesen.

Leutenbauer überprüfte noch die weiteren Unterlagen – Verträge, Rechnungen, Quittungen, Wertpapierabrechnungen und zuletzt zwei Ausfertigungen von notariellen Urkunden –, konnte jedoch nichts finden, was er für wichtig hielt.

Nachdem er auch diese Unterlagen zur Seite geschoben hatte, senkte er seine Augenlider und schüttelte den Kopf. Sorge war also nicht nur ein Spieler, sondern auch ein Spekulant gewesen. Er hatte sogar sein Elternhaus im Wert von 198.000 DM versilbert und damit an der Börse gespielt. Er hatte dafür fünftausend Telekom-Aktien gekauft, die er nach zwei Jahren für fast eine Million abgestoßen hatte. Mit Spekulationsgewinnen hatte er also seine Dachterrassenwohnung und wohl auch seinen Porsche finanziert.

Leutenbauer strich darauf die Notizen durch, die er mit einem Fragezeichen versehen hatte. Nur die eine Frage blieb noch ungeklärt: Für was hatte Sorge die 5.000 DM verwendet, die am 23. März vor fünfeinhalb Jahren abgehoben worden waren?

Nun nahm er einen Schnellhefter in die Hand, auf dem fett gedruckt stand: **Die Straftäter und ihre Sternzeichen.** Er entnahm mehrere Blätter mit Strichlisten, Tabellen und Prozentsätzen, die er zunächst weglegen wollte, dann aber doch amüsiert und mit zunehmendem Interesse studierte. Über 1.200 Straftaten waren vom Richter den Sternzeichen der Straftäter zugeordnet und alle von ihm ausgewertet worden. So war unter Waage vermerkt: „Unauffällig. Liegen im Schnitt", was ihn im Hinblick auf das Sternzeichen von Maria beruhigte. Bei seinem Sternzeichen Widder fand er: „Besonders anfällig für Trunkenheitsfahrten. Liegen insoweit dreiunddreißig Prozent über dem Durchschnitt." Er suchte deshalb nach weiteren Auffälligkeiten und wurde auch fündig. Nach der Statistik des Richters sollte man um die unter den Sternzeichen Schütze und Wassermann Geborenen vorsichtshalber einen Bogen machen, da diese als „Besonders gewalttätig mit vierzig Prozent über dem Schnitt" eingestuft waren. In der Rubrik „Verkehrsdelikte" stachen die Schützen und Skorpione als Verkehrsrowdys mit einem Plus von zwanzig Prozent heraus.

Die Uhr des Doms schlug fünfmal.

Interessant, dachte Leutenbauer, der Schnellhefter liest sich wie ein unvollendet gebliebenes Buch über die Astrologie. Die Sterne als Weichensteller? Wirklich interessant, dachte er nochmals, doch diesmal schmunzelnd. Leider nicht einmal ein schwaches Indiz, dass ein Wassermann oder ein Schütze signifikant oder sogar besonders gewalttätig sein muss. Nach den Regeln der Statistik fehlt es schon an der großen Zahl, die erst den Zufall eindeutig ausschließt. In einem Wassermann zum Beispiel steckt deshalb nicht mehr und auch nicht weniger ein Mörder als in jedem anderen Mann. „Selbst Müller-Fink käme darauf." Mit diesem gemurmelten Satz legte der Kommissar, immer noch amüsiert, die Auswertungen in den Schnellhefter zurück. Er konzentrierte sich wieder. Sein Blick fiel auf einen braunen Umschlag in der Größe DIN-A5 mit Eselsohren.

Maximilian hatte die beiden Hände in den Taschen seiner ausgewaschenen Jeans vergraben und lehnte an der Wand gegenüber dem Schreibtisch. Schon zehn Minuten lang stand er so da und beobachtete den Kommissar. Er wartete auf den geeigneten Moment. Er war immer noch verärgert. Wie einen Kellner hat mich der Alte behandelt und dann noch an meiner Aktion am Morgen gezweifelt. Doch wenn ich ihm meine Entdeckung im Arbeitszimmer des Richters präsentiere, dann müsste dem Alten endlich einmal ein kleines Lob über die Lippen kommen.

Jetzt öffnete Franz einen braunen Umschlag und überflog zwei Seiten. Er schüttelte langsam den massigen Kopf und schien erstaunt zu sein. Nachdem Franz noch einmal die zwei Blätter gelesen hatte, griff er zur Kaffeetasse und nahm einen Schluck. Seine Hände zitterten leicht. Nun hob Franz langsam den Kopf und blickte ihn an.

„Max, ich habe gerade etwas gelesen, was uns weiterhelfen könnte. Sorge hat am Mittwoch der letzten Woche einen Maklervertrag unterschrieben. Er wollte seine Dachterrassenwohnung verkaufen. Seltsam nicht? Was hältst du davon?"

„Und ich habe heute Morgen noch etwas viel Interessanteres im Arbeitszimmer des Richters entdeckt", platzte es aus Maximilian heraus. Er griff in die Innentasche seiner Lederjacke, zog das Entlassungsschreiben des Richters heraus und ging damit wedelnd auf Leutenbauer zu.

„Äußerst merkwürdig", murmelte Leutenbauer, als er die fünf Zeilen gelesen hatte. „Aber, warum legst du mir dieses Schreiben erst jetzt vor?"

„Weil ich für dich wieder einmal nur den Kellner spielen sollte“, entgegnete Max, gespielt beleidigt.

Der Kommissar rang sich ein säuerliches Grinsen ab, das sich langsam in ein wohlwollendes Lächeln verwandelte.

„Max, wenn du mir jetzt noch die richtige Schlussfolgerung daraus ziehst, dann werde ich dich auf der Stelle zum Oberkellner befördern.“

Maximilian sah den Alten zum ersten Mal vergnügt lachen.

„Für mich gibt es nur eine logische Antwort“, begann Maximilian. „Es konnte nur einen einzigen Grund gegeben haben, der den Richter bewog, sein Amt aufzukündigen und seine Eigentumswohnung zu verkaufen. Etwas anderes kann ich mir nicht vorstellen.“

„Respekt, Max. Das denke ich auch. Und dieser eine Grund könnte dann vielleicht mit der Ermordung des Richters zusammenhängen. Hast du etwa noch eine solche Überraschung?“

„Logo, Franz. Ich bin heute gegen Mittag noch einmal beim Amtsgerichtsdirektor gewesen.“

„Und?“

„Er hat mir vier Blätter mit den Einzelverbindungsnachweisen von Telefongesprächen übergeben, die Sorge ab Beginn des Jahres geführt hat.“ Maximilian griff wieder in die Innentasche seiner Jacke.

„Ist das alles?“ fragte Leutenbauer diesmal enttäuscht.

„Ja“, antwortete Maximilian und zuckte mit den Achseln.

Er merkte, wie Franz die Brauen nach oben zog. „Jedenfalls hat der Amtsgerichtsdirektor dies behauptet“, fügte er deshalb hinzu. Als das skeptische Gesicht des Alten unverändert blieb, fuhr er fort: „Wörtlich sagte der: ‚Aus gegebenem Anlass bestand für mich ab Beginn des Jahres die Notwendigkeit dieser Maßnahme, da die Justiz sparen muss und auf Grund der Höhe der Telefonrechnungen der begründete Verdacht ausufernder Privatgespräche bestand.‘“ Maximilian fiel es nicht leicht, die Worte des Amtsgerichtsdirektors fließend wiederzugeben. Wie sperrige Stolpersteine fielen sie aus seinem Mund.

„Soso, aus gegebenem Anlass muss die Justiz wieder einmal sparen“, kommentierte der Kommissar diese Begründung mit leichtem Spott. „Max, wenn du mir jetzt noch sagst, wer Marion Rehberg am Samstag kurz nach zweiundzwanzig Uhr angerufen hat, dann kannst du die Ermittlungen alleine zu Ende führen“, sagte Leutenbauer unerwartet aufgeräumt.

„Was ist?“ fragte er nach, da Maximilian sich erst langsam auf den Besucherstuhl niederließ, sich zurücklehnte und dann etwas frech grinste.

„Schade, Franz. Ich fürchte, du wirst mir noch eine Weile weiterhelfen müssen. Der Telefonanruf dauerte ab 22:13 Uhr drei Minuten und neunzehn Sekunden, kam aber aus einer öffentlichen Telefonzelle.“

„Und?“

„Diese Telefonzelle ist knapp zweihundert Meter vom Tatort und etwa dreihundert Meter von Rehbergs Villa entfernt.“

Franz Leutenbauer verzog das Gesicht. „Hm, seltsam“, brummelte er und griff sich die Einzelverbindungsnachweise.

Obgleich er die Telefonverbindungen systematisch zurückverfolgte, war das Ergebnis für ihn wenig ergiebig. Er wunderte sich, wie selten Sorge telefoniert hatte und wenn, dann oft nur sekundenlang. Lediglich für den letzten Sonntag im Juni und ab dann sehr häufig sah er Verbindungen, die bis zu einer halben Stunde dauerten. Er erkannte die Telefonnummer von Marion Rehberg. Auffallend waren lediglich noch zwei zehnminütige Gespräche vom Freitag der letzten Woche. Die zwei Telefonnummern notierte er sich.

Es dauerte keine fünf Minuten, bis er die beiden Gesprächsteilnehmer vom Freitag ermittelt hatte.

Einer davon war ein Steuerberater mit Namen Wunderlich, den Leutenbauer sofort anrief und der ihm versicherte, mit Sorge nur wegen einer Steuererklärung telefoniert zu haben. Weitere Fragen dazu wollte dieser aber nicht beantworten, weil er sich sofort auf seine Verschwiegenheitspflicht berief.

Die andere Nummer war einer Firma namens Lake Invest zugeteilt. Leutenbauer wählte diese Nummer. Eine tiefe und klangvolle Stimme meldete sich auf dem Anrufbeantworter. „Ich bin im Augenblick bis einschließlich Sonntag nicht erreichbar. Wir machen Kurzurlaub. Hinterlassen Sie bitte Ihre Telefonnummer. Ich rufe Sie am Montag sofort zurück."

Leutenbauer legte auf. Lange saß er in sich versunken auf dem Schreibtischsessel. Dann sagte er zu Maximilian: „Ich werde das Gefühl nicht los: Der Schlüssel zu allem liegt im Keller des Amtsgerichts."

Er rief sogleich den Amtsgerichtsdirektor an, den er kurz nach achtzehn Uhr noch erreichen konnte und der ihm versprach, dass ein Wachtmeister auf sie warten werde.

14

Obgleich auch an diesem frühen Mittwochabend mit dem üblichen Besucherstrom zum Oktoberfest zu rechnen war, schlug Leutenbauer Max vor, den kürzesten Weg durch die Stadt zu nehmen. Während der Fahrt über den Stachus, auf der Sonnenstraße und auf der Lindwurmstraße, die nach dem Sendlinger Tor geradeaus stadtauswärts führt, sprachen die beiden kein Wort miteinander. Maximilian war nur bemüht, das Dienstfahrzeug – einen 3er BMW – im dichten Verkehr so schnell wie möglich nach vorne zu drängeln. Ab und zu fluchte er leise vor sich hin, wenn eine von ihm erspähte Lücke von einem anderen Drängler geschlossen wurde. Je mehr er sich der Theresienwiese näherte, umso dichter wurde die fröhliche Menschenmenge auf den Bürgersteigen.

Tief in seinen Gedanken versunken, nahm Leutenbauer von all dem nichts wahr. Während des gemeinsamen Schweigens versuchte er sich klarzumachen, warum ihm sein Gefühl vor wenigen Minuten gesagt hatte, der Schlüssel zu allem liege im Keller des Amtsgerichts. Doch welche Beweise? Sicher ist, Sorge hatte sich kurz vor seinem Tod entschlossen, sein Richteramt aufzugeben, und auch seine Dachterrasse wollte er verkaufen. Aber warum? Gut, Sorge ist in seinen Augen ein Zocker und auch ein Spekulant gewesen. Aber auch bei einem Spieler entspringen solche wichtigen Lebensentscheidungen nicht aus einer Laune heraus. Er erinnerte sich an das Gespräch mit dem Ermittlungsrichter von Preuß und an die Andeutungen, die Sorge ihm gegenüber im Juli gemacht hatte. Sein Gefühl verstärkte sich, und er fragte sich, ob ...

Am Goetheplatz musste Max abrupt abbremsen. Erwartungsvoll wälzte sich eine fröhliche Menschenmenge über die Straße, und viele Wiesnbesucher waren bereits wieder auf dem Heimweg, jetzt in gemeinsamer Glückseligkeit vereint, viele davon benebelt vom Bier, manche schwankend, einige singend oder grölend.

Plötzlich fiel ein Mann mit einem spitzen Filzhut auf die Motorhaube, richtete sich langsam mit hochrotem Gesicht auf und stützte sich mit der linken Hand auf dem Dienstfahrzeug ab. Er war kräftig, trug eine kurze Lederhose und schlug mit einem Hammer aus Schaumgummi im Takt des Wiesn-Hits auf die Motorhaube. „Hey baby, hey ...“, grölte er. Seine Begleiterin, eine mollige Frau im Dirndl, kreischte dazu.

Die Ampel sprang auf Grün. Das Paar grölte und kreischte weiter im Duett. Der Mann mit dem spitzen Filzhut wankte den Dienstwagen entlang, schlug mit dem Schaumgummihammer auf die Windschutzscheibe und schnitt eine Grimasse.

Hams dem ins Hirn gschissn, dachte Max im derben südbairischen Dialekt, ließ die Fensterscheibe herunter und schrie nach draußen: „Schleich di ... Kimm scho ...Geh endli weida, du Depp.“

„Am Arsch leckst mi“, lallte der kräftige Mann zurück. Die Frau kicherte.

„Jetzt wird es mir langsam zu blöd“, stöhnte Max und war versucht, das Blaulicht samt Martinshorn einzuschalten. Doch dann torkelte der Mann mit dem Schaumgummihammer weiter. Das Dirndl stöckelte hinter ihm her.

Nachdem Maximilian am Harras nach rechts in die Albert-Roßhaupter-Straße eingebogen war, begann Leutenbauer, ihm ausführlich von dem Gespräch mit von Preuß zu berichten. Er war damit fast am Ende, als er vor der Auffahrt zur Autobahn bemerkte, wie das Fahrzeug beschleunigt wurde. Er sah, wie die Ampelanlage von Gelb auf Rot schaltete und Max mit quietschenden Reifen nach links abbog.

„Max, welches Sternzeichen hast du?“

„Skorpion, warum?“

„Nur so“, sagte der Alte und prüfte unwillkürlich den Sicherheitsgut. Erst als er sah, wie Maximilian ab dann die vorgeschriebene Geschwindigkeitsbegrenzung nur geringfügig überschritt, lehnte er sich beruhigt zurück. Gerade wollte er von der stillen und friedlichen Welt der Schildkröten erzählen, die er bei von Preuß erleben durfte, als er hörte: „Fettes Auto!“

„Wer ist fett?“

„Der Ferrari von Bassermann. Dort“, antwortete Maximilian mit glänzenden Augen und zeigte mit dem Kinn auf ein rotes, breites und flaches Auto, das dröhnend vorbeigefahren und bald nicht mehr zu sehen war. „Typ 360 Modena Spider“, ergänzte er, als er sah, wie Leutenbauer etwas verächtlich das Gesicht verzog. „Eine Granate, sag ich dir. Überkrass. 400 PS, 3,6 Liter, Achtzylinder, 290 Sachen bei full speed. Ein echter Pussymagnet.“

„Ich weiß, Max. Kein Hausfrauenpanzer, sondern nur etwas für echte Männer und ein Luxushobel, der tolle Frauen wie ein Magnet anzieht.“

„Gratuliere, Chef. Klang gerade echt stark“, staunte Maximilian überrascht. Er grinste anerkennend.

„Und habe ich recht? Ist Bassermann so ein toller Hecht?“ fragte Leutenbauer versteckt ironisch und verzog keine Miene dabei.

„Total. Macht auf die große Hose.“

„Max, woher kennst du den Bassermann?“ fragte er deshalb, weil er sich erhoffte, ihm würde dann endlich einfallen, bei welcher Gelegenheit er den Namen Bassermann schon einmal gehört hatte.

„Den kennt doch fast jeder hier am See. Am Montag sind wir noch an seiner Villa vorbeigefahren. Hast du mir etwa nicht zugehört, als ich erzählte, dass darin ein Finanzhai namens Bassermann wohnt?"

Bei dieser Frage schaute Maximilian Leutenbauer von der Seite an, lächelte etwas frech und fragte: „Oder ist es etwa schon so weit, dass du manches vergisst?"

„In der Villa ganz oben auf dem Promihügel, die von außen wie eine Festung ausschaut?" fragte Leutenbauer ungerührt zurück.

„Genau. Gratuliere."

„Aha. Bassermann ist sozusagen ein A-Promi. Dann erzähle mal."

Mit derselben Begeisterung wie zuvor erzählte nun Maximilian die Geschichte des Ferrari-Fahrers – eines ehrgeizigen Seglers, der bereits zu DDR-Zeiten ein berühmter und umjubelter Sportler war und der sich vor der Wende in den Westen absetzte, weil er glaubte, dort seinen Traum von einer olympischen Goldmedaille eher verwirklichen zu können. Nach dem Studium der Betriebswirtschaft war er zwar bei einer Bank in Hamburg angestellt, tatsächlich aber segelte er nur. Nachdem er knapp an der Qualifikation zu den Olympischen Spielen gescheitert war, zog er vor zwölf Jahren von Hamburg an den Starnberger See. Er wurde Mitglied im Yachtclub Am Seelaich, dem auch Max seit seiner Jugend angehörte. Gemunkelt wurde dort, dass der Vater von Bassermann ein hohes Tier im Geheimdienst der DDR gewesen war. Bassermann stieg in das Investmentgeschäft ein und gründete die Firma Lake Invest.

Unterdessen war Leutenbauer mit seinen Gedanken schon vorausgeeilt. Wenn er ehrlich zu sich war, war in ihm nur ein unbestimmbares Gefühl, dass im Aktenkeller des Amtsgerichts die erste Spur zu Sorges Mörder versteckt sein könnte.

Als Maximilian Lake Invest erwähnte, zuckte er zusammen. Er hörte die tiefe und klangvolle Stimme auf dem Anrufbeantworter der Firma: „Ich bin im Augenblick bis einschließlich Sonntag nicht erreichbar ..." und erinnerte sich, dass Sorge dort angerufen und zehn Minuten lang telefoniert hatte. War es dann Bassermann, mit dem der Richter Sorge am letzten Freitag telefoniert hatte? Warum gerade einen Tag vor dem Mord? Warum nicht schon während der Monate zuvor? Wieder breitete sich in ihm ein unbestimmbares Gefühl aus.

„Um hier die Millionäre zu melken", sagte Maximilian noch und verstummte.

„Warum ...?"

„Wegen der Mäuse natürlich", antwortete Maximilian und schüttelte den Kopf.

„Ich meine, warum weißt du das? Du hast gerade Einzelheiten erzählt, die lange zurückliegen und auch nicht jeder kennt."

Maximilian, der das Dienstfahrzeug zuletzt schon so gesteuert hatte, als ob er den Ferrari einholen wollte, beschleunigte noch einmal. Leutenbauer sah auf den Drehzahlmesser, auf dem sich die Nadel dem roten Bereich bedrohlich näherte. Maximilian, dessen Hände lässig auf dem Lenkrad lagen, plauderte weiter und erzählte, dass er Bassermann vor einem Jahr in seiner Firma aufgesucht habe, um ihn als Zeuge in einer Verkehrssache zu vernehmen, und bei dieser Gelegenheit von ihm alles erfahren habe. „Seine Firma, Franz, voll krass."

„Warum? Ich meine, warum hast du ihn nicht auf der Polizeistation vernommen?"

„Weil er mich freundlich und charmant darum gebeten hat", antwortete Maximilian, und grinsend fügte er hinzu: „Ungefähr so, wie du mich immer um etwas bittest."

Der Alte lächelte unmerklich. Er musste sich gestehen, der Junge schätzte ihn richtig ein.

„Und weil du neugierig auf Bassermann warst", warf er Maximilian leicht boshaft hin.

„Stimmt auch."

„Und was hat dir der Bassermann sonst noch erzählt, außer dass er völlig unschuldig gewesen ist?" wollte Leutenbauer noch wissen.

Maximilian berichtete von den anfänglichen beruflichen Schwierigkeiten des Ferrari-Fahrers und voller Hochachtung davon, dass zum Schluss „die halbe Prominenz rund um den See" bei ihm

Kunde gewesen war. Einen Namen in seiner Branche hatte er sich deshalb gemacht, weil er vor dem „Platzen der Technologieblase“ fast alles abgestoßen habe.

„Warum sollte der Bassermann dir das alles auf die Nase gebunden haben?“

Maximilian schaute zur Seite und wusste nicht, ob ihm der Alte misstraute. „Vielleicht wollte er nur angeben, wer weiß warum. Es stimmt aber, Franz. Tausendpro.“

Zwischenzeitlich hatte sich das Dienstfahrzeug dem Ende der Autobahn genähert. Dort, wo die Höchstgeschwindigkeit achtzig Stundenkilometer betrug, sah der Alte auf den Tachometer und registrierte: „Hundertzwanzig.“ Plötzlich blitzte es.

„Max, ich weiß nur eins: Von dir ist gerade ein Foto geschossen worden“, sagte er trocken.

„So eine verdammte Scheiße“, brüllte Max und machte fast eine Vollbremsung. „Nicht einmal vor Kollegen machen die Halt. Diese Eierfeiler.“

Leutenbauer lächelte in sich hinein.

Kurze Zeit später – die Dämmerung war bereits hereingebrochen – erreichten sie den Besucherparkplatz des Amtsgerichts. Es dauerte nicht lange, und es kam ihnen ein junger Mann entgegen, der offensichtlich schon lange auf sie gewartet hatte und seiner Uniform nach ein Wachtmeister war. Er stellte sich mit „Oberwachtmeister Bergmeier“ vor. Der Kommissar sah in erwartungsvolle und zugleich traurige Augen.

Zu dritt stiegen sie in den Fahrstuhl, der sie in die Tiefe des Gerichtsgebäudes führte. Dort schloss Bergmeier eine graue Feuerschutztüre auf und drückte auf den Lichtschalter. Gemeinsam betraten sie einen fensterlosen, langgestreckten Raum, der nur durch das fahle Licht der Neonröhren beleuchtet wurde. In grauen Regalen waren unzählige Akten in maisgelber, roter und grüner Farbe bis zur Decke gestapelt. „Ungefähr 30.000 Stück“, sagte Bergmeier als Antwort auf die staunenden und überraschten Blicke des Kommissars und ging voran.

In jeder Akte ist ein menschliches Schicksal begraben, und in vielen davon ist nur der Anfang einer menschlichen Tragödie enthalten, die mit Verzweiflung, Leid und manchmal mit dem Tod endete, dachte Leutenbauer, als er dem Hauptwachtmeister folgte.

„Herr Kommissar, Sie suchen wohl nach einer roten Akte, nach einer Strafakte."

Leutenbauer nickte. „Ich würde gerne in die Akten einsehen, die in den letzten drei Monaten des Jahres weggelegt wurden, als Sorge noch Strafrichter war und die von ihm bearbeitet wurden", antwortete er.

„Also ungefähr hundertfünfzig Stück", schätzte Bergmeier. „Das wird aber bis weit nach Mitternacht dauern." Eine Bemerkung, die Leutenbauer nicht nur erahnen ließ, welche Arbeit auf ihn wartete. Ihn beschlichen nun auf einmal Zweifel, ob in diesen vergilbten und verstaubten Akten überhaupt ein Beweis oder zumindest ein Verdacht zu finden war, die eine Verfehlung von Sorge ans Licht bringen würde und der Beginn einer Spur zu seinem Mörder sein könnte.

„Dann ist es besser, wir brechen die Suche hier ab", sagte er. „Herr Bergmeier, sind Sie bitte so freundlich, für mich die Akten rauszusuchen."

Nach einem ihm nicht bekannten System holte Bergmeier die gewünschten roten Akten aus den Regalen, transportierte diese anschließend mit einem Aktenwagen zum Dienstfahrzeug und verstaute sie im Kofferraum und auf dem Rücksitz.

Inzwischen war es zehn Uhr, wie Leutenbauer durch einen Blick auf seine Armbanduhr bemerkte.

„Tausend Dank für Ihre Zeit und Mühe", sagte er zum Schluss zum Wachtmeister. „Sie haben uns sehr geholfen."

„Nichts zu danken, Herr Kommissar", erwiderte Bergmeier leise. „Es war das Wenigste, was ich Sorge schuldete", fügte er mit seinem nun wieder traurigen Lächeln hinzu. „Ich wünsche, Sie finden seinen Mörder, und das wünschen wir hier alle."

Eine Stunde später waren die Akten auf Leutenbauers Schreibtisch. Drei rote Berge, je einen Meter hoch, türmten sich vor ihm auf. Er wollte nun nur noch eines. Nach Hause. Er war hungrig, durstig und vor allem erschöpft von dem Gedanken, dass am nächsten Tag sein Bemühen vielleicht vergeblich sein könnte. Mit einem schlichten „Danke“ verabschiedete er sich von Max, dem er noch eine „schöne Nacht“ wünschte und ihm mit einem Lächeln zu verstehen gab, dass er ihn deshalb am nächsten Morgen nicht vor zehn Uhr erwarte.

Auf der Heimfahrt hielt Leutenbauer noch am Sendlinger-Tor-Platz an und kaufte sich ein Exemplar des Boulevardblattes, in dem er von dem Bullterrier mit dem abgebrochenen Jurastudium die schreiendste Schlagzeile erwartete. Auf der Seite eins sprang ihm auch wie befürchtet in fetten Lettern entgegen:

POLIZEI JAGT DEN MÖRDER DES RICHTERS SORGE. AHNUNGSLOS UND IM SCHNECKENTEMPO!

15

Um Viertel nach vier am nächsten Tag schreckte Franz Leutenbauer aus dem Schlaf auf. Er spürte kalten Schweiß auf dem Rücken und wusste zunächst nur, dass er ausweglos und von Todesangst gelähmt am Rande einer tiefen Schlucht gestanden war. Langsam kam die Erinnerung, und er sah sich wie in einem Film, den er verzweifelt abzustellen versuchte, der aber immer weiterlief. Im fahlen Licht des Mondes verfolgte ihn irgendjemand. Ein Mann, wie er dachte, nach dem er sich nicht umzuschauen wagte und der für ihn unsichtbar blieb. Nur dessen Atem hörte er. Merkwürdigerweise kam ihm dieser Fremde auch dann nicht näher und warf nur einen Schatten, als er aus Angst und Erschöpfung mehrmals stolpernd zu Boden fiel und sich zuletzt auf dem Rücken liegend ergeben wollte. Er stand auf. Er lief weiter, immer weiter. Erst zum Schluss war er von einem breiten Schatten eingeholt worden und wachte auf. Es war ein Traum, den er so oder in ähnlicher Weise noch nie durchlitten hatte.

Maria schlief friedlich neben ihm.

Leutenbauer wollte wieder einschlafen. Er hörte eine Weile den Atemzügen Marias zu, dann drehte er sich auf die linke Seite, zog das Federbett über den Kopf, zog die Knie hoch und schloss fest die Augen. Er versuchte, an nichts zu denken, wechselte zu Bildern, sah am Himmel Schäfchenwolken ziehen, fing zu zählen an und stellte sich schließlich vor, wie er im Fitnessstudio um die Ecke auf dem Ergometer strampelte und im Frühjahr auf einem Mountainbike entlang der Isar radelte. Aber ohne Erfolg. Alle die bis dahin bei ihm angesammelten Gedanken und Fragen zum Mordfall Sorge ließen sich nicht verdrängen.

Leutenbauer kroch unter dem Federbett hervor, legte sich auf den Rücken und starrte zur Decke.

Wenn er ganz ehrlich zu sich war, wenn er nur die Fakten des bisherigen Ermittlungsergebnisses berücksichtigte, so blieb nur ein vages Gefühl, in den auf ihn wartenden Akten die erste Spur zum Täter zu finden; und selbst dieses Gefühl wäre wertlos, wenn Sorge seinen Mörder nicht gekannt haben sollte. Er war sich zwar sicher, ein Unbekannter konnte nicht sein Mörder sein, aber letztlich war auch dies nur eine Vermutung. Eine von vielen unbewiesenen Annahmen, wie er sich eingestehen musste. Hätte der Richter nicht auch aus anderen Gründen seinen Porsche anhalten können, vielleicht sogar anhalten müssen, weil ein Unbekannter ihn dazu zwang? Ihm fielen die Worte des Oberstaatsanwalts am Tatort ein, nach denen auch ein Profi die Tat verübt haben könnte, und auch seine Andeutungen bald nach der Pressekonferenz gingen in diese Richtung. Sind es nicht die Profikiller, die zur Sicherheit zwei Schüsse abgeben? Er erinnerte sich dann auch an die Fragen des von ihm geschätzten Journalisten des Münchner Merkur, der wie so häufig bei spektakulären Mordfällen den Kern der Sache traf. Könnte es dann nicht so gewesen sein, dass sich die Gefahr eines terroristischen Anschlags bereits verwirklicht hatte und Sorge das erste Opfer gewesen war?

Plötzlich hatte Leutenbauer einen schrecklichen Verdacht: Wurde ihm deswegen bei seinen Ermittlungen völlig freie Hand gelassen, und sollte er deswegen wie ein Narr im Licht der Scheinwerfer agieren, um den oder die Terroristen in Sicherheit zu wiegen und um die Öffentlichkeit wegen weiterer Anschläge zu beruhigen? Also deswegen, so sinnierte er weiter, hatte sich der Oberstaatsanwalt bis jetzt und anders als sonst bei spektakulären Mordfällen nicht vermehrt in die Ermittlungen eingeschaltet, obgleich das Ergebnis bis jetzt dürftig war. Oder war er einfach schon zu alt geworden? Wie sagte Max gestern zu ihm? „Oder ist es etwa schon so weit, dass du manches vergisst?" Jetzt begriff er, was Max damit meinte, als ihm gestern während der Fahrt zum Gericht der Name Bassermann zunächst nicht eingefallen war. Und hatte er sich vor ein paar Tagen nicht schon einmal geirrt? Weil ihn Marions Lächeln verzauberte, weil er sie hinreißend fand, weil er sich in ihrer Nähe zwanzig Jahre jünger fühlte, hatte er seinen Verstand verloren und geglaubt, ihr Mann, der narzisstische Stararchitekt, habe Robert Sorge selbst oder durch einen bezahlten Killer umgebracht. Ihm war nun bewusst, dass er nur noch eine Chance hatte. Die letzte. Wenn er in den Akten nichts fände, so würde er Müller-Fink bitten, ihn von seinem Auftrag zu entbinden.

Er wusste nun, dass er nicht wieder einschlafen konnte, und stand auf. Er schlurfte in das Badezimmer. Obgleich er todmüde war und sich niedergeschlagen fühlte, versuchte er, den Tag so beginnen zu lassen wie sonst auch. Aber während er vor dem Spiegel stand und sich den Rasierschaum vom Gesicht schabte, sah er darin die Tränensäcke und die schon tiefen Furchen, die sich links und rechts vom Mund eingegraben hatten. Ein Augenlid hing faltig herab. Und dann diese Mundwinkel. Wie bei einem alten Mann hängen sie herab. Er musste sich zum ersten Mal gestehen, so alt zu sein, wie ihn sein Spiegelbild zerknittert anblickte. Dazu meldete sich seine Bandscheibe. Er duschte heiß und so lange, bis die Schmerzen erträglich geworden waren. Seine Stimmung verfinsterte sich weiter, als er anschließend auf die Waage stieg: 109 Kilo, und das schon am Morgen vor dem Frühstück! Leutenbauer schwor, ab morgen zu fasten und zog sich an.

Seine Laune sank auf den Tiefpunkt, als er in die Küche ging. Bevor er in das Bad geschlürft war, hatte er zwar die Kaffeemaschine angeworfen und auch mit Wasser und mit gemahlenem Röstkaffee gefüllt, aber noch schlaftrunken vergessen, die Kanne auf die Heizplatte zu stellen. Eine schwarze Flüssigkeit ergoss sich bis zum Küchenboden hinab.

Es kann an diesem Tag nur noch aufwärts gehen, dachte Leutenbauer und beschloss, zunächst die Tageszeitung zu holen. Er schleppte sich zum Fahrstuhl und las: „Wegen Reparaturarbeiten heute nicht betriebsbereit." Während er die Treppen ins Erdgeschoss hinabwatschelte, kam er endgültig zu dem Schluss, jetzt könne nur noch einer dieser Tage folgen, bei denen das Pech vorprogrammiert und jedes Glück ausgeschlossen war. Warum dann noch ins Büro? Nach allem würden dort nur die drei Aktenberge von je einem Meter auf ihn warten. Er würde die über hundert Akten durchlesen, nur um nach Stunden festzustellen, dass alles vergeblich gewesen war. Plötzlich fühlte er sich nur noch alt und leer und unfähig, auch nur noch einen Gedanken zu fassen.

Nachdem Leutenbauer den von ihm abonnierten Münchner Merkur aus dem Briefkasten geangelt hatte und der zweite Versuch mit der Kaffeemaschine erfolgreich war, setzte er sich nach den Aufwischarbeiten schnaufend an den Küchentisch.

Unterdessen war es zehn Minuten vor fünf geworden. Im Lichtkegel der Hängelampe blätterte er im Münchner Merkur, bis er den Bericht des Gerichtsreporters Brandl fand. Der Tod des Richters war diesem nur wenige Zeilen wert und diente nur dazu, um über die Gefahr des Terrorismus in Deutschland zu berichten. Zum Schluss wurde von ihm die Frage aufgeworfen, ob die Justiz als die dritte und am wenigsten geschützte staatliche Gewalt am gefahrlosesten angegriffen werden könnte und ob der Tod des Richters Sorge bereits der erste Anschlag gewesen war.

Darauf griff sich Leutenbauer das Boulevardblatt, das er gestern Abend auf der Heimfahrt gekauft hatte. Es beschäftigte sich anfangs mit Themen, die er erwartet hatte. Der schnöselige Verfasser schrieb von einem schweren Schlag gegen das Informationsrecht der Presse, schilderte ihn als einen ahnungslosen Versager, der noch langsamer als eine Schnecke ermittle, und fragte, ob Müller-Fink noch der geeignete Leiter der Mordkommission sei. Eine Frage, die er selbst nie ernsthaft verneint hatte.

Während er weiter las, malte er sich aus, wie Müller-Fink reagieren würde, nachdem er im Büro als Erstes das von ihm geschätzte Boulevardblatt aufgeschlagen und die Frage des Klatschreporters gelesen hatte. Vor allem überlegte er, ob sein Chef diesem Journalisten, den er nur den „Vierteljuristen mit den schlechten Manieren" nannte, weiterhin Interviews geben würde oder nicht. Die Antwort darauf amüsierte Leutenbauer für eine Weile.

Dann las er weiter. Er stützte seinen Kopf erst mit einer und später mit zwei Händen ab, da die weitere Lektüre auf ihn wie eine rezeptpflichtige Schlaftablette wirkte. Zudem kam die Müdigkeit. „Wenn ein Richter auf der ‚Oase der Millionäre' ermordet worden ist, so muss man jetzt ernsthaft fragen, ob ..." Leutenbauer versuchte, die Augen offen zu halten, indem er sich zwang, die schweren Lider nach oben zu drücken. „Die Antwort kann nur lauten ..." waren die letzten Worte, die er las. Dann verschwamm der Text – und plötzlich erschien ihm Müller-Fink. Sein Chef saß ihm gegenüber, strich sein Einstecktuch glatt und lächelte humorlos über den Küchentisch hinweg. Sein Mund öffnete sich, und seine Lippen begannen, sich zu bewegen. Selbst im Traum befürchtete Leutenbauer, was jetzt folgen würde. Einer der Lieblingssprüche seines Chefs: „Herr Kollege, ich kenne Ihre Einwände. Aber der Boulevard ist doch nur wie wir alle. Ein Spiegelbild von uns: eitel, gemein, neugierig, hämisch und voller Schadenfreude."

Müller-Fink beugte sich über den Küchentisch, sein Gesicht wurde zur Grimasse – und Leutenbauer erwachte aus dem Sekundenschlaf.

Er rieb sich die Augen, gähnte und las die Geschichte von dem „Mord auf der Oase der Millionäre" nochmals von Anfang an.

Die Ermordung des Richters wurde äußerst mysteriös dargestellt und spekulativ mit allen möglichen Kreisen – angefangen von den Kollegen, über Künstler bis zur Hochfinanz und den Gangstern – in Verbindung gebracht. Feierlich versprach der Bullterrier den Lesern, ihre Rechte auf eine objektive und umfassende Information in den nächsten Ausgaben zu erfüllen. „Wir von der vierten Gewalt werden dieses Geheimnis mit der von uns gewohnten Genauigkeit und mit allen uns zur Verfügung stehenden journalistischen Mitteln lüften", war dessen Schlusssatz.

Während dieser Zeitungslektüre trank Leutenbauer zwei Tassen Kaffee und aß ohne großen Appetit zwei Stück Brot mit Butter, Käse und Schinken.

Anschließend trat er leise ins Schlafzimmer. Im Halbdunkel sah er Maria, wie sie friedlich auf dem Bauch schlummerte. Aus der Bettdecke lugte ihr linkes Bein bis über das Knie hervor. Daraufhin setzte er sich noch einmal an den Küchentisch und schrieb auf einen Zettel einen Gruß, so wie er es zu Beginn ihrer Ehe öfter getan hatte. „Mausi, ich muss heute etwas früher ins Büro. Schlaf schön weiter. Ich rufe Dich an. Bussi. Dein Bärchen." Er lächelte und fügte unter P.S. hinzu: „Ich freue mich schon auf die Zeit, wo wir immer gemeinsam frühstücken können."

Er legte diesen Zettel unter ihre Tasse. Aber freue ich mich wirklich auf die Zeit ohne Arbeit, fragte er sich, als er die Wohnungstüre leise hinter sich abschloss. Er wusste es nicht.

Es war frisch, als er im Morgengrauen in sein Fahrzeug stieg, um auf der Thalkirchner Straße am alten südlichen Friedhof vorbei zur Stadtmitte zu fahren.

16

Um Viertel vor sechs betrat der Kommissar sein Büro. Es war kalt, und der moderige Geruch von vergilbten Akten lag in der Luft. Er knipste die Schreibtischlampe an, knöpfte seine Jacke auf und ließ sich langsam in den Sessel sinken. Die Kälte zog lähmend bis in seine Zehenspitzen. Mit einem Streichholz zündete er sich einen Zigarillo an, blies Kringel in die Luft und schaute dem Qualm hinterher. Er spürte, wie sich sein Körper langsam erwärmte. Noch ein Kringel, dann legte er den angerauchten Zigarillo in den Aschenbecher. Jetzt war er bereit, die drei Aktenberge abzutragen, einen nach dem anderen, Blatt für Blatt.

Drei Stunden lang las er jede Zeile, ohne irgendwelche Ungereimtheiten finden zu können. Selbst zwischen den Zeilen, dort wo häufig die wahre Geschichte einer Straftat steckte und der Beginn einer menschlichen Tragödie zu erahnen war, entdeckte er kein verdächtiges Detail. Es gab keine Freisprüche, die für ihn überraschend waren. Sorge war, wie er bald feststellte, nicht einer von den Richtern, die selbst die dämlichsten Ausreden eines Angeklagten als „unwiderlegbar“ bezeichneten und damit sogar den Schuldigen überraschte, der sich zuvor in einem Gerichtssaal wähnte und sich auf einmal in einer „Befreiungshalle“ wiederfand. Sorge erschien ihm wie einer, der mit einer Hand zielsicher in einen Sack voller Äpfel langte und rasch den einzig faulen fand.

Leutenbauer entdeckte auch keine Verurteilung, die zu hart war oder nach Rache schrie. Hart, aber gerecht, und milde, wenn tatsächlich nur mildernde Umstände vorlagen, hatte Sorge geurteilt, so fasste er zusammen, nachdem zwei Aktenberge bis um neun Uhr abgearbeitet waren. Er fragte sich, was er hier suchte und warum er sogar geglaubt hatte, in diesen verstaubten Akten die erste Spur zum Mörder des Richters zu finden.

Er stand auf und verspürte einen Stich im Rücken. Etwas gebeugt ging er zum Fenster. „Irgendwo da draußen ist der Mörder, und ich habe immer noch keine brauchbare Spur zu ihm“, sagte er vor sich hin. Er blickte zur gegenüberliegenden Frauenkirche, deren rötlich-brauner Backsteinbau langsam vor seinen Augen verschwamm.

Ihm fiel das letzte Gespräch mit seinem Orthopäden ein, den er seit der Grundschule kannte. Wie schon häufig, aber diesmal flehend, hatte Peter ihn gebeten, doch endlich Sport zu treiben. „Franz, du bist einfach zu fett. Rad fahren wäre das Beste für dich, ansonsten muss operiert werden. Nach deinem Infarkt vor einem Jahr täte dies auch deinem Herzen gut. Du weißt, bei deinem Bauch und bei dem Stress in deinem Beruf habe ich dir den Herzinfarkt vorausgesagt. Du weißt, dass ich dir gratuliert habe, als du dich endlich entschlossen hast, vorzeitig in Pension zu gehen. Aber das ist nur die halbe Lebensversicherung. Die andere Hälfte musst du dir schon mit Schweiß erstrampeln."

Leutenbauer stellte sich auf die Zehenspitzen und reckte einige Male beide Hände zur Decke. „Abgemacht, Peter", versprach er mit ernster Miene und streckte sich weiter. Er dachte an gelegentliche Radtouren und malte sich aus, wie er entlang der Isar in Richtung Süden bis zu den Kastanien der Waldgaststätte oder in Richtung Norden durch den Englischen Garten bis zum Aumeister mit ihren herrlichen und verlockenden Biergärten radeln würde.

Leutenbauer setzte sich wieder, zündete sich einen zweiten Zigarillo an und studierte die nächste Akte. Es ging um einen Schauspieler, den er aus einer drittklassigen Fernsehserie kannte und dessen kleine Rolle als fleißiger, aber dümmlich agierender Assistent eines Kommissars angelegt war. Dieser kleine Mime war mit seinem Audi A8 und zu hoher Geschwindigkeit erst krachend gegen einen Golf gefahren und sofort sehr schnell verschwunden. Unerlaubtes Entfernen vom Unfallort, so lautete die Anklage. Vor Gericht hatte der seinen großen Auftritt. „Euer Ehren", so las Leutenbauer im Protokoll, „glauben Sie mir, ich habe wirklich nichts bemerkt, da ich tief im Text für meine neue Serie versunken war. Ich schwör Euch, auch bin ich völlig mittellos, hab weder Hab noch Geld, ich bitt Euch also, lasst Gnade walten. Sprecht mich frei!" – „Die Botschaft hör ich wohl, allein mir fehlt der Glaube", war die Antwort des Richters in den Entscheidungsgründen. Neben einem Fahrverbot von drei Monaten wurde der schauspielernde Angeklagte zu einer Geldstrafe verurteilt, die den Einkünften eines Staatsschauspielers angemessen war.

So oder ähnlich verlief auch die Durchsicht der weiteren Akten. Viele Trunkenheitsdelikte, manche fahrlässigen Tötungen und Erpressungen und immer wieder kleinere oder größere Diebstähle und Betrügereien waren darunter, aber keine Tat, die seine nähere Aufmerksamkeit erweckte.

Leutenbauer sah auf die Uhr. Es war kurz vor zehn. Max wird bald hier sein, dachte er. Aber ich bin sowieso fast fertig. Er nahm eine der letzten Akten vom Stapel. Sie war merkwürdig dünn, aber nach einem flüchtigen Blick auf den Umschlag erschien sie ihm nicht uninteressant zu sein. Er las: „Strafsache gegen Bassermann Uwe und andere wegen Beteiligung am unerlaubten Glücksspiel."

Er erinnerte sich sofort an den Ferrari-Fahrer, von dem Max neulich so geschwärmt hatte, und auch an die Nachricht auf dem Anrufbeantworter der Firma Lake Invest.

Er schlug die Akte auf und nahm sich zunächst den polizeilichen Abschlussbericht vor. Er las, dass auch der damals zweiunddreißigjährige Mirco Chipanski und ein Martin Loser, geboren am 9. Februar 1950 und Wirt des Yachtclubs Am Seelaich, des Glücksspiels bezichtigt wurden. Ein Blick auf das Geburtsdatum des Bassermann zeigte ihm, dass dieser am 13. Dezember im Jahr 1959 zur Welt gekommen war. „Also unter dem Sternzeichen Schütze", wie er reflexartig folgerte. Allen wurde vorgeworfen, Anfang März vor fünf Jahren im Yachtclub Am Seelaich an vier Abenden, zuletzt am Freitag, den 12. März, gepokert zu haben. Gegenüber der Polizei gestanden sie diese Taten drei Tage später. Während Bassermann und Loser ihre Einkommens- und Vermögensverhältnisse als geordnet bezeichneten, gab Chipanski an, er sei arbeitslos und habe zurzeit keinerlei Einkünfte. Am Schluss des Ermittlungsberichts war noch vermerkt, dass Chipanski Mitte April von seiner Mutter als vermisst gemeldet worden war und sein augenblicklicher Aufenthalt nicht bekannt war.

Leutenbauer blätterte weiter. In der Akte lagen aber nur noch die Strafbefehle, die vom Richter Sorge Ende Oktober erlassen worden waren. Dadurch wurden Bassermann und Loser gemäß dem Antrag der Staatsanwaltschaft zu je 1.000 DM verurteilt. Rasch, ohne mündliche Verhandlung und ohne Aufsehen, aber nach der Aktenlage korrekt, wie er fand. Gleichwohl irritierte ihn irgendetwas an diesem Verfahren. Ein Mann dieser Pokerrunde war kurze Zeit später als vermisst gemeldet worden, und Sorge wechselte unmittelbar nach dem Ausgang dieses Strafverfahrens das Referat. Waren diese Umstände bloße Zufälle, überlegte er. Sein Gefühl verstärkte sich.

Er las noch einmal das Ende des Abschlussberichts: „Nach dem augenblicklichen Ermittlungsergebnis spricht vieles dafür, dass sich der wegen des Glücksspiels beschuldigte Mirco Chipanski irgendwo ins Ausland abgesetzt hat. Der Staatsanwaltschaft wird deshalb anheimgestellt, vorerst Anklage gegen Uwe Bassermann und Martin Loser ..." Ein Geräusch unterbrach ihn. Er blickte auf. Max stand in der Tür. Diesmal ausgeschlafen, wie Leutenbauer sofort bemerkte.

Maximilian war für den Kommissar mehr als ein junger Kollege geworden. Aber diesmal freute er sich besonders über sein Erscheinen. Er erinnerte sich, dass Maximilian seit seiner Jugend Mitglied des Yachtclubs war, in dem gepokert worden war. Chipanski galt zwar im Augenblick offiziell als vermisst und würde wahrscheinlich aktenmäßig bald begraben sein. Aber war er damit auch endgültig verschwunden? In einem Verein, so stellte er sich vor, kannte jeder jeden und viele wussten über andere etwas oder glaubten etwas zu wissen. Es wäre deshalb nicht überraschend, wenn dort, wo Klatsch sich mit Leichtgläubigkeit paart, wo sogar Gerüchte als Tatsachen ausgetauscht werden, denen keiner entrinnen kann, nichts über Chipanski hängengeblieben wäre.

Er fing deshalb sofort an, Maximilian von dem zu berichten, was er gerade gelesen hatte. Als er die Namen von Loser und Chipanski erwähnte, unterbrach ihn Maximilian sofort mit dem Blick, den er während ihrer Zusammenarbeit schon häufig bei ihm sah: Voller Stolz, aber auch hoffend, von ihm wenigstens ein kleines Lob zu erhalten. „Die kenne ich auch", war seine Antwort.

„Dann schieß los. Erzähl mir alles über die, auch den ganzen Klatsch und selbst die Gerüchte", forderte Leutenbauer ihn auf, ohne sich anmerken zu lassen, wie er innerlich jubilierte.

„Der Loser war damals Wirt im Yachtclub, und plötzlich war er weg. Entlassen, wie erzählt wurde, aber keiner hat genau gewusst warum. An der Küche konnte es nicht gelegen haben. Die war einsame Klasse. Ein Spitzenkoch, sage ich dir. Seine Antipasti di pesce waren besser als die in Torbole. Und wenn ich an die goldbraun gebratenen Renken denke, läuft mir noch heute das Wasser im Mund zusammen." Maximilian schnalzte mit der Zunge. „Es war verdammt schwer, in der Saison einen Nachfolger zu finden, und den, den sie gefunden haben, der war Grieche."

Leutenbauer liebte die bayerische Küche über alles, mochte aber auch die griechischen Spezialitäten wie Mussakà, Souvlàki und Stifàdu. Er war deshalb gespannt, wie Maximilian nun über die Kochkünste dieses Griechen schwärmen würde. Doch Maximilian rümpfte nur die Nase, grinste und berichtete weiter.

„Der Mirco Chipanski ist Clubmitglied gewesen. Ein lausiger, aber begeisterter Segler. Der hat immer die tollsten Schlitten gefahren und die schärfsten Weiber an Land gezogen. Aber kein Mensch hat gewusst, wie er sich das hat leisten können. Im Club hat man gemunkelt, er habe in einem Münchner Puff als Zuhälter angefangen und nebenher mit Drogen gedealt. Einige meinten damals sogar, er sei nun der Betreiber eines Edelbordells geworden. Dieses Gerücht schien Mirco besonders zu gefallen und kam der Wahrheit wohl ganz nahe. Jedenfalls hat ihm keiner eine Träne nachgeweint, als er nach Ostern nicht mehr aufgetaucht ist. Nur sein Chevi stand noch eine Zeitlang auf dem Parkplatz herum."

Als Maximilian bei dem letzten Satz ein hilfloses Lächeln auf dem Gesicht des Alten sah, ergänzte er: „Chevrolet, Franz, amerikanischer Luxusschlitten. Überkrass, sag ich dir."

„Und sonst noch was?"

Maximilian legte seine Stirn in Falten, wiegte den Kopf und tat so, als ob er angestrengt nachdenken müsse.

„Jetzt fällt es mir wieder ein. Der Mirco ist oft mit dem Bassermann gesegelt. Als der Mirco weg war, ist auch der Bassermann nicht mehr gesehen worden. Er ist sogar aus dem Club ausgetreten, obgleich er kurz vorher noch einen neuen Drachen gekauft hat. Den Feinsten vom Feinen. Ich habe dann gehört, dass er später den neuen Drachen verkauft und sich dafür eine fette Yacht zugelegt hat, die seitdem in Grado in Italien liegen soll."

Leutenbauer stand ruckartig auf. „Max, wir müssen uns nun mal mit dem Wirt und dem Ferrari-Fahrer unterhalten." Er griff zum Telefon und wählte die Nummer der Firma Lake Invest. Wieder nur die sonore Stimme auf dem Anrufbeantworter: „Ich bin im Augenblick bis einschließlich Sonntag nicht erreichbar. Wir machen Kurzurlaub. Hinterlassen Sie ..."

„Verdammt", fluchte Leutenbauer. „Dann eben Montag", knurrte er und legte auf.

Zu Maximilian warf er hin: „Du nimmst dir die Vermisstenakte von Chipanski vor und hörst dich bei deinen Kollegen in der Polizeiinspektion um. Vor allem möchte ich wissen, was die Mutter von Chipanski zu berichten hat. Und hole noch den Strafregisterauszug. Okay?"

„Okay, okay, Franz, bin schon unterwegs."

„Und noch etwas", rief er hinter ihm her.

„Ja?" Maximilian drehte sich um.

„Überprüfe bitte noch, ob dein charmanter und freundlicher Bassermann tatsächlich nur Urlaub macht und wo er zu erreichen ist."

Maximilian nickte, verzog den Mund zu einem gequälten Lächeln und ging.

Es dauerte nur wenige Minuten, bis Leutenbauer die Telefonnummer von Loser ermittelt hatte. Es war eine Münchner Nummer. Wie ihm Loser merkwürdig tonlos mitteilte, betrieb er seit einigen Jahren die Gastwirtschaft Zum letzten Gang in der Nähe des Schlachthofs. Mit ihm vereinbarte er einen Termin am Nachmittag um vier.

Die Turmuhr des nahen Doms fing zu schlagen an. Elfmal, wie Leutenbauer mitzählte, und zugleich hörte er ein Grummeln in seinem Magen. Plötzlich verspürte er die Auswirkungen der kurzen und unruhigen Nacht. Er merkte, wie müde, wie übermüdet, er war. Er beschloss deshalb, nach Hause zu fahren, um erst eine

Kleinigkeit zu essen und um nach einem kurzen Schlaf auf der Wohnzimmercouch wieder klar denken zu können.

17

Als der Kommissar vier Stunden später das Wirtshausgebäude betrat, war er versucht, den Atem anzuhalten. Schon im Flur roch es nach kaltem Rauch, Desinfektionsmittel und ranzigem Fett. Nach rechts ging es in die Gaststube. In dem geräumigen Raum standen blanke Tische aus hellem Holz, dunkle Holzstühle, und entlang der übermannshohen, holzgetäfelten Wände verliefen die Sitzbänke.

Auf der Bank vor einem Holzsprossenfenster saß ein altes Paar, das von einer mürrisch blickenden Frau unbestimmten Alters bedient wurde. An einem anderen Tisch in der Mitte des Raums löffelte ein Mann in einem zerschlissenem Mantel einen Eintopf, nach vorne gebeugt und mit aufgestützten Ellenbogen. Vor der kleinen Bar standen zwei Männer, ihrer Kleidung nach Arbeiter des nahen Schlachthofs, die mit müden Augen in schaumlose Biergläser starrten. Dahinter sah Leutenbauer einen nervös blickenden Mann, unrasiert und mit gerötetem Gesicht, dessen Alter schwer einzuschätzen war. Ein mächtiger Bauch wölbte sich über einen breiten Gürtel, wie sich offenbarte, als dieser Mann auf ihn zukam. Ohne ihm in die Augen zu schauen, stellte er sich mit Loser vor. Ein vorgealtertes Gesicht, dachte Leutenbauer, während er seinen Namen nannte und „von der Mordkommission München" hinzufügte.

Loser führte ihn sofort nach hinten in einen Saal, der für Festlichkeiten von kleineren und größeren Gesellschaften vorgesehen war. Aber der langgestreckte Raum erinnerte Leutenbauer mehr an eine verlassene Fabrikhalle: modrige Luft, Staub auf den Tischen, verwaschene Vorhänge, Schlieren auf den Fensterscheiben. Er wäre nicht überrascht gewesen, wenn er noch Mäuse und Ratten entdeckt hätte.

„Nehmen Sie Platz“, sagte der Wirt kurz. Er blieb so lange stehen, bis Leutenbauer sich am Ende einer langen Tischreihe gesetzt hatte. Dann ließ er sich ihm gegenüber auf einem Stuhl nieder. Er sah den Kommissar an, jetzt nicht mehr abweisend, eher angespannt und vor allem wie jemand, der eine weitere schlechte Nachricht erwartete.

Leutenbauer legte einen Notizblock auf den Tisch und daneben einen Kugelschreiber. Vorsichtig begann er zu fragen.

„Herr Loser, ich möchte mich mit Ihnen gerne über den Richter Sorge unterhalten. Kennen Sie ihn?“

„Ja“, war die sofortige Antwort. Die Anspannung wich aus Losers Gesicht. Es schien, als ob er schon seit langem auf diese Frage gewartet hatte.

„Aus den Zeitungen oder aus den Fernsehnachrichten?“

„Nein. Zeitungen lese ich schon lange nicht mehr, und Nachrichten schaue ich mir grundsätzlich nicht mehr an. Herr Sorge ist der Richter, der mich vor fast fünf Jahren wegen eines verbotenen Glückspiels zu einer Geldstrafe verurteilt hat. Deswegen kenne ich ihn.“

Der Kommissar sah den Zeugen nun aufmunternd lächelnd an, der ihn mit dieser ehrlichen Antwort erneut überrascht hatte. Kein Bestreiten, keine Gegenfrage und nicht einmal die übliche Flucht in die Ahnungslosigkeit, wie er es erwartet hatte. „Geht es etwas genauer, Herr Loser?“

„Ende Oktober oder Anfang November erhielt ich vom Ro..., vom Richter Sorge einen Strafbefehl, da ich im März einer Pokerrunde an vier Abenden einen kleinen Raum im Yachtclub Am Seelaich zur Verfügung gestellt und auch mitgespielt habe.“ Der Wirt stoppte und hielt inne.

„Noch genauer.“

„Die anderen waren der Mirco ...“

„Mirco wer?“

„Der Mirco Chipanski ...“

„Und?“

„Und Uwe Bassermann.“

„Sind weitere Personen an der Pokerrunde beteiligt gewesen? Ich würde ..."

„Nein", antwortete Loser diesmal etwas zu schnell. Zugleich verfinsterte sich sein Gesicht, seine Augen begannen zu flackern. Leutenbauer schaute den Wirt lange und prüfend an. Er bemerkte, wie Loser auf dem Stuhl unruhig hin- und herrutschte, ihm nicht mehr in die Augen schaute und zum Schluss ins Leere starrte. Er ließ ihn lange mit seinen Gedanken allein und verspürte nur noch Mitleid mit diesem Mann, der in seinem Leben offenbar so wenig Glück gehabt hatte.

„Herr Loser, ich weiß, Sie haben diese Frage nicht wahrheitsgemäß beantwortet und mir etwas verschwiegen", setzte der Kommissar die Vernehmung fort und wartete, bis Loser ihn wieder anblickte. „Keine Angst. Ich bin nicht hier, um den Fall vor fünf Jahren noch einmal aufzurollen. Das ist verjährt und interessiert mich nicht. Ich will nun zu Ihnen ganz offen sein. Richter Sorge ist am vergangenen Samstag erschossen worden. Deshalb bin ich zu Ihnen gekommen. Alles, was ..."

Als Leutenbauer nun sah, wie Loser die Arme auf den Tisch stützte und den Kopf in die Hände vergrub, stoppte er im Satz. Als Loser langsam und nicht enden wollend den Kopf schüttelte, ahnte er, dass Sorge nicht nur sein Richter gewesen war. Als aber Loser nach einer langen Minute dreimal nickte, wusste er: Er war der Wahrheit ganz nah.

„Alles, was ich von Ihnen wissen will, sind die Namen der weiteren Mitspieler", fuhr Leutenbauer fort. „Bei Mord darf niemand vor einer Zeugenaussage geschützt werden. Niemand, Herr Loser. Wenn Sie mir diese Frage nicht jetzt beantworten, dann werde ich Sie vor den Ermittlungsrichter zitieren. Dort müssen Sie aussagen."

Loser rückte seinen Stuhl ganz nahe an den Tisch heran und beugte sich weit nach vorne.

„Der Richter ist ein feiner Mensch gewesen. Er hat halt nur leidenschaftlich Poker gespielt. Schuld sind aber die anderen gewesen, der Chipanski und der Bassermann. Die haben ihn überredet, an der Pokerrunde teilzunehmen, und ich habe deshalb einen kleinen Raum zur Verfügung gestellt."

„Wann ist gespielt worden?" fragte der Kommissar, der sich die überraschende Wende der Vernehmung nicht anmerken ließ.

„Vor allem im Winter. Da ist bei mir sowieso nicht viel los gewesen. Und meistens nur dann, wenn die letzten Gäste und die Mitglieder gegangen waren und mit weiteren Besuchern nicht mehr zu rechnen war. Aufgeflogen ist die Runde, als Mitte März, an einem Freitag kurz vor Mitternacht, zwei Polizisten erschienen sind. Wahrscheinlich hat mich irgendeiner hinhängen wollen. Wenn ich daran denke, dann ..."

Loser stockte und schwieg. Seine Miene verfinsterte sich. Wahrscheinlich dachte er über seinen Abstieg nach, der damals begonnen hatte. Ein tiefer Seufzer. Noch in seinen Gedanken versunken begann er wieder, leise und mehr für sich. „Wenige Minuten zuvor wollte ich eigentlich aufhören. Aber Bassermann und Chipanski haben mich überredet weiterzuspielen. Wenn ich daran denke, dann ..." Loser ballte seine Hände zur Faust und starrte wieder ins Leere. Nach einer Weile zündete er sich eine Zigarette an, stieß den Qualm gegen die Decke und lehnte sich langsam zurück.

Leutenbauer saß da. Schweigend blickte er zu ihm hinüber. Die Vorstellung, wie ein kurzer Moment in Losers Leben hineingespielt und ab dann sein weiteres Leben bestimmt hatte, berührte ihn – und er erschrak, als er daran dachte, dass dieser kurze Moment vielleicht ursächlich für ein schreckliches Ereignis gewesen sein könnte.

„Hat der Richter an den vier Tagen nicht mitgespielt?" fragte er endlich.

„Nur an dem genannten Freitag nicht. Da ist er verreist gewesen. Zum Skifahren in Kitzbühel, wenn ich mich recht erinnere."

Der Kommissar notierte sich die letzten drei Antworten. Er war verwirrt und enttäuscht zugleich. Er hatte soeben geglaubt, den erhofften Durchbruch der Ermittlungen erreicht zu haben, aber die letzte Antwort wies in eine Richtung hin, die er nicht für möglich gehalten hatte.

„Ihnen ist doch klar, dass der Richter nicht korrekt gehandelt hat. Nicht so sehr, weil er mitgepokert und sich eines verbotenen Glückspiels schuldig gemacht hat. Ich meine, weil er als Richter in einer Sache geurteilt hat, an der er selbst beteiligt war."

Loser nickte dreimal.

„Und was war der Grund dafür?" Leutenbauer spürte, wie mit dieser Frage dem Wirt ins Herz getroffen wurde und es nur noch eines kleinen Anstoßes bedurfte, um ihn von der ihn quälenden Vergangenheit zu befreien.

„Das müssen Sie mir erklären. Es geht für mich nicht um den Ruf des Richters, sondern allein um seine Ermordung", bohrte er nach. „Bitte, helfen Sie mir."

„Nun, es war so", begann Loser stockend und leise, und dann sprudelte es aus ihm heraus: „Wir, also der Bassermann, Chipanski und ich, haben an diesem Freitagabend den beiden Polizeibeamten auf ihre Frage hin, ob wir nicht schon vorher gepokert haben, nichts gesagt. Uns und vor allem dem Richter ist jedoch klargewesen, dass nun im Club rumgeschnüffelt wird, Mitglieder und Gäste vernommen werden und zum Schluss vielleicht doch alles auffliegen wird. Der Richter ... Robby hat deshalb am Montag vorgeschlagen: ‚Gebt noch den Donnerstag und zwei weitere Pokerabende zu, dann ist die Polizei zufrieden und wird voraussichtlich die Akte schließen. So wie ich die Staatsanwaltschaft kenne, wird die dann nicht auf einer mündlichen Verhandlung bestehen, sondern die Sache schriftlich durch einen Strafbefehl entschieden haben wollen.‘ So ähnlich hat sich Robby jedenfalls ausgedrückt. Er hat uns noch darum gebeten, ihn aus dem Spiel zu lassen, weil er ansonsten Schwierigkeiten bekäme, es ihn vielleicht sogar den Job des Strafrichters kosten würde. Zumindest sei er bei Gericht als Richter erledigt. Es ist dann noch Folgendes vereinbart worden: Robby bezahlt meine Geldstrafe und der Bassermann seine und die von Chipanski. Wir haben das als eine faire Lösung angesehen, und jeder ist zufrieden gewesen."

Zu Beginn dieser Aussage machte sich Leutenbauer noch Notizen. Von Zeit zu Zeit stöhnte er leise vor sich hin, den Kopf ungläubig wiegend. Dann stoppte der Kugelschreiber wie gelähmt auf dem Schreibblock. Zu überraschend war für ihn Losers Beichte.

Er hatte sich immer schwergetan, daran zu glauben, wie man allwissend sein kann, aber trotzdem jemanden wegen eines Verbrechens verurteilen darf. Und dazu noch in letzter Instanz. Ohne eine schlüssige Antwort von ganz oben konnte er nicht glauben, dass dies gerecht sein sollte. Aber anders als bei den gepredigten Versprechen, spätestens im Jenseits würden alle nach ihrer Schuld beurteilt, war bei ihm die Hoffnung gewachsen, die nicht nur ein kindlicher Glaube geblieben war: Schon hier auf Erden bemühen sich nun die Richter darum, die Welt etwas gerechter werden zu lassen.

Aber jetzt? Das Glücksspiel hätte er Sorge wie jedem anderen verziehen. Ein Lappalie, mehr nicht. Ein Richter muss kein Engel sein, wenn er nicht im Amte ist. Aber jetzt, nachdem er gerade von Loser erfahren hatte, dass sich Sorge nicht nur eines verbotenen Glückspiels schuldig gemacht hatte, da nun feststand, dass Sorge seine Schuld unter allen Umständen geheim halten wollte, indem er selbst bestimmt hatte, was Recht und Unrecht war, spürte Leutenbauer, wie in ihm etwas begann zu zerbrechen. Und dann noch dies: Wie ein Gaukler, der vor einem staunenden Publikum auf dem Richterstuhl saß und das Sein zum Schein werden ließ, hatte Sorge Recht und Gerechtigkeit verschwinden lassen. Er spürte, wie kalte Wut in ihm hochstieg. Nur wie einer von denen, die mit List und Trug ihre Macht zum eigenen Vorteil missbrauchten, hatte auch Sorge gehandelt und das Recht gebeugt. Als Hüter der Gerechtigkeit war ein solcher Richter sogar noch krimineller als die Verbrecher, über die er zu urteilen hatte. Ein solcher Richter wird dann selbst zum Verbrecher! Niemals ..., niemals hätte er geglaubt ... – seine Gedanken brachen ab.

Leutenbauer zeigte selten, wie wütend er war. Aber dieses Ermittlungsergebnis war so unerwartet gekommen, dass er bei dem

Gedanken daran sein Gesicht voller Abscheu verzog. „Sorge, wie erbärmlich von dir. Du verdammter Verbrecher. Zum Teufel mit dir“, brach es aus ihm heraus. Darauf schwieg er wieder, während die Gedanken weiter in seinem Kopf dröhnten.

Aber wenn ..., wenn Sorge wegen dieses Verbrechens sein Richteramt freiwillig zurückgeben wollte, fragte er sich nach einer Weile. Und wäre Sorges Verbrechen nicht schon mehr als gesühnt, wenn sein Tod damit zusammenhängen sollte?

Es dauerte weitere lange Sekunden, bis Leutenbauer erst Loser entschuldigend zulächelte und dann wieder nur Polizist geworden war.

„Herr Loser“, fuhr er ruhig fort, „Sie haben gerade erwähnt, ein Herr Chipanski sei Mitglied der Pokerrunde gewesen. Können Sie mir sagen, warum er nicht angeklagt worden ist?“

„Das weiß ich nicht. Ich weiß nur, dass er eines Tages, ich glaube nach Ostern, verschwunden und nicht mehr aufgetaucht ist. Das letzte Mal habe ich ihn gesehen, als er mit seinem Chevrolet im Yachtclub vorgefahren ist und bei mir alleine zu Abend gegessen hat. Keine Träne habe ich dem aber nachgeweint.“

Der Kommissar spürte sofort, dass in Loser etwas brodelte, das er nun preisgeben wollte. „Haben Sie eine Vermutung, warum er verschwunden ist und wo er sich aufhalten könnte?“

„Der Chipanski ist eine Drecksau gewesen“, schrie Loser los, und sein Oberkörper schnellte nach vorne. „Diese kleine Ratte. Er hat sich nicht an die Abmachung gehalten. Mich hat er erpressen wollen, dieses Schwein. Noch im März hat er von mir 5.000 Mark verlangt, ansonsten hätte er die ganze Geschichte dem Vorstand erzählen wollen. Von mir hat er aber keinen Pfennig bekommen, und deswegen hat er mich später beim Vorstand verpfiffen, und deswegen bin kurze Zeit später gefeuert worden.“

Daraufhin ließ sich Loser nach hinten fallen und sank in sich zusammen.

Der Kommissar sah, wie Loser mit zitternden Fingern seine halb gerauchte Zigarette im Aschenbecher ausdrückte und sich sofort eine neue anzündete. Er ließ ihn eine Zeitlang mit seinen zornigen Gedanken alleine, notierte sich, was er bis jetzt gehört hatte und wandte sich wieder Loser zu.

„Können Sie sich vorstellen, dass Chipanski auch den Richter und den Bassermann erpresst hat? Oder wissen Sie sogar davon?"

„Da bin ich mir hundertprozentig sicher."

„Warum? Hat einer von denen davon erzählt?"

„Nein. Niemand. Kein Sterbenswort hörte ich von Robby und von Uwe. Aber das war doch logisch. Herr Kommissar. Sie hätten doch auch geschwiegen, wenn Sie von Chipanski erpresst worden wären. Oder etwa nicht?"

„Und", fragte der Kommissar weiter, „was vermuten Sie, wo der Chipanski jetzt sein könnte?"

„Hoffentlich im Starnberger See, an der tiefsten Stelle. Da gehört er auch hin."

Daraufhin drückte Loser die Glut der Zigarette im Aschenbecher aus. Heftig und gewaltsam. Er schob die angerauchte Zigarette so lange in der erkalteten Asche hin und her, bis der Filter abgebrochen war. Langsam rückte er den Aschenbecher weit von sich.

„Jetzt habe ich nur noch zwei Fragen", sagte der Kommissar und legte den Kugelschreiber auf den Tisch. „Können Sie sich vorstellen, wer den Richter ermordet haben könnte?"

„Nein. Keine Ahnung. Nachdem ich entlassen worden war, bin ich sofort nach München gezogen und habe diese Wirtschaft übernommen."

„Und wo sind Sie am vergangenen Samstag kurz vor Mitternacht gewesen?"

„Im Lokal. Sie können meine Bedienung fragen."

Der Kommissar glaubte ihm auch so. Er stand auf und bedankte sich. Auch Loser erhob sich und streckte ihm seine Hände entgegen. Er begann zu lächeln. „Herr Leutenbauer, ich habe für dieses Gespräch zu danken."

Als Leutenbauer von ihm zum Ausgang begleitet wurde, war das Lokal leer. Nur die Bedienung stand mit mürrischem Gesicht an der Bar.

18

Wie verabredet erschien Loser am nächsten Tag im Büro des Kommissars, um die mündliche Vernehmung protokollieren zu lassen. Seine schriftliche Aussage entsprach genau den Angaben, die er am Tag zuvor gemacht hatte. Auf die Frage, ob ihm noch etwas eingefallen sei, was von Bedeutung sein könnte, antwortete Loser mit einem befreiten Lächeln. „Nicht für das Protokoll, Herr Leutenbauer. Nur danke. Vielen Dank noch mal." Er unterschrieb das Protokoll wie jemand, der damit einen Schlussstrich zog und seinen Frieden wiedergewonnen hatte.

Nachdem Loser gegangen war, fing der Kommissar an, die schriftliche Aussage durchzugehen. Er verglich sie mit dem, was er bisher über den Richter erfahren hatte. Alles war auf einmal so klar. Er glaubte nun zu wissen, warum Sorge plötzlich kein Strafrichter mehr sein wollte, nachdem Loser und Bassermann von ihm verurteilt worden waren. Er konnte sich vorstellen, wie Sorge viele Jahre lang versucht hatte, seine Schuld gegenüber dem Gesetz und seinem missbrauchten Amt abzutragen. Sorge spielte einst leidenschaftlich Karten, spielte an der Börse, und zuletzt spielte er sogar im Amt mit der Gerechtigkeit. Doch der Spieler, der er früher gewesen war, war Sorge schon längst nicht mehr. Er verstand nun, warum Sorge zum Schluss nur noch einen Ausweg sah, die noch offene Schuld zu tilgen: Die Rückgabe seines Richteramtes und die Flucht aus dem Bezirk, in dem er Richter war. Selbst sein Leben und seine große Liebe, die er zuletzt gefunden hatte, wurden ihm dann noch durch seinen Mörder genommen.

Das war jetzt der Richter, dem er endgültig verzeihen musste – der Robert Sorge, dessen scheinbar sinnloser Mord ihn jetzt umso mehr schmerzte, je länger er darüber nachdachte.

Leutenbauer war unterdessen auf der letzten Seite des Protokolls angelangt. Mit einem tiefen Seufzer stützte er seine Ellbogen auf den Schreibtisch, legte den Kopf in seine Hände und schloss die Augen. Leutenbauer rief sich wieder einmal die Bilder vom

Tatort ins Gedächtnis. Zuletzt blickten ihn direkt die starren und wie in die Ewigkeit gerichteten Augen des Richters an.

Wenn er den Tod eines Menschen aufzuklären hatte, so war es als Polizist seine Pflicht gewesen, den Mörder so schnell wie möglich zu finden, um ihn der gerechten Strafe zuzuführen. Darüber, ob der Tod des Opfers selbst gerecht war oder nicht, und ob den Toten bei einem ungesühnt gebliebenen Mord irgendwann eine ausgleichende Gerechtigkeit gewährt würde, darüber hatte er sich schon lange keine Gedanken mehr gemacht. Aber jetzt kamen die Fragen zurück. Wer ist dann dafür zuständig? Welche Gerechtigkeit wird den Toten gewährt? Ist sie besser? Frei von Irrtümern? Anders? Vielleicht sogar absolut? Oder bleibt wieder nur der Glaube an die absolute himmlische Gerechtigkeit, um den angstvollen Gedanken zu unterdrücken, der Tod könnte bereits der letzte und oft nur ein ungerechter Richter sein? So wie einem Menschen bereits durch die Geburt die erste und oft die größte Ungerechtigkeit widerfährt, ohne dass ihm später das Leben eine ausgleichende Gerechtigkeit gewährt, so könnte es deshalb so sein, dass es auch kein gerechtes Ende geben kann, dass mit dem Tod nur gnadenlos die letzte Ungerechtigkeit vollstreckt wird und anschließend nur noch ein unendliches Schweigen folgt, mit dem die Guten wie die Bösen zudeckt werden.

Diese Gedanken wirbelten noch lange in seinem Kopf herum. Er wusste jetzt nur eines ganz sicher: Der Tod darf für Robert Sorge nicht dessen letzter Richter bleiben. Zumindest schulde ich ihm noch die Wahrheit über seinen Tod und bereits jetzt die gerechte Strafe für seinen Mörder. Schon deshalb musste er den Mann finden, der Robert Sorge mit einer Makarov erschossen hatte. Er wusste aber auch, dass er dafür nur noch wenige Wochen Zeit hatte.

Leutenbauer seufzte wieder. Er öffnete die Augen und las weiter. Am Schluss des Protokolls angelangt, stoppte er, nachdem er diese Aussage Losers gelesen hatte: „Es ist richtig, dass mich Chipanski erpresst hat. Er verlangte von mir 5.000 Mark, im März vor über fünf Jahren, ansonsten wollte er dem Vorstand erzählen, dass ich der Pokerrunde angehörte und ich es gewesen war, der das Glücksspiel im Clubhaus des Yachtclubs Am Seelaich ermöglichte. Von mir hat Chipanski aber keinen Pfennig erhalten."

Plötzlich hatte Leutenbauer das Gefühl, etwas vergessen zu haben. „5.000 Mark, im März vor über fünf Jahren", wiederholte er murmelnd die Aussage Losers und erinnerte sich immer noch nicht. Doch dann fiel es ihm nach und nach ein, dass er die Kontoauszüge des Richters gesichtet hatte, dass er dabei eine Barauszahlung von 5.000 DM entdeckt hatte, dass dies vor über fünf Jahren gewesen war und er sich auf einem Zettel notiert hatte: „23. März. 5.000 DM. Für was?" Die letzte Frage, die damals für ihn noch offen geblieben war.

Plötzlich ahnte er, und es war jetzt mehr als nur ein Gefühl: Der Fall des vermissten Chipanski war noch nicht abgeschlossen. Möglicherweise war auch Chipanski ermordet worden – und dann wahrscheinlich von dem Erpressten.

Nur ein Gedanke schoss ihm durch den Kopf. Könnte dann nicht auch der Richter, dem er verziehen hatte, Chipanskis Mörder gewesen sein? Die sich ihm aufdrängende Antwort schob er sofort von sich und war nicht bereit, sie zu akzeptieren. Er klammerte sich an die Hoffnung, dass Chipanski irgendwo wieder aufgetaucht war, so unsympathisch er diesen Kerl auch fand, oder von irgendeinem Ganoven niedergestreckt und verscharrt oder auch in den Strarnberger See geworfen worden war.

Leutenbauer wartete ungeduldig auf Maximilian. Er warf einen Blick auf seine Armbanduhr und sah, dass es schon Viertel nach zehn war. Als er wieder aufblickte, stand Maximilian in der Tür und begrüßte ihn mit einem freundlichen „Guten Morgen".

„Morgn", sagte Leutenbauer, wobei der Gruß mehr ein Grunzen war.

Maximilian setzte sich, legte die Vermisstenakte sowie das Strafregister für Chipanski auf den Schreibtisch und schaute den Alten fragend an.

Leutenbauer sah in dem jungen Gesicht eine unverhohlene Neugierde, die eine ehrliche Antwort von ihm erwartete. Er war noch immer aufgewühlt von dem ungeheuerlichen Verdacht, den er gegen den Richter hegte, und stellte sich vor, wie Maximilian mit seinen noch unverbrauchten Idealen darauf reagieren würde und dann Fragen stellte, auf die er keine Antwort hätte. Obgleich es noch nicht elf Uhr war, bat er deshalb Maximilian, wegen einer Brotzeit in die Kantine zu gehen.

„Wie immer?“ fragte Maximilian, und seine Stimme klang enttäuscht, sogar beleidigt. „Franz, hast du nicht was vergessen?“

„Wie immer, Kaffee und irgendetwas zum Essen“, antwortete Leutenbauer und fügte mit einem leichten Lächeln noch ein „Bittschön“ hinzu.

Er nahm sich nun die Vermisstenakte vor. Chipanski hatte bei seiner Mutter in München gewohnt, von der er Mitte April vor fünf Jahren als vermisst gemeldet worden war. Er war ohne den Vater, ein Alkoholiker und schon früh verstorben, aufgewachsen. Fast alle Mitglieder des Yachtclubs waren befragt worden, auch Bassermann. Der Wirt konnte nur bestätigen, dass Chipanski zwei Tage vor der Vermisstenanzeige bei ihm alleine etwas zu Abend gegessen hatte, und dass der Chevrolet mehrere Wochen auf dem Parkplatz des Yachtclubs gestanden war, bis das Fahrzeug von der Polizei abgeholt wurde. Auch die Mutter wurde befragt, hatte aber keinen Anruf oder sonst eine Mitteilung von ihrem Sohn erhalten. Zuletzt war man sogar den Gerüchten nachgegangen, die sämtlich in den Straßen rund um den Münchner Hauptbahnhof endeten und nur zu neuen Gerüchten führten. Dort kannte man zwar Mirco mit seinem himbeerfarbenen Chevrolet – als kleinen Zuhälter, der gelegentlich Nebengeschäften nachging, die noch einträglicher, aber mit noch weniger Arbeit verbunden waren –, aber wo er sich aufhielt, wusste niemand. Manche vermuteten ihn in der Südsee, doch die meisten tippten darauf, dass dem Mirco der Boden in München zu heiß geworden war. Ende des Jahres wurde dann die Akte weggelegt, nachdem eine Gefahr für Chipanskis Leib oder Leben und auch der Verdacht eines Gewaltverbrechens nicht hatten festgestellt werden können.

Vielleicht irrte er sich, aber als er die Akte zu Ende gelesen hatte, irritierte ihn eine einzige Frage: Warum hatte Chipanski den Chevrolet freiwillig auf dem Parkplatz des Yachtclubs zurückgelassen?

Leutenbauer schob die Vermisstenakte beiseite, als Maximilian mit einer großen Tasse Kaffee und einem Sandwich, belegt mit Schinken, Käse und etwas Salat, zurückkam. Maximilian deutete auf das Sandwich und sagte nur: „Diesmal kein Extra. Die Wirtin ist total sauer auf dich, weil du sie nicht besucht hast."

Der Alte reagierte mit einem säuerlichen Lächeln und fragte: „Warst du auch bei der Mutter von Chipanski?"

„Selbstverständlich. Aber sie hat nichts mehr von ihrem Sohn gehört. Sie hat nicht einmal eine Vermutung, wo er sein könnte. Ich habe auch noch bei meinen Kollegen nachgefragt und mich auch im Club schlaugemacht. Aber niemand hat noch irgendetwas von dem Chipanski gehört."

„Und was ist mit dem Bassermann?"

„Der soll seit Donnerstag in seinem Ferienhaus in Kitzbühel sein", antwortete Maximilian schnell.

„Von wem hast du das erfahren?"

„Von einem Ausländer, wahrscheinlich einem Bosnier, und dem hat es der Bassermann erzählt."

„Soso, ist das alles?"

„Ich bin zur Villa von Bassermann rausgefahren, und da habe ich diesen Ausländer beim Rasenmähen erwischt. ‚Befehl vom Boss', sagte der nur noch und mähte weiter."

„Gut so", brummte der Alte leicht verschmitzt.

„Was machen wir jetzt?" drängte Maximilian voller Eifer. „Ich wette, der Bassermann ist untergetaucht."

„Momentan nichts", antwortete der Alte nur.

Maximilian sah ihn ungläubig an.

Leutenbauer war wieder einmal von der Tüchtigkeit des Jungen überrascht. Maximilian brachte ihm in den wenigen Tagen mehr Informationen als eine Sonderkommission in zwei Wochen, dachte er und war stolz auf ihn, sagte aber nur: „Max, merk dir eines. Oft ist es Lüge, was glaubhaft scheint. Aber diesmal hört sich die Auskunft plausibel an, denn niemand lässt seinen Rasen noch mähen, wenn er untertauchen will." Und seine Stimme klang wie die eines Vaters, der seinem Sohn beim Abschied die letzten Worte mit auf den Weg gab, als er dazusetzte: „Max, du hast dir einen freien Nachmittag und ein freies Wochenende verdient. Ich komme jetzt schon alleine gut zurecht. Du hörst von mir, wenn ich dich brauche." Er schloss mit einem Lächeln, als er das erstaunte Gesicht von Max erblickte.

Nachdem Maximilian das Büro verlassen hatte, fing Leutenbauer an, den Strafregisterauszug zu studieren. Er las gerade die ersten Vorstrafen von Chipanski, als das Telefon klingelte. Maria war am Apparat. „Du Schatz, heute gibt es wieder mal ‚Vom Winde verweht'."

„Was ist verweht?" fragte er zurück.

„Du hast mir mal wieder nicht zugehört. Der Film mit Clark Gable läuft heute. Um halb neun am Sendlinger Tor. Der, den wir uns schon mal an unserem zehnten Hochzeitstag angeschaut haben. Und vergiss nicht, den DVD-Player mitzubringen, den du mir schon so lange versprochen hast."

„Ja, ja. Mach ich, Maria", versprach Leutenbauer, legte auf und vertiefte sich wieder in den Strafregisterauszug.

Er sah kleinere Diebstähle, einige Betrügereien, eine Bestrafung wegen Glücksspiels und zuletzt vor sechs Jahren eine Freiheitsstrafe von sieben Monaten auf Bewährung wegen Hehlerei. Für ihn nur Kleinkram, aber für Chipanski der sichere Beginn einer Gangsterlaufbahn, die nach allem ein Ende gefunden hatte.

Es war kurz nach zwölf, als Müller-Fink anrief. Leutenbauer ahnte, was ihn erwartete. Sein Chef hatte sicherlich alle Boulevardblätter der letzten zwei Tage gesammelt und mit einer Papierschere alle Berichte über den Mord an Sorge ausgeschnitten. Für solche Zeitungsartikel hatte er sich zwei Privatalben angelegt. Die Berichte, die über ihn oder auch über die Polizei lobende Worte fanden, klebte er in das grüne Album, den Rest in das schwarze. Er brauchte diesmal nicht lange zu überlegen, wie sich sein Chef entschieden hatte. Schwarz war die einzig richtige Farbe, und dementsprechend dessen Stimmung.

„Herr Kollege, während sich die Presse in den letzten Tagen auf mich eingeschossen hat, scheinen Sie geschlafen zu haben", polterte Müller-Fink los. „Peinlich, peinlich, Herr Kollege, was ich auch von Ihnen gelesen habe", sagte er dann, wobei er das „Ihnen" so aussprach, als ob gerade eine Schnecke mit einer schleimigen Spur über seinen Schreibtisch kroch. „Haben Sie denn nicht wenigstens irgendeine kleine Spur gefunden?"

Leutenbauer schilderte seinem Chef nun die protokollierte Aussage des Loser, seinen Verdacht vom Tod des vorbestraften Chipanski und seine Vermutung, dass deshalb auch Sorge als Täter in Frage käme, da dieser wahrscheinlich erpresst worden war und möglicherweise weiterhin erpresst werden sollte.

„Aber Herr Kollege! Da irren Sie sich gewaltig. Der Richter scheidet höchstwahrscheinlich als Täter aus. Er wäre ja sonst ganz schön blöd gewesen. Es gibt nämlich in der Strafprozessordnung einen Paragraphen hundertvierundfünfzig klein ..."

Als Müller-Fink anfing, seine Meinung wieder einmal mit einem Paragraphen zu untermauern, waren Leutenbauers Gedanken längst bei dem DVD-Player, den er Maria besorgen sollte, und er überlegte, wo er diesen am billigsten kaufen könnte.

„... Die Staatsanwaltschaft hätte deshalb nie Anklage gegen den Richter erhoben", hörte er nach einer Weile. Er glaubte zu sehen, wie Müller-Fink am anderen Ende der Leitung die Augenbrauen nach oben zog.

„Warum?"

„Herr Kollege, das habe ich Ihnen doch gerade genauestens erklärt. Also noch einmal. Wenn der Chipanski vom Richter wegen des Glücksspiels weiter Geld gefordert hätte, so wäre eine Ermordung des Erpressers überhaupt nicht notwendig gewesen. Der Richter hätte sich wegen der angedrohten Erpressung nur der Staatsanwaltschaft anvertrauen müssen, die dann nach dem genannten Paragraphen sicher davon abgesehen hätte, Sorge wegen des verbotenen Glückspiels anzuklagen. Ich bin mir sicher, dass die Staatsanwaltschaft davon verschwiegen Gebrauch gemacht hätte. Nur der Chipanski wäre sofort verhaftet worden und wegen seiner Vorstrafen für längere Zeit hinter Gittern verschwunden. Diesen Paragraphen der Strafprozessordnung hat der Richter bestimmt gekannt."

„Vielen Dank, Herr Müller-Fink, das habe ich tatsächlich übersehen", sagte Leutenbauer. In dem Ton, in dem er sprach, konnte man erkennen, wie erleichtert er war, ja wie aufrichtig er in diesem Moment seinem Chef dankte.

„Schon gut, Herr Kollege. Dafür bin ich ja da", entgegnete Müller-Fink wohlwollend und legte auf.

Immer diese Arroganz der Juristen, wenn es um Paragraphen geht, dachte Leutenbauer, aber er fühlte sich jetzt zunehmend wohler. Er musste einräumen, dass sein Chef ein brillanter Jurist war und er ihn deswegen auch schätzte. Er konnte sich an keinen Fall erinnern, bei dem Müller-Fink mit seiner juristischen Meinung danebenlag.

Leutenbauer stand auf. Mit gesenktem Kopf ging er auf und ab, mindestens zwanzigmal. Zuletzt hielt er am Fenster an. Mehrmals mit dem Kopf nickend blickte er zum Dom hinauf. Es dauerte lange, bis er sich wieder setzte. Er lehnte sich langsam zurück, verschränkte die Hände hinter dem Kopf und begann, seine Gedanken zusammenzufassen:

Loser hat glaubhaft von einer Pokerrunde berichtet, die vor mehr als fünfeinhalb Jahren kurz vor Mitternacht aufgeflogen war. Wenig später war der mehrfach vorbestrafte Chipanski im April als vermisst gemeldet worden, und seitdem blieb er verschwunden. Aber für mich ist der tot, sehr wahrscheinlich ermordet worden. Wenn der Richter als dessen Mörder ausscheidet und wenn nicht ein bis jetzt Unbekannter Chipanski getötet hat, verbleiben nur noch Loser und Bassermann. Loser kann ich streichen. Dem traue ich keinen Mord zu. Also Bassermann? Ist nicht aus der Sicht des Chipanski, der wie alle kleinen Ganoven bestimmt vom Coup seines Lebens und von dem ganz großen Geld geträumt hatte, nur Bassermann das große Rad gewesen, das er lange drehen konnte?

Und musste nicht Bassermann am meisten befürchten, dass Chipanski seine Spielleidenschaft verraten könnte? Dies wäre das wirtschaftliche Todesurteil für den Inhaber der Firma Lake Invest gewesen, da Geld „scheu wie ein Reh“ selbst bei Gerüchten den Standort wechselt. Jetzt ist von der Pokerrunde noch der Richter erschossen worden. Hängt auch sein Tod mit allem zusammen? Aber welches Interesse könnte Bassermann gehabt haben, auch noch den Richter zu ermorden? Und welche Rolle spielte Sorge dabei?“

Leutenbauer wählte die Nummer der Firma Lake Invest. Er hörte wieder nur: „Ich bin im Augenblick ...“ und legte auf. Anschließend überdachte er noch einmal lange das bisherige Ermittlungsergebnis.

„Ich denke, es ist nun die Zeit gekommen, mit dem Oberstaatsanwalt zu reden“, murmelte er. Dann ließ er sich mit Dr. Kettenbach verbinden.

19

Das schlichte Gebäude der Staatsanwaltschaft im schmutzigen Senfgelb lag seitlich des Münchner Hauptbahnhofs, inmitten eines Rotlichtviertels. Eine halbe Stunde nach dem Telefonat mit Oberstaatsanwalt Dr. Kettenbach stand Leutenbauer vor der bewachten Eingangstüre. Sie war in einer düsteren Fußgängerpassage versteckt, nur wenige Schritte von einer Bar mit eindeutigen Bildern entfernt. In der Vereinsfarbe des FC Bayern und mit schon bierseligen Gesichtern wankten ihm zwei Gestalten entgegen, die kurz zuvor aus dem nahen Fan-Lokal gestolpert waren. Ihr Gesang „FC Bayern, Stern des Südens, du wirst niemals untergehen, weil wir in guten wie in schlechten Zeiten zueinander stehen“, hallte schaurig von den Wänden.

Als Leutenbauer seinen Dienstausweis an die verglaste Eingangstüre drückte, nickte ihm der freundliche Wachtmeister zu. Eine Sekunde später summte der elektrische Türöffner. Nach einer nicht enden wollenden Fahrt öffnete sich der enge Fahrstuhl im sechsten Stock zu einem winzigen Flur. Wenn Leutenbauer vor zwei Jahren nicht schon einmal bei Dr. Kettenbach gewesen wäre, hätte er glauben müssen, er habe sich verirrt. Unmöglich, dass auf dieser Etage das Dienstzimmer eines Oberstaatsanwalts liegen konnte, hätte er sonst gedacht. An einer abgeschabten, einst weiß gestrichenen Wand hing einsam ein Bild: gelber Strand mit einem verkrüppelten Baum vor einem dunkelblauen Meer, und in der Ferne der endlose Himmel im abgestuften Babyblau. Moderner Schrott, dachte Leutenbauer, als er einen kurzen Blick darauf warf. Selbst wenn er gewusst hätte, dass dieses Bild vor Jahren im Rahmen der Aktion „Die Justiz soll schöner werden" – kurz „Kunst am Bau" genannt – dorthin gelangt war, hätte er ebenso gedacht.

Entlang verwahrloster Wände und an namenlosen Türschildern vorbei führte ein beängstigend enger Gang zu einer Tür, neben der außer einer Nummer nur „Vorzimmer" stand. Leutenbauer klopfte dreimal. Als er ein kurzes „Ja" hörte, trat er ein. Die Vorzimmerdame, eine wenig attraktive Frau mit einem verbitterten Zug um den Mund, blickte kurz auf, deutete zur Verbindungstüre und raunzte: „Der Herr Oberstaatsanwalt erwartet Sie schon." Dann hämmerte sie weiter in den Computer hinein.

Dr. Kettenbach stand wie eine Statue am Fenster und blickte auf ein nahes Ziegeldach hinab. Sein gediegenes Büro war karg möbliert und glich mehr einer geräumigen Gefängniszelle. Nur eines hatte sich seit seinem letzten Besuch verändert, wie Leutenbauer sofort feststellte. An der Wand hinter dem Schreibtisch hing nicht mehr eines dieser banalen Ölgemälde, das die Justiz verschönern sollte. Stattdessen sah er ein gewaltig großes Foto hinter Glas. Ein bunt bemalter Hubschrauber flog über eine Hängebrücke, auf der Tausende von Joggern in eine Richtung liefen. Komisch ist, dachte Leutenbauer, jedes Mal, wenn ich das Büro eines Staatsanwalts betrete, fühlt sich die Luft schlagartig um mindestens zwei Grad kälter an.

„Sehr gute Arbeit, Herr Leutenbauer", sagte Dr. Kettenbach in Richtung des rostbraunen Daches hin, bevor er sich umdrehte.

„Gratuliere. Wirklich ausgezeichnet“, wiederholte er anerkennend, als er Leutenbauer die Hand schüttelte. „Frau Diederichsen tippt gerade den Antrag für den Durchsuchungsbefehl. Wie ich sie kenne, wird es nicht mehr lange dauern.“

Mit einer knappen Handbewegung bat er Leutenbauer, auf dem Besucherstuhl vor dem Schreibtisch Platz zu nehmen. Als sich der Oberstaatsanwalt in seinem Schreibtischsessel niedergelassen hatte, fuhr er fort, womit er angefangen hatte: „Das, was Sie mir vorhin am Telefon berichtet haben, reicht zwar noch nicht für einen Haftbefehl, aber sicherlich für einen Durchsuchungsbefehl.“ Dr. Kettenbach wirkte wie aufgeräumt, als er dazusetzte: „Wenn wir Glück haben, finden wir in Bassermanns Wohnung oder in seinen Geschäftsräumen nicht nur Beweise, dass er Chipanski ermordet hat. Vielleicht entdecken wir dort sogar Spuren, die zum Mörder von Richter Sorge führen.“

Nach einer kurzen Pause blitzten seine Augen hinter der randlosen Brille auf, als amüsiere den Oberstaatsanwalt dieser Moment: „In diesem Fall könnten wir den Herren Kollegen vom Bundeskriminalamt auch mitteilen, dass sie ihre Akte in Sachen Robert Sorge schließen können.“ Er schüttelte den Kopf. Dann: „Ich wundere mich immer öfter, warum die Kollegen in letzter Zeit von Amts wegen so schnell nervös werden, wenn irgendetwas nach Terrorismus riecht.“ Jetzt wieder ernst: „Früher sind sie anders gewesen, nicht sorgloser, nur nicht so ängstlich. Aber vielleicht ist es heute schwieriger, das richtige Maß zu finden, wenn Eltern schon wegen Nichts ihre Kinder in die Luft sprengen lassen.“

Leutenbauer war mehr als verblüfft. Noch nie hatte er den Oberstaatsanwalt so lange sprechen gehört, dazu mit einer Miene, als ob er tatsächlich seine Worte auch so fühlte.

Fünf Sekunden später klopfte es einmal. Die Vorzimmerdame huschte herein. Mit einem bloßen „Bitte“ legte sie fünf Blätter auf den Schreibtisch.

„Danke, Frau Diederichsen“, sagte Dr. Kettenbach freundlich zu ihr, worauf sie wieder zu ihrem Computer eilte. „Nur eine Minute“, murmelte der Oberstaatsanwalt. Er nahm seine randlose Brille ab und begann, das oberste Blatt zu überfliegen.

Leutenbauer betrachtete erst Dr. Kettenbach und dann das Foto hinter ihm. Wenn er ein Jogger gewesen wäre, hätte ihn diese Luftaufnahme entzücken müssen. Tausende Männer und Frauen in weißen und bunten Trikots trabten auf der Verrazano Narrows Bridge nach Brooklyn hinein. Für ihn waren es aber nur winzige Gestalten, die wie Lemminge schwitzend in einer Richtung ihrem Schicksal entgegenliefen.

Dem Oberstaatsanwalt schien Leutenbauer leicht amüsierter Blick nicht verborgen geblieben zu sein, denn er blickte kurz auf und murmelte: „Erstaunt? Nächstes Jahr werde ich wieder einmal einer von denen sein. Der New York-Marathon ist in den letzten Jahren meine heimliche Leidenschaft geworden und hat mich schon Hunderte von Stunden im Englischen Garten gekostet.“

Jedem das seine, dachte Leutenbauer und gestattete sich ein anerkennendes Lächeln.

Einen Augenblick später unterschrieb der Oberstaatsanwalt das Original des Antrags. „Ich bin auf das Gesicht von Bassermann gespannt, wenn wir ihm den Durchsuchungsbeschluss des Ermittlungsrichters in die Hand drücken“, bemerkte er dabei.

Leutenbauer sah Dr. Kettenbach zum ersten Mal vergnügt lächeln, als er ihm eine Abschrift zuschob. Noch nie zuvor hatte er einen knapperen Antrag in den Händen gehabt, wie er beim flüchtigen Durchlesen feststellte. Und keinen listenreicheren. In der Ermittlungssache wegen der Ermordung des Robert Sorge und des Mirco Chipanski müssten die Villa des Uwe Bassermann und die Geschäftsräume der Firma Lake Invest durchsucht werden. Der oder die Mörder seien leider noch unbekannt.

„Herr Oberstaatsanwalt, ich fürchte, wir haben im Augenblick ein kleines Problem.“

„Das wäre?“

Nachdem Leutenbauer berichtet hatte, Bassermann sei bis einschließlich Sonntag in einem Kurzurlaub, überlegte Dr. Kettenbach kurz und meinte: „Na schön, gönnen wir ihm noch ein freies Wochenende und schlagen halt am Montag zu. Wir treffen uns also am Montag um sieben Uhr vor dem Anwesen des Bassermann. Wie sagt man so schön: Morgenstund hat Gold im Mund.“

Der Oberstaatsanwalt lächelte wieder. Er stand auf. Sie waren schon an der Tür, als Dr. Kettenbach stehen blieb und Leutenbauer beide Hände entgegenstreckte. „Ich habe gehört, Sie werden uns bald verlassen. Schade. Sehr schade“, sagte er mit einem aufmunternden Lächeln. Dann hielt er Leutenbauer die Tür auf.

„Danke, Herr Kettenbach“, erwiderte Leutenbauer und lächelte zurück.

Kurz vor drei Uhr war Leutenbauer beim Amtsgericht. Der zuständige Ermittlungsrichter von Preuß konnte an diesem Freitagnachmittag nicht mehr erreicht werden. Schließlich unterschrieb ein junger Richter namens Schönberger, den er bei seiner Vernehmung vor einigen Tagen verhört hatte. Er setzte seine Unterschrift auf den Durchsuchungsbefehl, ohne die Unterlagen und die Begründung durchgelesen zu haben. Der Hinweis, es handele sich auch um die Mordsache Sorge, genügte.

Auf dem Weg nach Hause teilte Leutenbauer Maximilian per Handy den mit Dr. Kettenbach vereinbarten Treffpunkt mit und gab ihm zu verstehen, dass er nichts dagegen habe, wenn er über das Wochenende an den Gardasee fahren möchte.

„Was heißt *fahren*, Franz. Ich bin schon da“, war dessen Antwort, die den Alten aber eigentlich nicht mehr überraschte.

„Also dann bis zum Montag, und surf mal schön. Aber spätestens um Viertel vor sieben Uhr bist du am Anwesen Bassermann“, gab Leutenbauer amüsiert zurück.

„Versprochen. Ciao, commissario.“

Plötzlich ging das amüsierte Lächeln des Kommissars in ein schallendes Lachen über, das nicht enden wollte.

Er hatte noch Zeit, für Maria in einem Media-Markt den DVD-Player zu kaufen. Um kurz nach sechs Uhr war er zu Hause.

Obgleich er todmüde war, konnte er im Kino nicht einschlafen. Fast vier Stunden lang hielt Maria seine rechte Hand und reichte ihm ab und zu Popcorn. Er war einfach nur glücklich.

20

Am Montag, es dämmerte noch, fuhr der Kommissar bereits kurz nach halb sieben den Promihügel empor. Nach der letzten Kurve sah er ganz oben das Anwesen stehen – und plötzlich war es ihm, als ob er die Fahrt mit Maximilian vor knapp einer Woche gerade noch einmal erlebte. Er sah, wie damals Maximilian mit dem Finger darauf zeigte, und hörte ihn stolz rufen: „Da oben residiert der Bassermann, der größte Finanzhai im Starnberger See", und sah sich, wie er wegen dieser Ausdrucksweise schmunzeln musste. Jetzt, beim Näherkommen, kam ihm das Gebäude aus Beton und mit viel Glas mehr wie eine Festung auf einem Bergrücken vor, zweifach geschützt durch eine dichte Eibenhecke und durch einen schmiedeeisernen Stahlgitterzaun.

Leutenbauer wendete, stellte seinen Passat neben dem imposanten Tor aus feuerverzinktem Vollstahl ab und stieg aus. Wind kam auf. Routinemäßig suchte er aufmerksam die Stellen ab, wo üblicherweise Überwachungskameras angebracht waren, entdeckte aber keine. Kein Namensschild verriet, wer hier wohnte. Nur vor den bissigen Hunden wurde gewarnt. Er stieg wieder ein und fuhr so weit zurück, bis der Passat die Ausfahrt versperrte. Dann zog er den Zündschlüssel ab, stieg aus und lehnte sich mit verschränkten Armen gegen das Fahrzeug.

Der Wind wurde stärker. Leutenbauer blickte zum See hinunter, der sich im böigen Wind kräuselte. In der Ferne, im grauen Licht der Dämmerung, sah er ein Gewirr von Masten, schaukelnde Boote, den Hafen eines Yachtclubs. Von Westen näherten sich dunkle Regenwolken, es kündigte sich ein nasser und stürmischer Tag an.

Es dauerte zehn Minuten, bis nach und nach drei Beamte eintrudelten, die Leutenbauer kannte, da sie ihm schon bei früheren Hausdurchsuchungen behilflich waren. Kurz vor sieben Uhr fuhr Oberstaatsanwalt Dr. Kettenbach in seinem Dienstfahrzeug vor, wie immer mit Fliege und in feinem Zwirn. Mit einem „Guten Morgen, meine Herren, gehen wir an die Arbeit“, gab er den Startschuss. Er ließ es sich nicht nehmen, damit selbst zu beginnen. Wegen einer etwaigen Überwachungskamera bat er alle, zur Seite zu treten. Dann drückte er auf den Klingelknopf. Wenig später:

„Ja?“ tönte eine sonore Stimme aus der Gegensprechanlage.

„Spreche ich mit Herrn Bassermann?“

„Ja, warum?“

„Verzeihen Sie bitte die Störung. Mein Name ist Kettenbach. Ich bin Staatsanwalt und würde mich gerne mit Ihnen wegen des vermissten Mirco Chipanski unterhalten“, sagte der Oberstaatsanwalt halb richtig und setzte ruhig dazu: „Es dauert nicht lange.“ Zu den anderen gewandt, zuckte er mit der Schulter, als wollte er zeigen, dass das Wort „List“ für ihn kein Fremdwort war.

Drei Sekunden blieb es still. Dann: „Chipanski sagten Sie? Sagt mir überhaupt nichts. Ich fürchte, ich kann Ihnen da nicht weiterhelfen.“

„Schon möglich, Herr Bassermann“, erwiderte Dr. Kettenbach mit Öl in der Stimme. „Wenn es so ist, würden Sie mich nach zwei bis drei Fragen wieder los sein.“

Es blieb fünf Sekunden still, bis sich die sonore Stimme wieder meldete. „Offen gestanden habe ich im Augenblick keine Zeit. Ich bin schon auf dem Sprung ins Büro. Wegen meines Urlaubs ist eine Menge Arbeit liegengeblieben.“

„Ich verstehe Sie sehr gut, Herr Bassermann. Mir geht es nach einem Urlaub doch genauso. Eine Woche nicht im Büro, und zwei Wochen benötigt man, um alles aufzuarbeiten. Ich werde deshalb Ihre kostbare Zeit nicht länger in Anspruch nehmen, als unbedingt notwendig ist. Versprochen“, erwiderte Dr. Kettenbach korrekt, aber wieder sehr missverständlich.

„Na schön. Aber nur kurz, sonst müsste ich Sie rauswerfen“, witzelte Bassermann jetzt ohne Verdacht.

Als der elektrische Türöffner zu summen anfing, war ein Quietschen von Reifen zu hören. Leutenbauer drehte sich um und sah, wie ein grüner VW-Bus voll abbremste, Maximilian aus dem Auto sprang und mit einem entschuldigenden Grinsen auf sie zusprintete. Mit einem „Hallo“ schloss er sich der Gruppe an. Da der Oberstaatsanwalt ihn freundlich und mit Handschlag begrüßte, begnügte sich der Kommissar damit, Maximilian seinen drei Kollegen vorzustellen.

Die schwere und gedrechselte Haustür wurde von einem etwa fünfundvierzigjährigen, dunkelhaarigen Mann mit buschigen Augenbrauen geöffnet. Er roch nach teurem Parfum, war über 1,90 Meter groß, hatte breite Schultern, und in seinem tief gebräunten Gesicht stand ein breites Lächeln. Mächtige, schwarze Schuhe lugten unter seiner dunkelgrauen Hose hervor. Er strahlte eine Selbstsicherheit aus, wie sie häufig bei gutaussehenden und erfolgreichen Männern anzutreffen ist. Wenn er überrascht war, dass sechs Personen unter dem Säulenvorbau am Hauseingang standen, so ließ er sich dies nicht anmerken.

Der Typ des charmanten Golfspielers und smarten Geschäftsmannes, dachte der Kommissar bei sich, als der Mann sich mit „Bassermann“ vorstellte. Sein aufgesetztes Lächeln verschwand langsam und gefror schließlich, nachdem der Oberstaatsanwalt ihm den wahren Grund des Besuches mitgeteilt und den Durchsuchungsbeschluss übergeben hatte. Den Beschluss las Bassermann aufmerksam durch.

„Also nur, weil Sie vermuten, bei mir Beweismittel wegen des Mordes an einem Richter Sorge und an einem Chipanski zu finden?“ fragte er mit gut gespielter Verwunderung. Die Namen sprach er so aus, als ob sie ihm völlig fremd waren.

„Ja“, antwortete der Oberstaatsanwalt trocken, „das ist der einzige Grund.“

Leutenbauer bemerkte, wie die Hand des Bassermann leicht zitterte, als er den Durchsuchungsbeschluss in seine Jackentasche steckte.

„Können Sie nicht wenigstens warten, bis mein Anwalt hier ist? Man kann ja nicht wissen, ob man den noch braucht“, fauchte Bassermann zurück.

Mit einem bloßen „Nein“ gab Dr. Kettenbach zu verstehen, dass mit der Durchsuchung begonnen werden konnte.

Bassermanns Gesicht verzerrte sich daraufhin vor Wut. Er stürzte in das Wohnzimmer. Kurze Zeit später erklang von dorther bis in die Eingangshalle: „Dann kommen Sie halt ohne Frühstück und so wie Sie sind. Bewegen Sie endlich Ihren Arsch! Verdammt noch mal. Bei mir sind die Polizei und ein linker Staatsanwalt im Haus.“

Der Oberstaatsanwalt erklärte, wie vorzugehen war. Die oberen Räume wollte er mit den drei Beamten durchsuchen, und der Kommissar sollte sich mit Maximilian die unteren Bereiche des Hauses vornehmen.

Über eine Treppe aus rosafarbenem Marmor gelangte Leutenbauer in einen Vorraum. Von dort aus führte eine Flügeltür aus dickem Glas in eine Halle, in der sich ein kleiner Pool befand und die zur Seeseite hin geöffnet werden konnte. Über einen Weg aus Marmorplatten war im Garten ein großer Swimmingpool mit einem Ein-Meter-Sprungbrett zu erreichen.

In dem angrenzenden Fitnessstudio mit einer Sauna sah er Ergometer, Hanteln und gewaltige Geräte aus Eisen und Stahl, die nach viel Schweiß und nach Arbeit rochen und ihn erschaudern ließen. Er verstand nun nicht mehr, wie er sich noch vor kurzem freiwillig diesen Ungetümen hatte hingeben wollen, und beschloss, diese Art von sportlicher Betätigung aus seinem zukünftigen Fitnessprogramm zu streichen. Wohler fühlte er sich erst wieder, als er an seine zukünftigen Radtouren an der Isar entlang und besonders an die zahlreichen Biergärten entlang dieser Strecken dachte.

Maximilian stand andächtig und mit glänzenden Augen vor einem Regal, das eine volle Wandfläche einnahm. Dort waren silbern glänzende Pokale bis unter die Decke gestapelt, auf denen nur erste Plätze eingraviert waren und zum Teil von Siegen aus DDR-Zeiten kündeten.

Sicherlich keine Verstecke für unrühmliche Beweise, dachte Leutenbauer und tippte Maximilian auf die Schulter. „Wir sind nicht hier, um Pokale zu bestaunen, sondern bei einer Hausdurchsuchung. Also jetzt weiter“, sagte Leutenbauer, wobei er Maximilian fast bei der Hand nehmen musste.

Zusammen betraten sie einen Raum, in dem ein mächtiger Schreibtisch aus Eiche stand, aber mehr einer Ruhmeshalle als einem privaten Arbeitszimmer glich. An einer Wandseite hingen zahllose eingerahmte Fotografien mit viel Wasser, auf denen Bassermann in Segelbooten zu sehen war, die, wie ihn Maximilian aufklärte, Finn-Dingis hießen. Und alle zeigten dasselbe Motiv: Bassermann, dessen kräftiger Oberkörper von schwarzem Neopren umhüllt und weit nach außen geneigt war, segelte immer mit einem stolzen Blick vor allen weiteren Booten. Auch fanden sie Alben mit Fotos, auf denen Bassermann wiederum in Finn-Dingis abgebildet war. Angefangen von einem Foto mit einem kleinen lächelnden Jungen „Uwes erster Sieg“ bis zu einem Foto mit einem breitschultrigen und traurig dreinblickenden Mann mit dem Vermerk „Leider Qualifikation zur Olympiade verpasst“. In Dutzenden von Ordnern waren Zeitungsberichte gesammelt, in denen auch von Siegen „Zum Ruhme der Deutschen Demokratischen Republik im Kampf gegen den Kapitalismus und Imperialismus“ jubiliert worden war.

Der ewige Sieger, dem ich die größte Niederlage seines Lebens noch nachweisen muss, dachte der Kommissar grimmig.

Ganz oben in dem Regal und inmitten dieser Ruhmesdokumente sah er drei Leitz-Ordner stehen, die er von Maximilian herabholen ließ. Mit verblichener Schrift waren sie mit „Yachtclub“, „Haus“ und „Vermischtes“ gekennzeichnet. Maximilian bat er, den Ordner „Vermischtes“ durchzublättern. Mit den restlichen Ordnern setzte er sich an den Schreibtisch. Bei der groben Sichtung wurde Leutenbauer schnell fündig. Er fand Dokumente vom Spätwinter und

Frühjahr vor fünf Jahren vor, die sich weitgehend mit den von Maximilian erfahrenen Informationen deckten:

Uwe Bassermann hatte am 13. Februar einen neuen Drachen mit dem Schiffsnamen „Wildgans“ für 92.000 Mark gekauft. Kurz darauf ließ er diese Yacht von einem Bootsbauer am Chiemsee renovieren. Laut der Rechnung vom 31. Mai wurde das Oberdeck aus Teakholz zunächst mit einem Hochdruckreiniger abgesprüht und anschließend geschliffen. Auch die Bilge wurde mehrfach ausgespült und gereinigt. Die „Wildgans“ verkaufte Bassermann am 5. Juni unter dem Namen „Südwind“ an einen Herrn Pospichar aus Seewalden am Attersee in Österreich, quittiert mit 322.000 Schillingen. Das letzte Schriftstück war das Schreiben vom 30. April, durch das Bassermann seine Mitgliedschaft beim Yachtclub Am Seelaich mit sofortiger Wirkung, spätestens zum Ablauf des Jahres, kündigte.

Leutenbauer steckte die vier Dokumente in seine Jackentasche und klemmte sich vorsorglich den mit „Yachtclub“ gekennzeichneten Leitz-Ordner unter die Achsel.

Als er aufgestanden war, kam ihm Maximilian mit einem breiten, stolzen Lächeln entgegen. Er hielt ein Blatt in der Hand. „Franz, ich habe ein Schreiben gefunden, das dich interessieren dürfte.“

„Von wem ist es?“

„Von Chipanski.“

Das handschriftliche Datum oben rechts zeigte, dass der Brief am 1. April vor fünf Jahren verfasst worden war. Leutenbauer las dann:

Lieber Uwe,

wunschgemäß bestätige ich, von Dir für meine Bemühungen insgesamt 30.000 Mark bekommen zu haben. Am 23. März 10.000 Mark und am 30. März weitere 20.000 Mark. Wenn ich bis zum 12. April weitere 60 Riesen bekomme, verschwinde ich von hier und schweige dann wie ein Grab. Sollte ich Dich enttäuschen, so versi-

chere ich Dir bei meinem Leben, dass Du dann alles Geld wieder zurückbekommst und das Doppelte dazu.

Mit sportlichen Grüßen
Dein Mirco

Leutenbauer brauchte den Text nicht noch einmal durchzulesen. Er wusste, er hatte nun einen Tod aufgeklärt, auf den er zufällig bei seinen Ermittlungen gestoßen war. Bassermann war für ihn ein Mensch, der immer nur das Eine wollte: Den Weg ganz nach oben, und der keine Niederlage akzeptierte. Nachdem der Traum von Olympiasieg geplatzt war, strebte er nach dem großen Geld. Als berühmter Segler glaubte er, dieses Ziel am See bei den Reichen und Millionären zu erreichen. Die endgültige Niederlage im Sport musste er akzeptieren, aber nicht die Erpressungen der kleinen Ratte, die Chipanski hieß.

War der Richter für Bassermann ebenfalls nur ein Hindernis, als er auf dem Weg ganz nach oben dort angekommen war, fragte sich Leutenbauer.

Das Handy klingelte. Es meldete sich Kriminalinspektor Georg Krahammer, der mit zwei weiteren Beamten die Geschäftsräume zu durchsuchen hatte. „Servus, Franz, wir sind hier fertig. Aufgefallen ist uns, dass Bassermann, kurz bevor Chipanski verschwunden war, Ende März, zunächst 10.000 und dann eine Woche später weitere 20.000 Mark abgehoben und unter ‚außergewöhnliche Belastungen' gebucht hat. Interessiert dich noch, wer alles bei dem Bassermann Geld angelegt hat? Du kennst die meisten ..."

„Nein, Schorsch. Wir sehen uns später in meinem Büro. Servus."

Als der Kommissar und Maximilian in die Eingangshalle im Erdgeschoss zurückkamen, wurden von einem Kollegen zwei Plastiksäcke mit Schuhen verschnürt. Dr. Kettenbach hatte ein Dokument in der Hand. Er redete auf Bassermann ein, der niedergesunken auf einem Lehnstuhl saß und bei dem kein siegessicheres Lächeln mehr zu erkennen war. Der Blick erinnerte Leutenbauer an den Ausdruck, den Bassermann auf dem Bild nach der verlorenen Olympiaqualifikation hatte.

„Ich sage nichts mehr."

„Aber, Herr Bassermann, Sie können doch nicht abstreiten, dass Ihnen diese gerade gefundene Waffenbesitzkarte für eine Makarov gehört."

„Natürlich nicht. Mein Vater ist ein hohes Tier in der DDR gewesen. Von dem habe ich diese Karte geerbt."

„Und wo ist dann die Makarov, und wo sind Sie am vorletzten Samstag kurz vor Mitternacht gewesen?" bohrte der Oberstaatsanwalt weiter. Er trat noch einen Schritt näher an Bassermann heran.

„Ohne meinen Anwalt sage ich ab jetzt kein Wort mehr", erwiderte Bassermann leise, senkte seinen Blick nach unten, starrte seine großen, schwarzen Schuhe an.

Der Oberstaatsanwalt wandte sich ab. Leutenbauer zeigte ihm die gefundenen Schriftstücke und berichtete von den Barabhebungen, die Ende März von Bassermann vorgenommen worden waren. Dr. Kettenbach überflog die ihm übergebenen Dokumente, nickte zweimal und verkündete: „Herr Bassermann, ich nehme Sie vorläufig fest. Ich werfe Ihnen vor, den Richter Sorge und auch Chipanski ermordet zu haben."

Bassermann sackte noch weiter zusammen und umklammerte mit beiden Händen die Stuhllehnen. Sein Gesicht wurde aschfahl, sank auf die Brust. Vollkommen still saß er so da, bis er mit leeren Augen nach oben zu Dr. Kettenbach blickte. „Ich hätte noch eine Bitte", sagte er schließlich sehr leise.

Der Oberstaatsanwalt nickte.

Bassermann stand auf, ging in das Wohnzimmer und trat vor die Panoramascheibe. Die ersten Regentropfen fielen und liefen wie dicke Tränen die Scheibe hinab. Eine lange Zeit starrte Bassermann auf den See. Er weinte dabei, ohne dass Tränen zu sehen waren.

Als sie ins Freie traten, stürzte Rechtsanwalt Beinlich im beginnenden Platzregen heran, unrasiert und mit seinem schwarzen Aktenkoffer. Er schrie sofort nach dem rechtlichen Gehör. Dr. Kettenbach nickte, bot ihm seinen Regenschirm an und setzte sich in sein Dienstfahrzeug.

Leutenbauer zog sich mit Maximilian unter das Vordach der offenen Garage zurück, in der der Ferrari stand. Von dort aus sah er, wie der Regen auf den Schirm prasselte, unter dem der Staranwalt nach oben auf seinen fast einen Kopf größeren Mandanten wild gestikulierend einredete. Bassermann blieb meist stumm, und seine Blicke waren leer. Nur ab und zu schüttelte er mit dem Kopf. So verging eine lange Zeit. Im Westen wurde es wieder heller. Der Platzregen war vorbei.

Der Oberstaatsanwalt stieg aus seinem Dienstfahrzeug. Beinlich schritt auf ihn zu, übersah dabei einige Pfützen, stellte sich vor ihm auf und bellte nach oben: „Ich verlange die sofortige Freilassung meines Mandanten." Er machte dabei eine Pose, als ob er im überfüllten Schwurgerichtssaal zu einem Schlussplädoyer ansetzen wollte. „Ich habe gerade von meinem Mandanten erfahren, und ich zweifle nicht an seinen Worten, dass bis jetzt weder Chipanskis Leiche, noch die Makarov gefunden worden sind. Ich darf deshalb an den Grundsatz erinnern: Ohne Leiche kein Mord und ohne Waffe kein Mörder. Das hat schon immer gegolten."

Der Oberstaatsanwalt schaute regungslos zu Rechtsanwalt Beinlich hinab.

„Wenn also nicht ausgeschlossen werden kann, dass Chipanski noch lebt, dann könnte doch auch der den Richter ermordet haben. Das ist doch logisch", argumentierte Beinlich weiter. „Ich bin deshalb der Meinung ..."

„Bitte", sagte der Oberstaatsanwalt und deutete auf den Regenschirm, den der Rechtsanwalt in der Hand hielt.

„Entschuldigung", sagte Beinlich.

Dr. Kettenbach bedankte sich für die Rückgabe des Regenschirms, schüttelte ihn aus, zeigte mit dem Kinn auf Bassermann und gab kühl die Anweisung: „Abführen." Dann fragte er von oben herab: „Herr Rechtsanwalt, will Ihr Mandant zur Sache aussagen?"

„Selbstverständlich nicht", bellte Beinlich weiter.

„Also sehen wir uns beim Haftrichter in München“, sagte der Oberstaatsanwalt eisig, stieg in sein Dienstfahrzeug und fuhr los.

21

Einige hundert Meter davon entfernt wurde an diesem Vormittag Robert Sorge unter einer Birke beigesetzt. Im strömenden Regen senkten vier Totengräber den Holzsarg in das mit Rosen und Kränzen umsäumte Grab, und der Pfarrer sprach am Schluss noch ein kurzes Gebet. Aus der dunklen Menge drängte sich einer nach dem anderen nach vorne, faltete die Hände oder verbeugte sich und warf noch etwas Erde auf den nassen Sarg. Dann eilten sie alle stumm zu den Ausgängen.

Allein die großgewachsene Frau in Schwarz blieb zurück. Aufrecht, ganz nah stand sie vor dem Grab. Tränen flossen jetzt über ihr blasses Gesicht und mischten sich mit den Regentropfen. Eine lange Zeit stand sie so regungslos da, bis sie sich verabschiedete. Dreimal winkte sie zum Sarg hinab.

Es regnete noch immer, als Marion Rehberg sich umdrehte und mit schweren Schritten zwischen den Grabreihen langsam zum Ausgang ging.

Marion kam täglich zurück. Die Birke hatte schon ihr letztes Laub verloren, als sie bereit war, Roberts Tod zu akzeptieren. Doch erst als sich der erste Novemberschnee auf sein Grab gelegt hatte, fing sie an, von Robert als einen Toten zu sprechen. Sein Tod blieb die einzige Wahrheit, die sie hinnehmen wollte. Zurück blieben die Fragen, auf die sie ihre Antworten suchte: Warum gerade Robert? Warum? Warum sein sinnloser Tod?

Die Anklage

1

Vier Tage später, am Freitag, fast noch in der Nacht, saß Leutenbauer im Büro, um den Abschlussbericht zu diktieren.

Gestern war Findeisen, der Leiter des Erkennungsdienstes, bei ihm gewesen und hatte ihm den schriftlichen Bericht zu den letzten Untersuchungsergebnissen vorbeigebracht. Die beschlagnahmten Schuhe von Bassermann hatten alle die Größe 47. Bei einem handgemachten Paar – schwarze, rahmengenähte Schuhe aus Budapest – waren sogar geringe Reste des am Tatort gefundenen Erdreichs festgestellt worden. In den Lochverzierungen dieser Schuhe fand man Pollen der Goldrute, die zwischen den lichten Büschen rund um den Tatort geblüht hatten.

Noch einmal ging Leutenbauer alle Beweise durch: die Zeugenaussagen, die schriftlichen Berichte des Erkennungsdienstes und der Gerichtsmedizin, und wog die Indizien ab, die für und gegen Bassermann als Doppelmörder sprachen.

Zwischendurch legte er den Kopf in die Hände und fragte sich, ob alles auch schlüssig und glaubhaft war. Nach zwei Stunden war er so weit. Er wusste jetzt: Er war überzeugt, und wenn er noch länger überlegte, würde er immer wieder zu demselben Ergebnis kommen. Nur noch eine Frage war abzuklären.

Gegen halb neun rief er deshalb Oberstaatsanwalt Dr. Kettenbach an.

„Ja?“ fragte eine mürrisch klingende Stimme am anderen Ende der Leitung. Die Vorzimmerdame war am Apparat.

„Einen schönen guten Morgen, Frau Diederichsen. Ich möchte gerne mit dem Oberstaatsanwalt sprechen.“

„Mit Herrn Oberstaatsanwalt“, verbesserte sie sofort. „Doktor Kettenbach telefoniert gerade. Um welche Angelegenheit geht es denn?“

„Sagen Sie ihm nur *Taucher*, dann weiß er schon Bescheid.“

„Vorname!“

„Nein, nur Taucher."

„Also was jetzt? *Taucher*? oder *Nurtaucher*?"

„Richten Sie Herrn Dr. Kettenbach aus, er möchte mich bitte sofort anrufen, wenn er ..."

Leutenbauer hörte, wie aufgelegt wurde. Sie mag mich wohl nicht, dachte er und legte ebenfalls auf. Mit einem Streichholz zündete er sich einen Zigarillo an und lehnte sich zurück. Erst verfolgte er die Rauchkringel so lange, bis sie nur noch Schwaden waren, und als immer noch nicht der Rückruf kam, rief er sich die letzten Tage noch einmal in seine Erinnerung zurück:

Da Bassermann nach der vorläufigen Festnahme weiterhin schwieg, wurde er noch am Montagnachmittag dem Haftrichter in München vorgeführt. Nur Rechtsanwalt Beinlich redete fast eine Stunde lang, aber vergeblich. Es wurde Haftbefehl erlassen, „weil der Beschuldigte Uwe Bassermann auf Grund des bisherigen Beweisergebnisses dringend verdächtig ist, Mirco Chipanski heimtückisch und aus niedrigen Beweggründen und Robert Sorge deshalb getötet zu haben, um den Mord an Chipanski zu verdecken".

Beinlich kündigte noch im Gerichtssaal Beschwerde an, und Bassermann wurde sofort in die Justizvollzugsanstalt Stadelheim abtransportiert.

Müller-Fink hatte es sich nicht nehmen lassen, am Dienstagmorgen die Pressekonferenz selbst zu leiten. Sein Chef war diesmal aber anders als sonst. Ganz unerwartet hatte er ihn sogar überschwänglich gelobt. Es sei ausschließlich das Verdienst des Kriminalhauptkommissars Leutenbauer gewesen, wenn die beiden Mordfälle so rasch aufgeklärt werden konnten, betonte er zu Beginn der Pressekonferenz. Er selbst hätte es diesmal nicht besser machen können, sagte noch Müller-Fink halb im Scherz, bevor er sich sanft über die Haare strich und um die Fragen der Journalisten bat.

Die Berichte des Boulevards widmeten sich den beiden Mordfällen so, wie er es erwartet hatte. Alle waren angereichert mit einem vorteilhaften Foto von Müller-Fink, und der Kommissar war plötzlich der Held. Bassermann – von dem Klatschreporter mit dem abgebrochenen Jurastudium jetzt nur „Der Millionär von der

Insel der Reichen, der nun in Stadelheim sitzt“ genannt – war für sie praktisch schon als Doppelmörder verurteilt. Aber bereits am nächsten Tag war er wieder aus den Schlagzeilen gestrichen. Der FC Bayern mit seinen Stars und die Geschichten zur Münchner Schickeria – „Wer, wann, mit wem und wo“ – füllten stattdessen erneut die Seiten.

Leutenbauer lächelte zufrieden, als er an den Gerichtsreporter des Münchner Merkur dachte. Herbert Brandl war der einzige Journalist, dem nicht entgangen war, wie wichtig ihm zwei Sätze während der Pressekonferenz gewesen waren. Und diese zwei Sätze hatte Brandl auch wörtlich zitierte: „Da es Wort für Wort der Wahrheit entspricht, wäre es mit lieb, wenn es auch so gedruckt stünde: Ohne meinen jungen Kollegen Maximilian Wagner wären die Ermittlungsergebnisse wohl nie, jedenfalls bestimmt nicht so schnell zustande gekommen.“

Da der Rückruf des Oberstaatsanwalts immer noch ausblieb, las Leutenbauer den halbseitigen Bericht der Süddeutschen vom Donnerstag zum zweiten Mal durch. Er hatte ihn heute Morgen auf seinem Schreibtisch gefunden. Moni musste ihn ausgeschnitten und bereits gestern Abend dorthin gelegt haben.

Leutenbauer kratzte sich beim Lesen am Kopf, als könne er es immer noch nicht glauben, was dort auf der „SEITE DREI“ über ihn stand. Zum Abschied seiner Polizistenlaufbahn las er seine eigene Kurzbiographie. Und die zwei letzten Sätze las er so wie beim ersten Mal durch, langsam und Wort für Wort: „Seiner Menschenkenntnis, seinem Verstand, seinem Instinkt sowie seinen Gefühlen vertraute Franz Leutenbauer mehr als den Computern, und schon jetzt ist seine Inspiration, die aus einem guten einen sehr guten Kriminalbeamten macht, legendär. Leider ist Franz Leutenbauer in der heutigen Zeit ein „Auslaufmodell“.

Das Wort „Auslaufmodell“ war von Moni unterstrichen worden, und handschriftlich war von ihr darunter gesetzt: „Leider!!!“

Nach einem bemerkenswert gelungenen Qualmkringel schaute Leutenbauer lächelnd vor sich hin. Es war ein gerührtes, zufriedenes Lächeln.

Nicht übel, dachte er, soviel Lob von allen Seiten, zerknüllte den Zeitungsbericht und warf ihn in den Papierkorb.

Das Telefon klingelte. Leutenbauer legte den halb gerauchten Zigarillo in den Aschenbecher und hob ab. Der Oberstaatsanwalt war am anderen Ende der Leitung.

„Herr Leutenbauer, wollten Sie mich deswegen sprechen, ob Taucher nach Chipanski suchen sollen?“

„Ja. Ich vermute, seine Leiche liegt irgendwo am Grund des Starnberger Sees, wahrscheinlich festgezurrt an einem schweren Gegenstand.“

„Warum?“

„Weil sich dadurch am besten erklären lässt, weshalb Chipanski nach Ostern vor über fünf Jahren spurlos verschwand und bis heute nicht mehr aufgetaucht ist.“

„Sie gehen also davon aus, dass damals auf Bassermanns Yacht ein tödlicher Kampf stattgefunden haben musste, den der schmächtige Chipanski verlor.“

„Stimmt, und ich bin mir sicher, dass dieser Kampf Spuren hinterließ. Warum sonst hätte Bassermann die erst im Februar gekaufte Yacht Wildgans vollständig reinigen und sogar das Oberdeck abschleifen lassen.“

„Klingt plausibel“, sagte der Oberstaatsanwalt. „Dann ist es auch folgerichtig, wenn Bassermann den Chipanski zum Beispiel an einen Schiffsanker band und ihn tot oder noch lebendig ins kalte Wasser warf. Doch nicht jedes Gericht wird das so sehen wie wir beide. Welche Chance haben wir, die Leiche zu finden?“

„Fast keine. Wie mir ein Taucher von der örtlichen Wasserwacht erklärte, dürfen sie aus versicherungstechnischen Gründen nur bis zu einer Tiefe von dreißig Metern tauchen. Der größte Teil des Sees sei aber weit tiefer, und zu der tiefsten Stelle von hundertachtundzwanzig Metern seien erst vor zwei Jahren Sporttaucher vorgedrungen. Dort könnten zwar Wasserleichen mit Sonargeräten geortet werden, aber nur als winzige ‚Bodenerhebungen‘. Als ich ihn nach der Chance fragte, Chipanskis Leiche mit einer ferngesteuerten Kamera zu finden, lachte der Mann von der Wasserwacht erst und meinte dann, er habe zwar schon einige Leichen aus dem See gefischt, aber wenn man nicht einmal wisse, wo seine Leiche liegen könnte, sei jeder Euro in den See geworfen."

„Hm", machte es am anderen Ende der Leitung. Der Oberstaatsanwalt schwieg einen Moment. Schließlich sagte er: „Wenn das so ist, dann können wir nur hoffen, die Richter davon überzeugen zu können, dass Chipanski tot ist und dass es nur Bassermann gewesen sein konnte, der ihn ermordete. Aber unsere Indizienkette ist stark, sehr stark sogar, und wird voraussichtlich bei Gericht nicht reißen. Bassermann wurde von dem vorbestraften Gauner laufend erpresst und musste deswegen den wirtschaftlichen Ruin seiner Firma befürchten. Er hatte auch die Gelegenheit für einen Mord. Er war Chipanski körperlich weit überlegen, und die Säuberungs- und Renovierungsarbeiten deuten auf eine gewaltsame Auseinandersetzung an Bord der Wildgans hin. Und schließlich viertens: Chipanski war nach Ostern vor über fünf Jahren verschwunden und tauchte bis heute nicht mehr auf. Was will man mehr? Nur wer an den vierfachen Zufall glaubt, kann das anders sehen."

„Also im Augenblick weder Taucher, noch ein Sonargerät und auch keine ferngesteuerte Kamera", fasste Leutenbauer zusammen.

„So ist es. Wenn die Anklage gegen Chipanski allein wegen der fehlenden Leiche vom Schwurgericht nicht zugelassen werden sollte, können wir es uns immer noch anders überlegen. Ich weiß, lieber Herr Leutenbauer, Sie denken da anders. Ihrer Meinung nach darf man mit der Gerechtigkeit niemals Risiko spielen, da sie zu kostbar ist. Aber wenn alles schieflaufen sollte, dann könnte ich mich sogar damit abfinden, wenn Bassermann nur wegen der Ermordung des Richters zu einer lebenslangen Freiheitsstrafe verurteilt würde. Der Gerechtigkeit wäre damit noch immer gedient."

Leutenbauer diktierte den Abschlussbericht und war damit um Viertel vor elf fertig, wie ihm ein Blick auf die Turmuhr des Doms zeigte. Er ging zu Moni, die ihm mit einem wehmütigen Lächeln und mit einem „Sehr gerne, Franz" versprach, den Bericht sofort zu schreiben.

Den Gedanken, das Mittagessen in der Kantine einzunehmen, verwarf er sehr schnell. Er sehnte sich nach seinem Lieblingsgericht und beschloss, die Gaststätte in der Nähe der Oper aufzusuchen, die seiner jahrzehntelangen Erfahrung nach den besten Leberkäse in der Stadt hatte.

Auf dem Weg dorthin erreichte er den Marienplatz, auf dem wie zu jeder Jahreszeit um elf Uhr unzählige Touristen aus aller Welt ehrfurchtsvoll herumstanden und mit einem einheitlichen „Ah" und „Oh" das Glockenspiel und die sich bewegenden Figuren hoch oben am Rathaus bewunderten. Plötzlich drängte es ihn dazu, wie ein Fremder in seiner vertrauten Stadt dieses Schauspiel zu betrachten. Er hielt inmitten einer Gruppe von Japanern an und schaute wie ein Tourist mit nach hinten geneigtem Kopf nach oben. Erstmalig, so stellte er verwundert fest, sah er, wie zweiunddreißig Figuren zum Klang der Glocken und in mittelalterlichen Kostümen den Tanz der Schäffler und ein Ritterturnier nachstellten.

Nach dem letzten Glockenschlag war Leutenbauer in wenigen Minuten in der Gaststätte. Als er sich auf einer Holzbank niederließ, eilte sofort die Kellnerin zu ihm, die ihn schon viele Jahre lang bedient hatte.

„Wie immer, Herr Kommissar?" fragte sie freundlich und gönnte ihm einen tiefen Blick in den Ausschnitt ihres Dirndls, den er dort wie immer lange ruhen ließ.

„Ja, Rosi", antwortete er ebenso freundlich und wusste, was ihn erwartete: eine Portion warmer Leberkäse, zweihundert Gramm mit einer doppelten Portion süßen Senf, Kartoffelsalat und sein Lieblingsweißbier.

Kurze Zeit später kam Rosi zurück, beugte sich wieder mehr als notwendig über den Tisch und servierte ihm lächelnd ein Weißbier. In gleicher Weise tischte sie ihm dann das Essen auf. „Lassns eana schmeckn", sagte sie.

Leutenbauer verweilte in seinen Gedanken noch einige Zeit bei den dargebotenen Brüsten, deren Wölbungen wohlgeformt und weich bis zu den verdeckten Spitzen in einer weißen Bluse lagen. Mit einem tiefen Seufzer wandte er sich endlich seiner Lieblingsspeise zu, die warm und fleischig vor ihm lag. Er genoss jeden Bissen, und jeder Bissen war für ihn unvergleichlich süß und zart.

Als Rosi die Rechnung brachte, rundete er den Betrag großzügig und diesmal mehr als sonst nach oben auf. Er stand auf, bedankte sich bei ihr mit Handschlag und lobte aufrichtig ihre schönen Augen. Beiden war klar, dass er nicht nur ihre braunen Augen meinte. Rosi erwiderte seine stillen Komplimente mit einem strahlenden Lächeln.

Anschließend bummelte Leutenbauer, wie er es immer zu tun pflegte, durch die Maximilianstraße an eleganten und noblen Geschäften vorbei, beschloss aber diesmal, eine dieser Luxusboutiquen aufzusuchen. Er kaufte für Maria einen Pashmina-Schal in Pink und achtete auf eine dazu passende Verpackung. Dann machte er noch einen kleinen Umweg, ging am Hofbräuhaus vorbei und schlenderte über den Viktualienmarkt.

Um kurz vor drei Uhr war er wieder in seinem Büro, auf dem der Abschlussbericht lag. Er überflog diesen und stellte fest, dass alles wieder bis auf das letzte Komma richtig geschrieben war.

Nachdem er unterschrieben hatte, erhob er sich und ging zum Fenster. Dort stand er lange und starrte zum Dom, ohne dass er diesmal das mächtige Satteldach und die beiden neunundneunzig und einhundert Meter hohen Türme und ihre grünen Hauben, die Wahrzeichen seiner Stadt, wahrnahm.

„Das war's also“, murmelte er zum Schluss vor sich hin, zog seine Jacke an und fuhr nach Hause.

2

Dr. Kettenbach saß in seinem Büro hinter dem Schreibtisch und starrte aus dem Fenster. Es war ein kalter Novembertag. Der erste Schnee fiel in dicken Flocken und legte sich still auf die rostbraunen Ziegeldächer.

Von allem bemerkte der Oberstaatsanwalt aber nichts. Er war mit seinen Gedanken bei Bassermann und sah, wie er ihn bei seinem gestrigen Besuch in der Justizvollzugsanstalt Stadelheim erlebt hatte. Bassermann lag im Trainingsanzug auf der Pritsche, die Hände hinter dem Kopf verschränkt, und blickte gegen die schmutziggraue Decke der winzigen Zelle. Aschfahl war sein Gesicht, unrasiert mit eingefallenen Wangen. Ein gebrochener Mann, der ihm zwar beim Abschied die Hand reichte, aber mit ihm wie schon zuvor kein Wort gesprochen hatte. Er wollte ihn nochmals zu einem Geständnis bewegen, aber Rechtsanwalt Beinlich war anwesend. Noch bevor Bassermann überlegen konnte, winkte Beinlich schon ab.

Der Oberstaatsanwalt rieb sich die Augen. Wieder einmal, so stellte er fest, schien Beinlich nicht zu spüren, wann der Kampf gegen das Gesetz eingestellt werden sollte. Als ob man mit Schweigen, mit lächerlichen Tricks und mit Faxen die Wahrheit besiegen könne! Beinlich müsste es doch wissen: Wer alleine auf diese Karte setzt, hat bei Gericht schon verloren.

„Na gut, Herr Rechtsanwalt“, murmelte Dr. Kettenbach grimmig vor sich hin, „dann werde ich also geduldig sein und allein die Indizien sprechen lassen. So wird es nur etwas länger dauern, bis die falsche Hoffnung der Wahrheit weichen muss.“

Er dachte wieder an Bassermann. Er hatte ihn bei der Hausdurchsuchung in seiner Villa vorläufig festnehmen lassen müssen, weil er ihn schon damals dringend verdächtigt hatte, erst seinen Erpresser, den kleinen Ganoven Chipanski, und fünf Jahre später auch noch den Richter Robert Sorge ermordet zu haben. Er wurde nach einer vorläufigen Festnahme schon manchmal um irgendetwas gebeten, aber noch nie zuvor hatte er jemanden erlebt, der einen solchen Wunsch erfüllt haben wollte wie dieser erfolgreiche Geschäftsmann und ehemalige Spitzensportler. Damals, als Bassermann in seiner Villa langsam auf das Panoramafenster zuging, dort reglungslos stand und minutenlang auf den See starrte, sah es wie ein langer, endgültiger Abschied aus.

Zum ersten Mal tat ihm Bassermann fast leid. Spätestens im Herbst des nächsten Jahres würde er erfahren, dass seine letzte Hoffnung geplatzt war und es vor Gericht keine Wunder gibt.

Schon bald darauf würde er bedauern, vor Gericht seine Taten nicht öffentlich bereut zu haben. Deswegen würde ihm niemand verzeihen können, nicht einmal bedauern. Und deswegen würde Bassermann irgendwann während der langen Strafhaft sogar lieber glauben wollen, er sei unschuldig verurteilt worden.

Dr. Kettenbach seufzte tief, griff nach dem Telefonhörer und drückte auf die Verbindungstaste zum Vorzimmer. „Frau Diederichsen, stellen Sie bitte in den nächsten vier Stunden keine Telefongespräche mehr durch, selbst wenn der Justizminister mich sprechen möchte. Ich will jetzt die Anklage gegen Bassermann diktieren."

Dann griff er sich die Akte, in der der Abschlussbericht von Leutenbauer lag.

Lange und ausführlich studierte der Oberstaatsanwalt die Fakten in diesem Bericht, dachte nach und war wie der Kommissar der Meinung, dass der ermittelte Sachverhalt ausreichte, um Anklage wegen zweifachen Mordes zu erheben. Es würde ein langwieriger Indizienprozess werden, und er würde nicht nur eine Menge Geduld beweisen müssen. Aber die Gerechtigkeit ist zu kostbar, als dass sie der Zeit geopfert werden sollte.

Der Oberstaatsanwalt blätterte um. Er kam zur letzten Seite und las: „Der Richter Sorge musste sterben, weil er seinen späteren Mörder der Gerechtigkeit übergeben wollte. Er wusste oder ging davon aus, dass wie er auch Bassermann von Chipanski erpresst worden war und nur Bassermann an Chipanskis Tod interessiert gewesen sein konnte und zu einer solchen Tat auch fähig war. Sorge fühlte sich dafür verantwortlich, weil alles mit seiner eigenen Schuld und mit dem Missbrauch seines Amtes begonnen hatte und dies ursächlich für Chipanskis Tod gewesen war. Der Lüge folgte der Missbrauch im Amt, weil Sorge sein eigener Richter geworden war. Zum Schluss musste sich Sorge aber eingestehen, dass seine Schuld gegenüber der Gerechtigkeit und seinem Amt nicht abgetragen war und nur noch dadurch getilgt werden konnte, indem er seine Schuld offenbarte und dadurch Bassermann der gerechten Strafe zuführte. Er hatte deshalb mit Bassermann am Freitag telefoniert, um diesem eine Verteidigung zu ermöglichen, und war nach Bassermanns Anruf am Abend des letzten Samstags im September noch einmal dazu bereit. Die Schüsse aus der Makarov waren Bassermanns Antwort und zugleich dessen Geständnis gewesen.

Richtig überlegt, dachte der Oberstaatsanwalt. Wieder einmal eine Tragödie, so stellte er fest, weil „doch alles nach dem Golde drängt und am Golde hängt".

Am Ende des Berichts angelangt, las er dann noch folgende Bemerkungen des Kommissars: „Darüber hinaus glaubte der Richter zum Schluss, der Würde und der Verpflichtung gegenüber seinem Amt nur noch dadurch gerecht werden zu können, indem er freiwillig auf alles verzichten wollte, an dem sein Herz hing und für ihn die Erfüllung seines Lebens bedeutet hatte: auf sein Richteramt und auf das Paradies, in dem er lebte."

„Hübsch formuliert, sogar ein Poet dieser Kommissar Leutenbauer, aber für die Anklage juristisch völlig belanglos", kommentierte der Oberstaatsanwalt trocken.

Doch irgendetwas an dieser persönlichen Bemerkung des Kommissars hatte ihn berührt, ohne dass er zunächst wusste warum. Er setzte die Brille ab und fing an, die letzten Zeilen des Berichts nochmals zu lesen. Von Zeit zu Zeit wiegte er den Kopf hin und her. War der Richter nur ein Narr, wenn er freiwillig wegen einer Verfehlung, die zudem verjährt war, sein Amt aufgeben wollte, ohne dafür irgendeinen Dank zu erhalten? Oder war es mehr als die Laune eines Spielers, und verhielt er sich nur so, wie jeder hätte handeln müssen, dem ein Amt verliehen war?

Der Oberstaatsanwalt dachte lange über diese Fragen nach. Er erinnerte sich an weit schwerere Verfehlungen, die ihm bekannt geworden waren: Beamte bis in die höchsten Regierungskreise hinein, Politiker, Minister und Abgeordnete, sogar Richter und Geistliche, hatten ihre Macht missbraucht und der Würde ihres Amtes schweren Schaden zugefügt. Er sah sie alle vor sich, einen nach dem anderen, wie sie sich eitel, selbstgerecht, krämerhaft und kindisch, ohne Scham und ohne schlechtes Gewissen und sogar mit Lügen und durchschaubarer Ränke an ihr Amt klammerten, wobei für jedermann erkennbar sie nur ihr eigenes Wohl im Auge hatten. Und das waren nur die Gestalten, deren schwere Verfehlungen nicht verheimlicht werden konnten.

„Mein Gott, wie erbärmlich!“ stieß er hervor. „Einfach nur zum Kotzen.“ Hatten die vergessen, dass ihnen ihr Amt nur verliehen worden war, um der Allgemeinheit zu dienen, und dieses Amt nicht ihnen gehörte? Hatten sie nicht sogar einen Eid darauf geschworen? War denn dieser Eid weniger wert als der Eid, den jeder kleine Zeuge zu leisten hat, der dann bei schweren Eidesverletzungen zu einer hohen Freiheitsstrafe verurteilt wird und nicht selten alles in seinem Leben verliert?

Am liebsten hätte er ihnen in diesem Augenblick ins Gesicht gesagt, wie erbärmlich sie doch sind, sie dann am Kragen gepackt und eigenhändig aus ihren Ämtern geworfen.

Um sich zu beruhigen, stand Dr. Kettenbach auf und ging zum Fenster. Die Hände hinter dem Rücken verschränkt, sah er dem dichten Schneetreiben zu: Den dicken Flocken, die tänzelnd und wie Wattebäuschchen aus dem unsichtbar gewordenen Himmel fielen und langsam die rostbraunen Dächer unter sich begruben.

Er überlegte, ob er nicht doch die persönlichen Bemerkungen des Kommissars ungekürzt in seine Anklage aufnehmen sollte. Als Beispiel und klagende Mahnung. Was aber dann? Er brauchte nicht lange zu überlegen. Wen interessierte das schon. Es bliebe eine Moralpredigt, die auf die Kanzel eines Pfarrers gehörte. Nichts würde sich ändern. Auch in Zukunft werden erst Journalisten aufdecken müssen, wenn ein Vertreter des Volkes, ein korrupter Beamter oder ein selbstgefälliger Minister sich wie selbstverständlich zuerst selbst bediente, bevor er zum Wohl der Allgemeinheit handelte, wenn ein Richter irgendwo auf der Welt im Namen des Volkes Mitbürger ins Gefängnis warf, nur weil die Verurteilten die Freiheit forderten, wenn ein Priester erst von der Liebe und von der Gerechtigkeit Gottes predigte und sich anschließend von einem kleinen Buben unter seinen Talar greifen ließ. Und dann? Entweder will man es nicht gewesen sein oder redet sich die Schuld so lange klein, dass ihnen eine Strafe ungerechtfertigt erscheint.

Oberstaatsanwalt Dr. Kettenbach ging langsam zu seinem Schreibtisch zurück und setzte sich. Er griff nach einer Kassette, legte sie in das Diktiergerät und fing sofort an, die Klageschrift zu diktieren: „Die Staatsanwaltschaft bei dem Landgericht München II wirft dem Angeklagten Uwe Bassermann vor, zuerst Mirco Chipanski heimtückisch und aus niedrigen Beweggründen und später Robert Sorge deshalb getötet zu haben, um den Mord an Chipanski zu verdecken.

Vor über fünfeinhalb Jahren, am Freitag, den 12. März, trafen sich kurz vor zwanzig Uhr der Angeklagte Bassermann, der mehrfach vorbestrafte Chipanski und der Zeuge Loser im Yachtclub Am Seelaich. Wie schon den ganzen Winter über wollten sie dort pokern. Es war an jenem Freitag, als vor Mitternacht zwei Polizeibeamte das verbotene Glücksspiel beendeten. Doch statt eines vollen Geständnisses glaubten sie, ab dann unter der Regie des Richters Sorge ein weiteres Spiel fortsetzen zu müssen. Nach eigenen Regeln und am Gesetz vorbei.

Mit einer Lüge eröffneten sie diese Partie, die keiner mehr gewinnen konnte. Zuerst verlor Chipanski sein Leben, dann wurde das Leben des Zeugen Loser zerstört. Zuletzt, als Bassermann schon geglaubt hatte, gesiegt zu haben, endete diese Partie mit dem Tod von Richter Sorge.

Durch die Ermordung des Richters kam jedoch folgender Sachverhalt ans Licht, der hiermit dem Angeklagten Bassermann zur Last gelegt wird:

An jenem Freitag, den 12. März, war es kurz vor Mitternacht, als zwei Beamte bei einer Streifenfahrt bemerkten, wie noch Licht aus einem Fenster des Yachtclubs Am Seelaich drang. Der Parkplatz wirkte wie ausgestorben. Nur zwei Fahrzeuge standen dort, begraben unter einer Schneehaube. Die beiden Streifenbeamten wollten nur nachsehen, ob im Yachtclub alles in Ordnung war. Als sie durch das Fenster blickten, sahen sie drei Männer beim Pokerspiel. Deshalb ...“

Epilog

Es war Ende Januar des nächsten Jahres – am letzten Freitag dieses Monats –, als das Schwurgericht die Anklage des Oberstaatsanwalts Dr. Kettenbach zur Hauptverhandlung zuließ. Bassermann blieb in Untersuchungshaft.

Drei Tage später endete die Dienstzeit von Leutenbauer. Schon lang hatte ihn Maria, seine temperamentvolle und manchmal unvernünftige Ehefrau, dazu gedrängt, mit ihr sofort nach Mailand aufzubrechen, wenn er einmal keine Mörder mehr jagen müsste. Sie wollte mit ihm in das Mailänder Modemekka pilgern – „Franz, nur um zu schauen" –, während er sich seinen Traum erfüllen wollte: Einen Abend im legendären Teatro alla Scala, zusammen mit Maria.

Obgleich zu Beginn seines Ruhestandes München und die Alpen im Schneechaos zu versinken drohten, bestand Maria auf diesem Versprechen. So starteten sie Anfang Februar, früh am Morgen, auf schneeglatten Straßen. Später fuhren sie im Schritttempo an Lastkraftwagen vorbei, die gekippt im Straßengraben lagen. Der Himmel war tief, es schneite ununterbrochen, und als sie nach Österreich kamen, war erst Stau und dann bestand für den Brenner Kettenpflicht. Weit nach Mittag fragte er sich, ob alles so sinnvoll sei, doch als er umkehren wollte, fing Maria heftig an zu schreien. „Versprochen ist versprochen", und nach ein paar Tränen gab er nach, legte die Ketten an und fuhr weiter. Irgendwann am späten Nachmittag fuhr Leutenbauer mit seinem VW Passat an Brixen und wenig später an Bozen vorbei. Bald darauf schien die Sonne. In der beginnenden Abenddämmerung erreichten sie Mailand. Als Leutenbauer den mächtigen Dom auftauchen sah, fiel ihm das Telefongespräch mit dem Architekten Rehberg ein: „Ich habe wie immer im Palace, Piazza de la Republica, logiert. Der reinste Luxus kann ich Ihnen sagen ... Aber für Sie käme vielleicht das Zurago in Betracht. Macht von außen einen sauberen Eindruck und liegt sogar in der Nähe des Doms." Leutenbauer zögerte keine Sekunde, grinste, steuerte den Passat zur Piazza de la Republica und mietete im Palace ein Doppelzimmer für drei Nächte.

Zwei Tage später – nach dem Abend in der Scala und nachdem Maria einen langen Vormittag im Superluxus zwischen der Via Montenapoleone und der Via della Spiga gestöbert hatte – verlängerte Maria im Luxushotel Palace für zwei Nächte.

Im März, als die Tage immer länger und wärmer wurden, kaufte Maria, die besorgte Ehefrau, für Franz ein Mountainbike mit einer 18-Gangschaltung, das er demonstrativ sofort in den Keller stellte. Ihre Stimmung verfinsterte sich weiter, als sie beobachtete, wie stattdessen Maximilian fast täglich und zwei Wochen lang auftauchte, und Franz mit ihm sofort in das kleine Arbeitszimmer verschwand, wo sie Kopf an Kopf oft stundenlang vor dem neuen Computer saßen. „Franz, rede nicht nur dauernd davon, sondern mach es endlich“, maulte sie und erinnerte ihn an sein Versprechen, täglich mit dem Fahrrad entlang der Isar zu fahren. Stur wie ein Ziegenbock, dachte sie und gab nach Wochen auf.

Vorsichtige Hoffnung keimte in Maria, als sie Ende Juni vom Küchenfenster aus beobachten konnte, wie Maximilian mit dem grünen VW-Bus auf der Ehrengutstraße vorfuhr, mehrmals hupte, und kurze Zeit später beide mit ihren Mountainbikes in Richtung Isar fuhren. Als sich dies wöchentlich bis zum Herbst wiederholte, murmelte sie: „Gott sei Dank, er hat es geschafft.“ Doch was Maria nicht wusste, war, dass beide zwar jedes Mal eine lange Radtour entlang der Isar geplant hatten, aber es aus irgendeinem Grund nur bis zum nächsten Biergarten schafften.

Der Indizienprozess gegen Bassermann zog sich bis in den Herbst hinein. Leutenbauer verfolgte ihn, soweit noch die Zeitungen, der Rundfunk und das Fernsehen darüber berichteten. Als er Anfang Oktober kurz nach Dreiviertel sieben im Bayerischen Fernsehen hörte, Bassermann sei wegen zweifachen Mordes zu einer lebenslänglichen Freiheitsstrafe verurteilt worden, lehnte er sich erleichtert in seinen Ohrensessel zurück. Das Schwurgericht hatte sogar noch ausgesprochen, dass die Schuld besonders schwer gewesen war. Bassermann würde also sein weiteres Leben in einer winzigen Zelle verbringen müssen, dachte Leutenbauer, und es war befriedigend, dass er wusste: Voraussichtlich bis zu seinem Tod, ohne Aussicht auf Bewährung oder Gnade.

Erst in diesem Moment war für ihn der letzte Fall seiner Laufbahn tatsächlich erledigt. Erst jetzt konnte er gedanklich die Akte Bassermann schließen, auch wenn er kurz darauf im Fernsehen sah, wie Rechtsanwalt Beinlich in die laufenden Kameras mit fotogenen Gesten verkündete, er werde natürlich Revision beim Bundesgerichtshof in Karlsruhe einlegen.

Leutenbauers Laune verdüsterte sich aber, als er Beinlich weiterreden hörte und in diesem Zusammenhang ihm erst dessen ehemaliger Mandant, der Architekt Rehberg, und dann Marion Rehberg einfiel. Immer wenn er an sie dachte, rührte sich sein schlechtes Gewissen, das er seit ihrer Vernehmung mit sich herumgetragen hatte. Für ihn gab es jetzt nur noch eines zu erledigen. Er musste noch einmal mit Marion sprechen. Leutenbauer stellte beim Fernseher den Ton ab, erhob sich und ging zum Telefon. Er tippte die Nummer von Marion Rehberg ein.

„Hallo? Hier Rehberg.“

„Herr Rehberg, kann ich bitte Ihre Frau sprechen?“

„Die wohnt schon lange nicht mehr hier“, war die schroffe Antwort.

„Wo ...“

Der Architekt legte auf.

Varenna am Comer See/Italien

Antonella, die etwas mollige und sehr neugierige Ehefrau eines Fabrikanten aus Mailand, sah die Neue als Erste. Sie beobachtete, wie Ende Januar eine junge Frau in das leerstehende Häuschen am See einzog und schon am nächsten Tag im ersten Stock vor einer Holzstaffelei stand. Sie fragte sich, was die so ernst wirkende

Fremde denn machte und holte ihr Opernglas. In einem alten Kittel voller Farbkleckse stand die Unbekannte dort stundenlang, mit einer Palette in der Hand und immer wieder mit einem Pinsel zwischen den Zähnen. Eine Malerin, kombinierte Antonella jetzt, vielleicht sogar eine berühmte.

Ihre neue Nachbarin müsse entweder eine reiche Ausländerin sein, wahrscheinlich eine Französin, wenn sie sich ein Atelier am See leisten könne, oder sogar eine berühmte Künstlerin, verbreitete sie sofort im Ort.

„Si, si", bekräftigte Fabricio, ihr Ehemann, als er nach der sonntäglichen Messe von einem seiner Golf- und Segelfreunde darauf angesprochen wurde, ob die Vermutung von Antonella richtig sei. „Bellissima", schwärmte der graumelierte Fabrikant mit dem Aristokratengesicht und unterstrich seine Bewunderung mit eindeutigen Bewegungen.

„No, no", erwiderte Elvira am Montag, als sich Antonella mit ihrer besten Freundin zum täglichen Espresso auf der Piazza traf und ihr sofort von ihren Beobachtungen berichtete. „Sie ist eine Deutsche. Ganz bestimmt", vertraute Elvira, die eine kleine, aber noble Galerie betrieb, Antonella umgehend an. „Heute Morgen hat mir die Deutsche drei Ölgemälde gebracht. Brillant, aber sehr eigenwillig gemalt. Ich fürchte nur, bei meiner altmodischen Mailänder Kundschaft werden diese Bilder nur schwer zu verkaufen sein."

Antonellas Neugier war damit noch nicht gestillt. Sie beobachtete weiter.

Im Frühjahr, als es warm geworden war, glaubte sie, dem Geheimnis nun endgültig auf der Spur zu sein. Sie beobachte an einem Morgen, wie die Deutsche mit sechs älteren, aber flippig gekleideten Damen zum Kastell hinaufwanderte. Auch einen Mann entdeckte sie inmitten der aufgeregten Damenschar. Er war deutlich jünger und trug einen Strohhut. Sie folgte unauffällig. Oben angekommen, sah sie, hinter einem Busch lauernd, wie sie alle Malblöcke zückten und nach den Vorschlägen der Deutschen zwei Motive zu Papier brachten: Den Blick auf das mittelalterliche Castello di Vezio und den Blick über die roten Dächer von Varenna bis zum türkisblauen Wasser des Sees.

Wenn die Deutsche Malkurse gibt, dann muss es ihr finanziell noch schlechter gehen, als sie es ohnehin befürchtet hat, dachte nun Antonella. Noch heute wird sie Fabricio bitten, bei Elvira sämtliche Bilder ihrer Nachbarin aufzukaufen.

Doch ab dann beobachtete Antonella nur noch, wohlwollend und mit mütterlichen Gefühlen, wie sich ihre Nachbarin zunehmend veränderte; und Marion Rehberg bemerkte auf einmal, wie sie beim täglichen Gang durch die Gassen des kleinen Städtchens von allen so freundlich angelächelt wurde, als ob sie von ihrem süßen Geheimnis wussten.

An einem frühen Vormittag, Ende Juni, stand Marion auf dem winzigen Balkon im ersten Stock, zu dem sich Bougainvilleen und purpurne Glyzinien hinaufrankten. Sie blickte bis zum anderen Ufer, wo sich die Berge in das türkisblaue Wasser stürzten. Sie lächelte ihr Baby an, das sie auf ihren Armen wiegte. „Meine Liebste, das ist unser Ort, wo wir beide von nun an zusammen leben werden“, sagte sie zu ihrer Tochter und küsste sie auf das Näschen. „Unsere neue Heimat.“

Allein Marion wusste, wer der Vater ihrer Tochter war. Es war Robert Sorge, der wenige Stunden vor seiner Ermordung bei ihr gewesen war.

Anmerkung des Autors

Es sollte schon während des Lesens klar geworden sein, doch ich möchte es noch einmal betonen: Diese Geschichte mit all ihren Personen, Situationen und Ereignissen ist von mir erfunden worden. Vieles wird dem Leser, der den Starnberger See zum ersten Mal besucht, durch meine Geschichte bekannt vorkommen. Es wohnen hier auch viele Millionäre, vielleicht sogar einige Milliardäre, aber man wird vergeblich nach dem „Promihügel" suchen, auf dem gehäuft ihre Luxusvillen stehen. Auch lohnt es nicht, am Ufer des Sees nach dem Yachtclub mit dem zweideutigen Namen „Am Seelaich" Ausschau zu halten. Den gibt es nicht. Neben dem Amtsgericht befindet sich zwar ein Friedhof, auf dem einige Birken stehen, aber es wäre vergeblich, wenn man ihn aufsuchte, um auf einem Grabstein den Namen Robert Sorge zu finden.